漱石の森を歩く

秋山豊

トランスビュー
TRANSVIEW

漱石の森を歩く＊目次

第一章　漱石はなぜ新しいのか　3

第二章　『漾虚集』のこと　59

装画・装幀　黒木郁朝

本文中の漱石の引用は、一九九三年十二月に刊行が開始された岩波書店版『漱石全集』全二十九巻（及び二〇〇二年より刊行の同第二版）による。ルビ（振り仮名）も同じく同全集によるが、一部は省略し、また新たに補ったものもある。補ったルビは現代仮名遣いとし、〔　〕で括って元の振り仮名と区別した。

漱石の森を歩く

第一章　漱石はなぜ新しいのか

はじめに

漱石が二十一世紀の若い人にも読まれ、今日的意味を持ち続けている、ということをどのように説明することができるだろうか。私が若かった四十年ほど前には、漱石を語るのは中学・高校生までで、大学生になっても漱石がどうしたなどといっていると、文学とか人生とかがわかっていないと、むしろ軽蔑される風さえあった。実際、本質的に文学とは何であるかがわかっていると自他が認めていたらしい小林秀雄とか河上徹太郎とかいう人が、本気になって漱石を論じたことはなかった、と思う。谷崎や三島を必要以上に持ち上げ、世界文学としての日本文学評価の門番のような役割を担ったドナルド・キーンという人の、漱石評価が高くなかったことも、関係していたのかもしれない。

実はこれは漱石在世中からのことで、一般読者には評判がよくても、いわゆる玄人からは敬して遠ざけられ、正面からはなかなか相手にされなかった、ように見える。日本の小説の近代史が、硯友社から自然主義へさらに私小説へとつづいてゆくときに、ことの当否とは別に、漱石の小説が一見して、漱石という生身の自己から遊離した「拵《こしら》え物」と受け取られたことが、その理由の一つであろう。その「拵え物」にしても、壮大なドラマが展開するわけでも、奇想天外なファンタジーの世界に誘い出してくれるわけでもない。ただ実際にその作品を読んでみると、懐かしい気分に捉えられ、思わぬ慰めを与えられたり、考えないでもいいようなことを、知らぬ間に考えさせられたりしている。

それが人々にとって不可思議なことだから、今でも毎月のように漱石に関する本が出版されるのだろう。漱石は、明治三十九年（一九〇六）十月二十一日付の森田草平宛書簡（この日は森田宛に二通の手紙を出しており、その二通目のほう）に、次のように書いている。

功業は百歳の後に価値が定まる。百年の後誰か此一事を以て君が煩とする者ぞ。君若《も》し大業をなさば此一事却つて君が為めに一光彩を反照し来らん。只眼前に汲々たるが故に進む能《あた》はず。此《かく》の如きは博士にならざるを苦にし、教授にならざるを苦にすると一般なり。百年の後百の博士は土と化し千の教授も泥と変ずべし。余は吾文を以て百代の後に伝へんと欲するの野心家なり。近所合壁と喧嘩をするは彼等を眼中に置かねばなり。彼等を眼中に置けばもつと慎んで評判をよくする事を工夫すべし。余はその位な事がわからぬ愚人にあらず。只一年二年若《も》しくは十年二十年の評判や狂名や悪評は毫も厭はざるなり。如何となれば余は尤も光輝ある未来を想像しつゝあればなり。彼等を眼中に置く程の小心者にはあらざるなり。彼等に余が本体を示す程の愚物にはあらざるなり。彼等が正体を見あらはし得る程な浅薄なものにあらざる也。余は隣り近所の賞賛を求めず。天下の信仰を求む。天下の信仰を求めず。後世の崇拝を期す。此希望あるとき余は始めて余の偉大なるを感ず。

この手紙はもともと、草平が打ち明けた、出生ないし生い立ちにまつわる苦悩を相対化して脱却の方向を示そうという主旨であったのが、「百年」に引きずられたのでもあろうか、自らの多少自大がかった胸臆の吐露に変わってしまったのである。この漱石の自己の肥大化ともみられる高揚した精神のあり方は、明治三十九年の秋に特徴的なことで、この時期に執筆された「文学論序」や、狩野亨吉宛の書簡などにも同じ傾向性がみてとれる。しかしそのことを差し引いても、「余は吾文を以て百代の後に伝へんと欲するの野心家なり」の一文を見過ごしてはいけないと思う。いつであったか新聞の書評記事で、滝沢馬琴も同じようなことを言っていたということを教えられた。漱石もそれに倣ったのかもしれないが、百年知己を俟つ、の思いは恐らく浅くはなかったであろう。逆に言えば、それだけ孤立してもいたのである。

この手紙から一月も経たない十一月十七日付の松根東洋城宛には、「はやつてもはやらなくつても百年後には僕丈《だけ》残るのだから安心なものだ」と書いている。この思いの強かったことは、一年以上経った四十一年の二月四日付の滝田《たきた》樗陰《ちょいん》宛書簡に「出来得べくんば百年後に第二の漱石が出て第一の漱石を評してくれゝばよいとのみ思ひ居候」と書いていることからもわかるだろう。その滝田樗陰は、漱石の亡くなった大正五年（一九一六）十二月の翌月の『中央公論』に「夏目漱石先生を弔す」の一文を掲げ、「約十年前」のこの書簡のこの箇所を引いて、漱石の抱負が偉大であり、毀誉褒貶を度外視していたことを述べている。

これらの言葉を裏書きするように、ほかの明治の作家が遠くなる一方で、漱石だけは現役であるように見えるのは何によるのであろうか。没後九十年が過ぎた今日、そのことを私なりに考えてみようと思う。

漢籍と合理主義

もともと漱石という人は、たとえば明治という欧化全盛の時代にあって、その先頭に立って、時流に乗ろうとしてはいなかったようにみえる。そうでないばかりか、見方によってはむしろ、そのような動向に懐疑的でさえあったのかもしれない。そもそも明治の近代化というのは、一直線に前へ前へと進んだのではなかった。途中で逆行しようとしたり、停滞したりを織り交ぜながら、全体としてそのように方向付けられたものだといえるだろう。その最初の反動というかブレーキは、明治十年（一八七七）頃にかかった。後で触れるように、十四歳の金之助少年が通うことになる漢学塾の二松学舎は、この明治十年に創設されたのであった。

一時はかなり廃れていた漢籍なども、昔の版木を使って復刊され、漢学塾も改めてその存在意義が認識されるようになったという。漢学の復活は、儒教道徳への回帰でもあり、明治十二年に明治天皇の名において政府要人に内示された「教学聖旨」をへて、二十三年の「教育勅語」へとつながっていったのであった。ただ、これは欧化の激しさを裏付ける反動の流れであって、それが本流となって文明開化が押し留められるということはなかった。このような時代の揺れにもかかわらず、日本の近代化が大きな流れとして推し進められたことは、周知のとおりである。ただ、歴史の記述はそれでよくても、実際にその空気の中で生きた人間にとっては、それが反動であったとしても、その影響は簡単にぬぐえるものではなかっただろう。

明治維新の前年に生まれた漱石は、明治十年といえば十歳である。ちょうど関心が身のまわりから外部へと向かう大切な時期に当たっている。今と違ってテレビや何かのない時代であったけれども、大きな時代の流れにとっては復古的なものが、少年漱石にとっては新しいものとして映るという、ねじれが存在したことはたしかである。

漱石は自分でも、自分の生まれた家はもともと漢籍や漢文の好きな家庭で、自分もその影響を受けて漢文が好きになった、と後年回想しているが、そればかりではなく、最初に触れた外界の空気が復古的なそれであった、ということも関係していたのではないだろうか。『漱石全集』に載っている漱石の一番古い文章は、「正成論」という漢文訓み下し体で書かれた短い文章である。内容は、やはり復古的で、楠正成がどんなに忠に篤く義をまっとうしたかを謳い上げたもので、日付は明治十一年の二月十七日である。今日ではその自筆の原文を見ることはできないが、記録によると、これは漱石と同じ市谷学校という小学校に通っていた一級上の島崎友輔、この人は後に柳塢《りゅうう》の名で書画の揮毫などを職業としていたようだが、その島崎少年が主宰していた回覧雑誌に書いたものだという。この島崎少年の父親がその小学校の校長で、それとは別に漢学塾を開いていて、漱石もそこに通っていた。そういう環境の中で育ったということは、漱石という人を考えるときに、記憶しておいてよいことだと思う。

漱石は、明治十二年三月に東京府第一中学校の正則科乙というのに入る。この「乙」というのは、小学校の全課程終了以前に学力詮衡試験で入学したことを意味するから、小学校がもうまだるっこしかったのであろう。実際、小学校では学期末には決まって、成績優秀のため筆墨の褒賞をもらっていた。また「正則」というのは、授業を日本語でするコースで、大学進学をはじめから予定している人は、英語で授業をする「変則」を選択することになっていた。これは、大学を出てエリートコースに乗ろうという意思を、漱石が示していない、ということだろう。それどころか、中学も二年で辞めて、さきほどの漢文専門の二松学舎に入ってしまうのである。ずいぶんな時代逆行というべきで、さすがに二松学舎は一年でやめ、やがて大学受験のための予備校に通うようになるが、この二松学舎時代にも友人と漢詩の応答などをして、楽しんでいたようである。

とにかく英語は嫌いだった、と回想しているが、漢文で身を立てる訳にもゆかず、英語を勉強し始める。すると元来頭がいいわけだから、わかり始めればどんどん進んでいったという。雑誌記者に語った明治三十九年（一九〇六）の「落第」というその回想談では、同じ頃に、好きであった漢籍を売り払ったことも明かしている（一一四頁参照）。こうしてみると、漱石はエリートになることは考えず、好きな漢文を読んだり漢詩を作ったりして思春期を過ごしたといえるだろう。それでは、考え方そのものも封建時代をよしとしていたのだろうか。そのころの考え方を直接知る材料はないけれども、大学生になったころの考え方なら、いくつかの材料から窺うことはできる。

明治二十五年（一八九二）、漱石が帝国大学文科大学第三学年のときの教育学のレポートがある。全集では「中学改良策」と題されている。これは、弱肉強食の世界に船出した日本が、現状を維持しかつ将来の発展を期するには、担うべき人間がしかるべく活動しなくてはならず、そのためには教育がきわめて枢要であるという観点から、中学における教育の現状について、実際のカリキュラムにまで踏み込んで、全面的な批判を展開したものである。そのなかの「生徒徳育の改良」という項にはつぎのような一節がある。

余輩時代の書生は、幾分か漢学を専修したるもの故、知らず〳〵の間に支那風又は武士風の気象が少しは残れども、現今の中学生徒抔《など》は、其教育系統の情況にて所謂《いわゆる》漢書講読時期なるものを有せざるが如し。従つて徳義上の根本は甚だ覚束《おぼつか》なからんと推察せらる。吾輩時代すら、既に道徳壊乱の萌芽を発生せる位なるに、今後の少年が一層甚しくなりては、日本の運命も其限りなり。人間といふものは、たとひ一定の主義ありて、守る所ありてすら、時には一朝の感情に支配せられて、図らざる過ちをなす位なるに、無主義無作法の連中が、勝手次第の我儘を仕尽したらんには、実に寒心すべき禍害を醸すに至るべし。（句読点と振り仮名を補った）

自らが好んで親しんだ漢学的なセンスから、儒教的な秩序の感覚――長幼、主従、男女、の間にある固定的な関係――をよしとし、その崩れることを危惧している。これは教育学の教授に迎合したものではなく、そのときの漱石に自然に身についていた考え方の吐露であったであろう。

しかし、当然ながら漱石は、このような人間の存在のあり方を固定的に捉える、秩序本意の考え方だけに終始していたわけではない。このレポートより一年以上前の、明治二十四年（一八九一）八月三日付の子規宛書簡で、司馬江漢の著書『春波楼筆記』を読んだ感想を伝えている。そこには、「書中往々小生の云はんと欲する事を発揮し意見の暗合する事間々《まま》有之《これあり》図らず古人に友を得たる心にて愉快に御座候」と認《したた》められている。この『筆記』は、あるテーマのもとにまとまった思想を開陳するという種類の著書ではなく、断片的な感想集の傾向が強い。そうしてそこでは、近代的合理主義とでもいうべき、西洋流のものに即した考え方が、闊達に繰り広げられている。

人間・万物・万象は気中から生じて気中へと消滅するのであって、神道や仏教の教えは比喩ばかりで事実を言っていないから信じてはいけないと述べる。また、大宇宙から見れば人間は芥子粒のようだ。そのことを自分は知ってはいるが、信じてはいない。そもそも子供などは持つべきではない、自分の分身であり気をもむ種である。人は、芥子粒のような自分が子供を作らなければ子孫は断絶するというが、そうではない。たとえ自分に子供がなくても、自分の先祖から、糸筋のように連綿と人類はつづいているのである。だから自分は決して芥子粒のような存在ではない、という。ある公家衆が、江漢に向かって、君はオランダのことに詳しいようだが、彼らは人類というより獣だ。ただみるべきは細工の妙だ、と言ったときの江漢の答えは「人は獣に及ばず」である。そうかと思うと、人が死ぬのは、病で死のうが刑罰で処刑されようが、その苦しみは、「上天子、下庶民に至るまで、生ある者」は皆同じである。たとえ老衰であろうと、あの夢に見る苦しみを等しく味わうのだ、ともある。

　漱石がとくにどの段落に心惹かれたかはわからないが、情緒を排した冷徹ともいうべき理解力と論理性に共感したであろうことは、想像に難くない。封建の世にありながらこのような精神生活を営みえた江漢への共感は、とりもなおさず漱石その人が近代的精神の持ち主であったことを証しているといえるだろう。

　また、同じく子規宛の同年十一月七日付書簡には、次のようなくだりがある。

兎《と》に角《かく》気節の有無抔《など》は教育次第にて　工商の子なりとて相応の教育を為し一個の見識を養生せしめば　敢て士家の子弟に劣らんとも覚えず　暫らく気節は士人の子の手に落ち工商の夢視せ

ざる処とするも　是は工商たるが為に気節なきにあらずして　気節を涵養するの時機に会せざりしのみ　試みに士家の子弟をとりて幼少より丁稚たらしめば　数年を出ずして銅臭の児とならん　君の議論は工商の子たるが故に気節なしとて　四民の階級を以て人間の尊卑を分たんかの如くに聞ゆ　君何が故かゝる貴族的の言語を吐くや　君若《も》しかく云はゞ吾之に抗して工商の肩を持たんと欲す（字アキは筆者）

これは子規の手紙への反駁であるが、肝心の子規の書簡が残っていないので詳しいいきさつは分からない。ただ、漱石の反論から推して考えると、人間には気概というか気節が必要であり、やはり士族階級のものにしかそれは求められえない、というような趣旨だったらしい。論証のない、不用意な発言としかいいようがないが、士族の子規と違って平民である漱石には黙過できないことだったのだろう。ここには、階級というレッテルではなく、人そのものを社会との関係において見るという、近代的な人間観が表明されている。四民平等の観念が、しっかりと漱石の身についていたことを窺わせるに充分な文面である。

　さらに、この翌年の『哲学雑誌』（明治二十五年十月）に、アメリカの詩人ホイットマンの紹介記事「文壇に於ける平等主義の代表者「ウォルト、ホイットマン」Walt Whitmanの詩について」を無署名で発表する。そこではホイットマンの平等主義について、「第一彼の詩は時間的に平等なり次に空間的に平等なり人間を視ること平等に山河禽獣を遇すること平等なり。平等の二字全巻を掩ふて遺す所なし」といい、ホイットマンは共和国の詩人であって、「共和国に門閥なく上下なく華士族新平民の区別なし」であり、もし人間に差違があるとすれば、「其差違は身外を囲繞《いにょう》する所有物にあらずして他人の奪ふべからざる身体なり精神なりに存すと云ふのみ」と要約している。このような主義なり主張に、漱石が大いなる共感を覚えていたであろうことは、その行間からよく伝わってくる。

四つの講演

こうしてみてくると、「中学改良策」における儒教的道徳への信頼も、漱石の中ではかなり相対的な位置づけがなされていたであろうことが、想像できる。しかし本来は相容れない価値観であるはずのものだから、それがどのようにして統一されていたのかは、今は窺うことができない。

考えてみれば、漱石は学校制度や種痘などの、いわゆる近代文明の恩恵を日本人として最初に受けた世代に属するのだから、封建時代に逆戻りするなどということは、想像することさえ厭わしいことだったにちがいない。もっとも種痘は、それが元で本疱瘡を引き起こし、痘痕を生涯苦にするという傷跡を残しはしたのだが。——漱石は、西洋近代が日本人の精神にもたらした作用と拮抗する生き方を強いられ、自らの精神を傷つけたわけだけれども、こうしてみると、漱石をその幼少期において襲った、西洋文明のいわば物質的恩恵の副作用であるこの痘痕というものは、偶然とはいえ、漱石その人の象徴であったといえるのかもしれない。もっといえば、西洋との出会いによってもたらされた、日本そして日本人のアイロニカルな、ないしはパラドクシカルな状況の象徴ともなっているのだろう。

こうして少年期には多分に儒教的な、忠・孝・貞の世界に慣れ親しんでいたのが、青年期になると、近代的な人間中心主義的な平等の世界観を獲得していたらしいことがわかる。それでは漱石は、封建時代の考え方そのものをどのように捉えていたのだろうか。それを見るには、もう作家としてしかるべき地位を獲得していた明治四十四年（一九一一）の夏に、大阪で行なった講演「文芸と道徳」をみるのが適当であると思う。

もともとこの講演は、大阪朝日新聞が自社の宣伝のために、関西各地を巡回して数名の演者を交代で壇に登らせるというもので、漱石も四回講演をさせられている。その日付と場所、それに演題とを並べると次のようになる。

八月十三日（日）　明石　「道楽と職業」
八月十五日（火）　和歌山　「現代日本の開化」
八月十七日（木）　堺　「中味と形式」
八月十八日（金）　大阪　「文芸と道徳」

暑い最中にかなりきつい日程だと思われるが、実際、最後の大阪では講演中から胃に違和感を覚えるようになり、宿屋に戻ると嘔吐、さらに吐血という事態におちいった。翌十九日には湯川胃腸病院（後のことではあるが、ノーベル賞の湯川秀樹博士が婿入りしたことで知られる）に、入院してしまったのである。

それはともかく、この漱石の四つの講演は、ひと繋がりのものだということができる。封建時代の考え方をどう捉えるかという問題は、直接的には最後の「文芸と道徳」で語られるが、その本当のところを理解するには、最初の「道楽と職業」から見てゆくことが必要だろう。

この四つの講演は、いずれも文明の進展というものをどう捉えるか、にかかわっている。ひとことで言えば文明論である。

最初の「道楽と職業」では、文明の発達が人間の職業にどのような影響を及ぼしたか、を考えている。今では、中学か高校ですでによく聞かされる常識的な話で、今さららしくここで説明するのもおこがましいような気がするが、話のなりゆき上、要旨をごく簡単に紹介しておきたい。

大昔は、一人の人間が自分に必要なことを全部自分でしていた。魚を取ったり、着るものを作ったり、家を確保したりなどである。ところが文明の進歩した現在では、それぞれ専門の職業ができて、私たちはただお金でそれらを入手するだけになった。うまい魚を食べたいと思ったら、海に行くのでなくて、一生懸命自分の稼業、たとえば車のセールスに精を出して、儲けを大きくしなければならない。魚を得るために車を売るという、直接関係のない方向に向かって努める必要が出てきた。

最近ではマルクスがすっかり廃れてしまったので、あまり耳にしなくなったが、いわゆる疎外という現象である。漱石は『資本論』を持っていたけれども読んだ形跡はなく、疎外ということばを使ってはいない。しかし、文明の発達により人間が労働において疎外されるようになった、ということを内容としてはっきりと指摘している。つまり、お金を得るための労働は、自分本位の労働ではなく、他人に必要な他人本位の労働でなければ職業として成り立たない、という。それは同時に、職業が専門化するということでもある。そうしてその傾向は、時代の進展によって強まることはあっても、緩やかになることがない。そのことは、今日の誰でもが感じていることだろう。

その結果どうなるかといえば、それぞれが専門の領域に立てこもり、人がだんだん孤立して、互いに関心を持ちにくくなる。漱石の言葉では、「相互の知識の欠乏と同情の希薄」ということになる。その弊を克服するには、互いに関心を持ち合って、相手を知るようにすれば、自然に同情の念もきざすにちがいないわけなのだが、特効薬のようなものはない。

その一方で、自分本位でなければ労働そのものの意味がなくなってしまうという職業もある、と注意をうながす。それは、科学者・哲学者・芸術家のいとなみである。これらは他人の利益というものを眼中におかないので、つまり自分のためにするいわば道楽が、すなわち職業となっているのだといっている。だからそのかわり、収入が少ないのはやむを得ない。

漱石は、講演を終わるときに結論らしい括り方を示していないが、要は、文明の進展に伴って、人間は他人本位に生きなければならなくなったという事実を、「職業」という問題を通して指摘し、あわせて、そのような時代のなかでの自己本位の生き方を「道楽」という観点から相対化しようとした、といえるだろう。

つぎは、一連の講演の中でもっとも名高い「現代日本の開化」である。これは日も場所も「道楽と職業」とは違うので、聴衆も同じではない。漱石もまったく新しい話として語っているけれども、今日のわれわれが二つの講演を続けて読むと、実は話が連続していることがわかる。逆に別々のものとして読んだのでは、漱石の真意に近づくことはできないだろう。ここでも、表題に「開化」ということばがある通り、文明の進展の問題が取り上げられる。ただ今度は職業の分化ではなく、文明を推し進める人間の存在のあり方、が問題とされる。

明治の時代では、文明開化のもっとも端的な象徴は蒸気機関車などの交通手段だろう。蒸気船や蒸気機関車など、どれも人間の移動にとって、労力が大幅に軽減されるようになった。一般に文明が進むと、人間の肉体的労力が軽減されるようになる、あるいは逆に、人間の肉体的労力を軽減するように文明は進化するといってもよいだろう。漱石はこれを「活力節約の行動」と名づける。自分の出さなければならないエネルギーを、なるべく少なくして楽をしたいという傾向である。その肉体的労力は、生存のために必要なものであるから、それは人間にとっての義務となるというのである。やりたくないけれどもしなければならず、どうせするならなるべく楽をしてやり遂げたい、という傾向である。

その一方で、わざわざ山に登ったり、テニスをしたりするのも文明が発達した結果生じた娯楽であろう。食べることで精一杯の状態では、不必要に腹を減らす行為は慎まねばならなかったにちがいない。文明の発達に伴って、時間的・物理的（身体的）なゆとりが生じると、人はほうっておいても趣味・道楽に手を出すようになる。他人から強いられるのではなく、自然に湧き起こる自らの欲求ですることとである。漱石はこれを「活力消耗の趣向」と名づけている。エネルギーを発散させて快感をえたいというもので、先の「義務」にたいして「道楽」として対比されている。

開化（近代化）というものは、「活力節約」と「活力消耗」という二つの動機によって、あるいはこの二つから動力を得て、実現されるようになったという。「節約」の方は、人が何かしなければならない義務に関係しているというのだから、これは前の講演の「職業」につながっているだろう。また「消耗」のほうは、すでに「道楽」そのものである。

実際、今の世の中を見ても、たとえば自転車はどんどん軽量化して、ギアなどもついて負荷が軽減するようにつくられている。「節約」である。その一方で、運動不足と称してジムなどに行って、わざわざ重くしたペダルを踏んだりする。これはまさしく「消耗」だろう。重たい自転車なら一石二鳥だ、では開化は進展しないに違いない。人間はこのようにして自らの文明を育ててきたのである。漱石は繰り返し注意しているが、これは善悪の問題ではなく、まったく事実関係を確認するために言っているのである。

漱石はここで一つのパラドックスを指摘している。それは、開化というものがこのように人間の義務を軽減し道楽を開放させるものであるなら、人間がますます人間らしくなってしかるべきなのに、現状はどうかというのである。世の中はますます世知辛《せちがら》くなっていると、聴衆の同意を求めている。明治の時代でさえ、すでにそうだったのである。二十一世紀の現状が、ほとんど言葉にもならないくらいに悲惨になっていることは、現に生きているわれわれの等しく感じているところであろう。今更のように格差社会などといわれるが、それは昔ながらの生存競争の激化した結末である。

生存競争から生ずる不安や努力に至つては決して昔より楽になつてゐない、否《いな》昔より却《かえ》つて苦しくなつてゐるかも知れない、昔は死ぬか生きるかの為に争つたものである、夫丈《それだけ》の努力を敢てしなければ死んで仕舞ふ、已《や》むを得ないからやる、加之《しかのみならず》道楽の念は兎に角道楽の途はまだ開けて居なかつたから、斯《こ》うしたい、あゝしたいと云ふ方角も程度も至つて微弱なもので、たまに足を伸したり手を休めたりして、満足してゐた位のものだらうと思はれる、今日は死ぬか生きるかの問題は大分超越してゐる、それが変化して寧ろ生きるか生きるかと云ふ競争になつて仕舞つたのであります、生きるか生きるかと云ふのは可笑《おか》しうございますが、Aの状態で生きるかBの状態で生きるかの問題に腐心しなければならないといふ意味であります、

「節約」のほうでいえば、人力車から自動車へというようなスピードアップからの圧迫があり、「消耗」のほうでは贅沢への渇仰がある。現今のパソコンや携帯の機能アップには、実は人々は本当に疲れてしまっているのではないだろうか。これらはいずれも、そのこと自体の論理として立ち止まることを許してくれない。この、次を求めるという心の渇きは、まことに尋常ではない。今から見ると牧歌的に映る明治ですら、そうだったのだ。

こうして開化というものが、本当に歓迎すべきものかどうかに疑問をさしはさんだ上で、日本の問題に移ってゆく。

ここまでは、たとえパラドックスはあっても、それは人間が本来持っている性癖というか傾向というか、内部の主体的な欲求によって内発的に推進されたものであるからまだよいが、日本は外発的で、自分がまだその欲求に目覚めないうちに、必要性を自覚する前に、外から与えられてしまう。なるほど蒸気機関車は必要だ、という段階が消失している。もっと早く移動したいという必要や欲求が内部にきざしていないのに、さあこれで早く移動しなさい、便利でしょう、と押し付けられる。それをありがたがって受け入れ、そうしてその段階を充分に味わって心が充足する前に、もう次の刺激が押し寄せてくる。

そのような事情が人間の精神に及ぼす影響には二つあるという。一つは、空虚、むなしさ、充たされない思い、である。もう一つは、必死に取り戻そうとがんばりすぎて神経衰弱になる、という。実際、留学先のロンドンにおける漱石の奮闘は並外れたもので、なんとかしてその空虚を一挙に埋めようとしたために、自ら神経衰弱に陥ったのであった。はじめに引用した明治三十九年秋の森田草平宛書簡に見えた、あの高揚感もその神経衰弱からくる焦燥感のなせるわざとみても、間違ってはいないだろう。あれから何年かが経過しているけれども、この講演での解析は、客観的な評論ではなく、漱石の実体験から出た批判であったにちがいない。

特効薬はここにも存在しない。神経衰弱にならない程度に、内発を心がけて、上滑りに滑って行くしかない、となんだか泣きたくなるような総括は、諸家のよく紹介するところである。

こうして漱石は、近代化の問題を、二つの講演の一つでは、職業を通して他人本位の専門化した活力の使い方で終始する結果、人間が互いに孤立し同情心を失い人間性が歪められつつあることを指摘し、もう一つでは、本来自己本位の活力発現の成果であるべき開化が、生存競争の激化をもたらした結果、内面が空虚の感覚に常にさらされるようになっていることを指摘した。

次の「中味と形式」では、これらの問題を別の観点から捉えなおそうとしている。

はじめは一般論で、中味と形式は一致しにくいことを言っている。専門家と素人は何が違うかというと、専門家はその専門とする対象の中味についてよく知っている。だから逆に、その対象を一言でまとめるのに躊躇をおぼえる。ところが素人は、中味のことは複雑でよくわからないから、善いか悪いか、値打ちがあるのかないのか、力があるかどうか、強いか弱いか、など簡単にまとめられた結論だけを知りたがる。これを漱石は、素人は形式を好むといい、その形式は中味とは一致していない、と注意を喚起する。

世の中は単純で、複雑に考えすぎてはいけない、という議論をよく目にする。これは漱石を離れるが、世の中は決して単純なものではない、と私は思う。真実ないし真理は複雑で難しくて、了解するのはとても骨の折れることである。ただ、そのようなことをすべての人々が理解する必要はないので、単純にわかることだけで日常生活は足りる、というにすぎない。アインシュタインの相対性理論を漫画で理解させようとしても、わかるのは漫画がわかるのであって、漫画をみただけではけっして理論そのものを理解することはできない。

　そうして漱石は、同世代のドイツの哲学者オイケンの『生の意義と価値』という本の批評に入ってゆく。オイケンは、最近では顧みられないが、この講演の年の三年ほど前にノーベル文学賞を受賞しており、大正時代になると日本でも訳されて、広く読まれた人である。漱石は英訳で読んでいる。オイケンは、現代の人々は自由とか解放を求めたり主張したりするが、その一方で、たとえば資本家などは、秩序や組織が成り立たなければ事業が成立しないという、と対立した意見を並べる。そうしておいて、これは矛盾であり、どちらかに片付けなければならない、そもそも相反することを同時に主張しても意味のある生活は得られない、と主張したらしい。漱石はそのことに異を唱える。

　たしかに形式から言えば矛盾のようだけれども、一つは「人を支配するための生活」で、もう一つは「自分の嗜慾《しよく》を満足させるための生活」なのだから、矛盾どころではなく、「生活の両面に伴ふ調和」であって、断じて矛盾ではない、といっている。この二分法は、「職業」と「道楽」、あるいはエネルギーの「節約」と「消耗」に対応しているようにもきこえないだろうか。漱石の意識のなかにあっては、これらはみな「生活の両面に伴ふ調和」の問題であって、どちらかに片付けるべきものではなかったのだ。

　形式的には矛盾しているように見える事象も、内容本位から見れば、調和なのだ、という考え方が見えてくる。そうして形式のほうから中味を規制しようとする考え方に、反対している。世の中の実際の生活というものは、それが中味であるわけだが、時代とともに推移する。だから形式も時代に合うように推移するべきなのであって、いつの時代にも変わらない型、つまり形式をこしらえて、その型に、中味である生活を押し込めるようであってはならない、と強く主張する。この講演の最後のところを引いてみよう。

一言にして云へば、明治に適切な型と云ふものは、明治の社会的状況、もう少し進んで言ふならば、明治の社会的状況を形造る貴方方《あなたがた》の心理状態、それにピタリと合ふやうな、無理の最も少ない型でなければならないのです、此頃は個人主義がどうであるとか、自然派の小説がどうであるとか云つて、甚だやかましいけれども、斯《こ》う云ふ現象が出て来るのは、皆我々の生活の内容が昔と自然に違つて来たと云ふ証拠であつて、在来の型と或る意味で何処《どこ》かしらで衝突する為に、昔の型を守らうと云ふ人は、それを押潰《おしつぶ》さうとするし、生活の内容に依つて自分自身の型を造らうと云ふ人は、それに反抗すると云ふやうな場合が大変ありはしないかと思ふのです、丁度音楽の譜で、声を譜の中に押込めて、声自身が如何に自由に発現しても、其の型に背《そむ》かないで行雲流水と同じく極めて自然に流れると一般に、我々も一種の型を社会に与へて、其の型を社会の人に則《のつと》らしめて、無理がなく行くものか、或はこゝで大いに考へなければならぬものかと云ふことは、貴方方の問題でもあり、又一般の人の問題でもあるし、最も多く人を教育する人、最も多く人を支配する人の問題でもある、我々は現に社会の一人である以上、親ともなり子ともなり、朋友ともなり、同時に市民であつて、政府からも支配され、教育も受け又或る意味では教育もしなければならない身体である、其辺のことを能《よ》く考へて、さうして相手の心理状態と自分とピツタリと合せるやうにして、傍観者でなく、若い人などの心持にも立入つて、其人に適当であり、又自分にも尤《もつと》もだと云ふやうな形式を与へて教育をし、又支配して行かなければならぬ時節ではないかと思はれるし、又受身の方から云へば斯《かく》の如き新らしい形式で取扱はれなければ一種云ふべからざる苦痛を感ずるだらうと考へるのです。

なんでもないような、平凡な主張に響くかもしれないが、私は、これは漱石の必死の、大げさに言えば文字通り命をかけた、ぎりぎりの叫びだったのではないかと、思う。それは時代である。私はこの一連の講演が、明治四十四年(一九一一)の夏に行なわれたものであることを、はじめに紹介した。この年の初めには、幸徳秋水ら大逆事件の被告二十四人に死刑の判決が出て、そのわずか六日後には実際に十一人の刑が執行された。

「昔の型」

漱石はその正月を、内幸町の胃腸病院で過ごしていた。前年の夏のいわゆる「修善寺の大患」の予後を養っていたのである。大逆事件にも、死刑執行にも、言及したものは何も残っていない。しかし、退院間近の二月下旬に同じ政府が、漱石に博士号を授与しようとしたときに、断固として拒絶した。そのことを幸徳らの死刑判決・執行と直接関係があるかのように言うのは、ちょっと躊躇するけれども、まったく別の問題だというのもしっくりしないように思う。もらいたくない、という意志は影響を受けなくとも、拒絶の仕方や内心の気持ちには影を落としていた、と考えるほうが自然であるように思う。

漱石は、明治四十二年の六月下旬から三カ月あまりにわたって、『それから』を朝日新聞に連載した。そのなかに、幸徳秋水への言及がある。そこでは、代助の口をかりて、幸徳秋水の挙動を血眼になって監視する権力の動きを、「現代的滑稽の標本」と揶揄している。漱石の現実認識として、それくらいの批判は許される、そのような世の中に変わりつつあるという認識があった証拠ではないだろうか。ところが権力は、有無を言わせず断罪した。漱石が事件自体の信憑性をどのように認識していたかは、わからない。状況証拠から、でっち上げの要素が少なくないことはわかっていたはずだ、という人もいるが、断言はできない。ただ先ほどの講演の引用を読めば、時代の流れに逆行する何かを感じ取っていたことは確かだろう。またあの引用の部分は、そのようなものとして読まれるべき、漱石のメッセージではないのだろうか。

漱石は日露戦争の最中に、『吾輩は猫である』を書き続けていたが、そのなかでは東郷元帥の日本海海戦を、猫のネズミ捕りのパロディーに使っている。たわいもないことだ、といってしまえばそれまでだが、猫がはじめてのネズミ捕りを実践しようとするとき、ネズミの出現場所の特定に苦處する。まず、「どの方面から来るかなと台所の真中に立って四方を見廻はす。何だか東郷大将の様な心持がする」からはじまって、「全体の感じが悉《ことごと》く悲壮である。どうしても猫中の東郷大将としか思はれない」とつづく。さらに、

東郷大将はバルチツク艦隊が対馬海峡を通るか、津軽海峡へ出るか、或は遠く宗谷海峡を廻るかに就て大に心配されたさうだが、今吾輩が吾輩自身の境遇から想像して見て、御困却の段実に御察し申す。吾輩は全体の状況に於て東郷閣下に似て居るのみならず、此格段なる地位に於ても亦東郷閣下とよく苦心を同じうする者である。

とつづく。そうして実際にネズミが登場すると、捕まえるどころかネズミのために愚弄される結果に至るのは、周知の通りである。「残念ではあるがかゝる小人を敵にしては如何なる東郷大将も施こすべき策がない」。これは、『吾輩は猫である』の「五」、明治三十八年（一九〇五）七月一日発行の『ホトトギス』誌上に発表した文章である。日本の連合艦隊が、日本海海戦において、ロシアのバルチック艦隊を破ったのが、その少し前五月二十七日のことだから、漱石が実際に原稿用紙を埋めたのは、ほとんどその直後のことであっただろう。

　このパロディーは、たとえば日露戦争反対というような根底のある批判から生み出されたものでは、おそらくないだろう。勝利に伴うお祭気分の便乗型パロディーである可能性を、あるいは否定

できないかもしれない。少なくとも、世の中から批判されたり指弾されたりする心配の埒外にいるようにはみえる。

『吾輩は猫である』「六」（明治三十八年十月十日）では、「大和魂」が筆端に乗せられる。苦沙弥が、短文を作ったからといって皆に披露するのだが、一句ごとに茶々がはいって、すんなり読み進めることができない。その茶々をはぶくと、その短文は次のようになる。


「大和魂！　と叫んで日本人が肺病やみの様な咳をした。

「大和魂！　と新聞屋が云ふ。大和魂！　と掏摸《すり》が云ふ。大和魂が一躍して海を渡つた。英国で大和魂の演説をする。独逸《ドイツ》で大和魂の芝居をする。

「東郷大将が大和魂を有《も》つて居る。肴屋の銀さんも大和魂を有つて居る。詐偽師、山師、人殺しも大和魂を有つて居る。

「大和魂はどんなものかと聞いたら、大和魂さと答へて行き過ぎた。五六間行つてからエヘンと云ふ声が聞こえた。

「三角なものが大和魂か、四角なものが大和魂か。大和魂は名前の示す如く魂である。魂であるから常にふら〳〵して居る。

「誰も口にせぬ者はないが、誰も見たものはない。誰も聞いた事はあるが、誰も遇つた者がない。大和魂はそれ天狗の類か」

ここにも東郷大将が出てくるが、つづいて並べられるのは、「肴屋」はともかく、「詐偽師、山師、人殺し」である。その前だって、「肺病やみ」に「新聞屋」そして「掏摸」である。これらはみな、もし「大和魂」があるとすれば、その「魂」はそこに宿っている、という主張である。なぜ、普通一般の人は大和魂の所有者に数えられないのだろう。そうして最後には、「天狗」を持ち出すことによって、その存在をあからさまに否定している。

明治四十四年に改版になった『言海』の「大和魂」の項には、（一）として「大和心ニ同ジ。日本ノ学問」とあり、（二）として次のように記されている。

日本人ニ固有ナル気節ノ心。外国ノ侮ヲ禦ギ、皇国ノ国光ヲ発揚スル精神。ヤマトゴコロ。日本胆。

また、三省堂の明治四十四年版『辞林』には、「大和民族の固有せる忠孝節義を重んずる献身的精神」などとある。物集高見《もずめたかみ》『日本大辞林』（縮刷版、明治四十年）の「たけくをゝしきこゝろ」のようにおだやかなのもあるが、山田美妙『日本大辞書』（明治二十六年）の「日本帝国臣民ノ節操」のように、「帝国」以前にはなかったかのようなのもある。他国とは違って、日本には固有な美質があってほしいという願望が、実際にあることになってしまったことに、漱石は違和感を表明したかったのだろう。

このような漱石は、これらの言説で直接にということではないにしても、一部では激しい批判にさらされたことも事実である。しかし、自分の言論を公表できそれに批判が出るというような、自由な言論が許される世の中というものが、明治にふさわしい世の中の形式である、と感じていたのだろうと思う。漱石が、「皆我々の生活の内容が昔と自然に違つて来たと云ふ証拠であつて、在来の型と或る意味で何処かしらで衝突する為に、昔の型を守らうと云ふ人は、それを押潰さうとする」というときの、その「昔の型」は、想像の産物ではなく、現に身の近くに起こっていたことだったのではないだろうか。私は、漱石のそのような危機感を、この講演の結びのことばの中に感じる。

漱石をもっとも熱心に批判したのは、三井甲之という人である。三井は、本名は甲之助、明治十六年（一八八三）に山梨に生まれ、昭和二十八年（一九五三）まで生きた。明治四十年（一九〇七）に東大の国文科を卒業した歌人であり、大正中期から反動化して、小作争議に対立したり、明治天皇御製拝誦運動を起こしたりして、右翼イデオローグとして活躍した、という。しかし漱石の在世当時から、漱石が言うところの「昔の型」を守ろうとする人物であったことは事実であろう。国粋主義者三宅雪嶺の雑誌『日本及日本人』が、その筆を揮う場であった。

たとえばこの講演のあった明治四十四年四月の同誌五五五号に、三井が寄せた記事「人生と表現」をみてみよう。二段組七頁にわたる長い文章だが、「文壇漫言」という節があって、そこではまずひところの風潮として、たぶん藤村操の華厳の滝投身自殺以来のことであろうが、煩悶を気取るということが流行したことを指摘し、その「気取り趣味」は今でもある、と批判する。すなわち「働かずに空想に耽つて居れば其空想を表現するには技巧によつて感情の遊戯をなす外は無い。ここに遊戯的低徊的空想的技巧的人為的最後には虚偽の文学が生れ思想が生るるのである」という。ある雑誌である執筆者が、与謝野晶子、漱石に感服していることを書いていることを捉えて、次のように述べている。

○同じ人は漱石をも感服して居るといふ。漱石の小説は晶子の歌の如く淫靡露骨の悪感化を直接に与ふることは少ないけれども矢張り気取つて居る趣味で着実でない、近頃東京朝日の文芸欄に漱石は明治四十年間の日本の進歩は外国人から見れば驚くだらうが日本人は驚かぬ、明治の歴史は即漱石自身の歴史である、漱石が今日世間から受けて居る待遇は意外に厚いと思はる程であるけれども漱石自身からは当然の事と思つて居る、といふ主意が例の徹底しない譬喩交りに冗漫に書いてあつた。冗漫だから直接引用は出来ぬ。
○又漱石の博士辞退等の事もよく其外的境遇に支配せられて居る同氏の文学に対する態度を明かにして居る。吾々の思つて居る信念の正反対の行き方である。

文章はもう少しつづくのだけれど、意味がよく通じないので、切り上げる。三井がここで取り上げている「冗漫」な文章とは、明治四十四年三月十六、十七日の二回にわたって『東京朝日新聞』の文芸欄に掲載された「マードック先生の日本歴史」である。少なくとも三井の批評よりも、主意がはっきりしているように読める。三井の文章は、引用に続く部分だけでなく、この引用そのものも、その意味するところが必ずしも分明ではない。ただはっきりしているのは、おそらく三井は「大和魂」を担ぐ一派であり、漱石の「信念」が正反対であると主張していることである。（漱石が三井のことに直接触れたことはないが、大正三年（一九一四）十一月に学習院で行なった講演「私の個人主義」のなかで、「「日本及び日本人」の一部では毎号私の悪口を書いてゐる人がある」といっているのは、三井甲之を指しているにちがいない。）

ここでの漱石批判は、論理的なものではなく、読んでも何が三井の気に入らないのかがわからない。三井の批判が「毎号」であったかどうかはともかく、次の五五六号では、「文章世界四月号で花袋の漱石『門』の批評がある。読んだことは無いが花袋のいふ通り冗漫の空想的のものであらう」と、無責任な断定を下している。さらに「漱石の文学が健全であり、批評が合理的であるとすれば、それは彼が真の詩人で無い故にさうであるのに過ぎぬ」（明治四十三年七月）とか、漱石が書いた長塚節『土』の序が『新小説』に再録されたものを読んで、「文芸を真に解し得ぬことを告白するものである」とか「信念が乏しいから迷つて居るのである」（明治四十五年七月）などといっているのを見ると、気に入らないから、嫌いだから貶すというだけのようにみえる。しかし、こういう反対の立場の人のほうが、漱石の本質をかえって摑んでいる、という面があることも事実だろう。

反対の側から見ると、不思議な嗅覚のようなものがはたらいて、漱石の危険な考えを嗅ぎつけているのだと思う。

これにくらべると、最愛の弟子として自他共に認める小宮豊隆などは、漱石のほんとうのところを理解していたのかどうか、はなはだ不安になってくる。小宮が長年にわたって「漱石全集」の編集に携わり、日本における文学者の個人全集の一つの完成の形を作り上げたことは事実であろう。その本文校訂について、問題のあるところはすでに指摘されているし、私自身も疑問を投げ掛けたい気持ちが多分にある。しかし、それによって過去の全集の価値が無に帰するということはない。あれはあれで立派な全集であったと思う。——私がまだ現場で漱石全集と格闘していたときに、読者の方から旧全集をどう見ればよいのか、という問い合わせがときどきあった。そのたびに私は、新しい全集の特色を説明しながら、旧全集の価値は少しも変動することの無いことを強調した。当たり前のことではあるけれども、新しい全集にはかつての全集に無いところがある、というだけで、漱石その人の文業を伝える上で、貴重な達成であったことはゆるがないと思ったし、今も思っている。同僚からも、お前は前の全集を覆そうとしているのに、なんでそんなに旧全集を尊重するのか、といぶかしがられたことも一再ではない。そこから学ばなければならないことは、山のようにあったのである。

それはそれとして、私がここで問題として言っておきたいのは、昭和十年（一九三五）、つまり漱石没後二十年経った時に企画されたいわゆる「決定版全集」に、署名のない一つの文章を、漱石の文章であると断定して収めた、ということについてである。昭和十年といえば、いうまでもなく昭和の天皇を頂点とする軍国主義的侵略が、具体的に動き出そうとしていたときである。

その文章は、「明治天皇奉悼之辞」と題されたものである。もとは、明治天皇が亡くなったときに『法学協会雑誌』の巻頭に、黒枠で囲まれて掲載された記事である。表題はその時の全集でつけられたもので、雑誌では無題であった。何の関係もない、法律家の雑誌に、漱石がそんな文章を書いただろうか。しかも、無署名で。小宮は解説でいろいろの伝聞による状況証拠を挙げて、漱石の天皇を敬う気持ちがあふれている、として収録したのであった。私は大変あやしいと思う。時局におもねる意図はなかっただろうか。

戦後になると小宮は一転して、漱石の伏せられていた日記、と称して、先のすべての文章を収めると表明した全集に実は収められていなかった、天皇あるいは天皇周辺にたいして率直な感想を述べている日記を公にする。――皇族主催の行啓能の観客席で、一般人は禁煙なのに皇族は平気で煙草をふかしている。しかも取り巻が、その火をわざわざ点《つ》けてあげているのを目撃して、不快感を表明する（明治四十五年六月十日）。また、明治天皇重患の号外を手にして、そのために隅田川の川開きが中止にさせられたことを知り、規制すべきことでないと批判する（同七月二十日）。――今度は民主的な漱石を演出したわけである。戦後の全集にも、「奉悼之辞」は載せられたが、小宮の言い訳は微妙に変化している。新しい全集（岩波書店、一九九三年版）では、この追悼の辞を、本文ではなく参考資料として掲載することにした。この取り扱いの判断は、読者に委ねたいと思った。

（小宮の証言の変化を、詳しくたどるのは、あまり意味がないと思うが、たとえば戦前の全集の解説（一九三六年十月）では、「それだから〔『法学協会雑誌』の編輯委員〕山田三良は、恐らく奉悼の辞を、漱石の所に頼みに行つたものに違ひない」と推量で述べているところが、戦後の全集の解説（一九五七年三月）では「これは当時この雑誌の主幹をしてゐた、山田三良から頼まれたものである」と、「編輯委員」が「主幹」へと変わり、推量でなく断定になっている。また、頼まれた翌日に漱石が原稿を届けた時の言葉は、ほぼ同じで、その結びは「……言つたのださうである」が「……言つたさうである」に変わってはいるが、どちらにしても伝聞であるにはちがいなく、ただ誰が誰から聞いた言葉なのかは、一向に示されていない。しかも、小宮の没後に出た菊判全集の解説（一九六六年十月）では、戦前の文章に戻ってしまっている。）

こんなことを言うのは、小宮を批判するためではない。漱石が「中味と形式」という講演の最後に述べている、古い型つまり形式の中に、推移する人間の営みすなわち中味を押し込めてはいけない、という注意は、明治以来の今日に至る歴史に充分すぎるくらいに通用する、ということを確認しておきたいのである。

しなやかさの根本

さて、いよいよ最後の講演「文芸と道徳」に移ろう。一連の講演の最後を締めくくるこの講演で漱石は、昔の、すなわち徳川時代の道徳の特徴づけを行なおうとする。もともと、漱石が封建時代のものの考え方をどのようにみていたのかをこの講演に探ろうとして、その前段の講演をこれまでみてきたのであったが、この講演のはじめで、漱石は徳川時代の道徳を次のように総括している。

一口に申しますと、完全な一種の理想的の型を拵《こしら》へて、其の型を標準として、又其型は吾人が努力の結果実現の出来るものとして出立したものであります、だから忠臣でも孝子でも若《も》しくは貞女でも、悉《ことごと》く完全な摸範を前へ置いて、我々如き至らぬものも意思の如何、努力の如何に依つては、此摸範通りのことが出来るんだと云つたやうな教へ方、徳義の立て方であつたのです、

先の講演の続きでいえば、このような形式をまず作っておいて、それに人間を押し込めようとした、ということになるだろう。その結果、どうなったかといえば、型を模倣するという不充分さはあっても、人々は「向上の精神に富んだ気概の強い邁往《まいおう》の勇を鼓舞される様な一種感激性の活計を営む」ようになる。一方、社会は型からの逸脱を許さず、「個人に対する一般の倫理上の要求は随分苛酷なもの」で、ちょっとした過ちでも腹を切らなければならなくなる、というように概括している。

完全かもしれないけれど、実際に存在するのかしないのかわからない理想的な人間をこしらえて、それにむかって努力し感激し発憤し随喜して渇仰する、そうして社会からは徳義上の弱点について

容赦なく厳重に取り扱われる、よくそれで人々が我慢していたものだと疑いを提出しながら、漱石はその理由を考える。一つは、科学的な批判精神が育っていなかったせいであり、もう一つは交通が発達しておらず、また階級制度により人間同士の接触が限られ世間が狭いために、理想型の実在を証明できないと同じように、それを疑うことができなかった、という。要するに、理論的にも実証的にも疑義をさしはさむ契機が奪われていた、ということなのであろう。

それに対して現代の新しい、すなわち明治維新からこの講演の明治四十四年に至るまでに育った道徳はどういうものかというと、出発点が理想型というような形式ではなく、現に存在している人間というもの、つまり中味からはじまっている。現に眼の前にいる人間は、いうまでもなく不完全な存在である。そのような事実から道徳を組み立てるようになった、というのである。漱石の言葉を聴いてみよう。

然らば維新後の道徳が維新前とどういう風に違つて来たかと云ふと、かのピタリと理想通りに定つた完全の道徳と云ふものを人に強ふる勢力が漸々《だんだん》微弱になる許《ばかり》でなく、昔渇仰した理想其物が何時の間にか偶像視せられて、其代り事実と云ふものを土台にして夫《それ》から道徳を造り上げつゝ今日迄進んで来たやうに思はれる、人間は完全なものでない、初めは無論何時迄行つても不純であると、事実の観察に本《もとづ》いた主義を標榜したと云つては間違になるが自然の成行を逆に点検して四十四年の道徳界を貫いてゐる潮流を一句につゞめて見ると此主義に外ならんやうに

思はれるから、つまりは吾々が知らず〳〵の間に此主義を実行して今日に至つたと同じ結果になつたのであります、

漱石はこのことを、実はこの一連の講演のなかで実行している。つまり「現代日本の開化」において、道学者が贅沢を戒めることについて、「結構には違ないが自然の大勢に反した訓戒であるから何時でも駄目に終る」と述べているが、これも形式でなく事実からスタートすることの必要性を言っているのであろう。また聴衆に向かって、皆さんは会場を出て涼風に当たったらもう私の講演なんか忘れてしまうでしょう、と厭味を言って、「私から云へば全く有難くない話だが事実だから已《や》むを得ないのである」とも言っている。日本の開化が上滑りであるのも、「事実已《や》むを得ない、涙を呑んで上滑りに滑つて行かなければならない」といった具合である。これらはいずれも、如何にあるべきかからの議論でなく、現実のありようをまずは認めて、そこから問題の所在を見つめようという姿勢をあらわしていることばだ、ということができるだろう。

ここまでは道徳についての話であったが、「文芸と道徳」という演題の、今度は文芸のほうに移ってゆく。文芸では、ロマン主義の文学と自然主義の文学の対比を取り上げる。ロマン主義の文学では、たとえば登場人物、主人公は理想的な存在であることが多いように思われる。読者である普通の人よりも、そのおこないや、心栄えが偉大であったり、公明であったり感激性に富んでいたりする。それを読む者は、その影響を受けて、自分も立派な行動をしてヒーローになるんだ、という

道徳上の刺激を受けやすくなる。一方の自然主義では、登場人物はわれわれと変わらず、恋に破れたり二日酔いで寝込んだりするので、道徳上の感化を受けることは少ないように思われる。

しかし見方を変えてみると、ロマン主義の方は、内容はたしかに道義的で芸術的——漱石はここでは話題を狭く区切って、あらゆる文芸を問題にするのでなく、道徳と関係のある局面で議論を進めているので、道義的なものが芸術的になるのであるが、その辺の詳しい議論は、この講演を直接読んでいただくのがよいと思う——かもしれないけれど、書き方という問題になると、読者を乗せてやろうとか、感動させてやろうというようなよこしまな意図がはらまれやすい、ということを指摘している。漱石はそういう傾向を「厭味」と名づけて、留学時代から盛んに研究しており、その話自体なかなか興味深いのだが、今は立ち入らないことにする。

それに対して自然主義のほうは、内容は発憤・向上の刺激に乏しいかもしれないが、書き方という点では、ありのままを真率に書くのだから正直であるということになる。書かれる内容は堕落の傾向があるかもしれないけれども、目を転ずればかえって道徳的とも言いうる、というのである。そうしてロマン主義を昔の道徳に、自然主義を新しい道徳に関連づけてゆき、世の中の大きな流れは自然主義に傾かざるを得ないことを、指摘している。その関連はもう説明しなくても明らかだろう。しかし世の中の進展の道筋は一本道ではないので、自然主義に傾くなかでもロマン主義が復興することはあるという。ただ、その場合のロマン主義は、後にみるように、以前とは違った新しい意義を含んだロマン主義でなければならないだろう、と締めくくっている。

昔習った高等学校の国文学史の分類では、漱石は反自然主義の人だったはずだから、ここで自然主義を評価しているのは奇異に映るかもしれない。今までの話の続きで言えば、教科書は、形式として漱石を反自然主義作家に分類しているけれども、漱石の中味には自然主義的要素が含まれているということになる。

漱石は『東京朝日新聞』の「文芸欄」を主宰して、いろいろな作家に新聞小説の依頼などもしている。この講演旅行に出る直前の明治四十四年八月一日、漱石の推薦を受けて、徳田秋声の『黴《かび》』の連載が同紙上で始まる。そのときに文芸欄の手伝いをしていた小宮豊隆に宛てた手紙で、「秋声の小説今日から出申候。文章しまつて、新らしい肴の如く候」と賞賛している。秋声は押しも押されもしない自然主義の作家である。要するに自然主義だから駄目なのではなくて、駄目なものが駄目だ、というのが当たり前であり、それが漱石の流儀なのだと思う。ここでも事実から出発しているのであって、漱石はそういうことの、まぎれもない実践者であった。

大正四年（一九一五）になって、このときはもう文芸欄は廃止されていたが、漱石は自らの『道草』の次の連載小説を、また秋声に頼んでいる。秋声は新しい小説の題材として、娼妓の一代記のようなものを書きたいと考える。でもそのようなテーマは朝日が嫌がるのではないかと躊躇し、問い合わせてくる。それに対する漱石の返事はつぎのようであった。

私は昨日電話で社と相談して見ましたが社の方では御存じの通りの穏健主義ですから女郎の

一代記といふやうなものはあまり歓迎はしないやうです。然したとひ娼妓だつて芸者だつて人間ですから人間として意味のある叙述をするならば却《かえ》つて華族や上流を種にして下劣な事を書くより立派だらうと考へますので其通りを社へ申しましたら社でも其意を諒としてもしあなたが社の方針やら一般俗社界に対する信用の上に立つ営業機関であるといふ事を御承知の上筆を執つて下されば差支《さしつかえ》なからうといふ事になりました。

私は右を御報知 旁《かたがた》 御注意を致すために此手紙を差上げるのです。私は他人の意志を束縛して芸術上の作物を出してくれといふ馬鹿な事はしたくありませんから万一余程の程度に御趣向を御曲げにならなければ前申した女の一代記が書きにくい様なら「かび」の続篇でも何でも外のものを御書きにならん事を希望致すのです。若《も》し又社の所謂露骨な描写なしに娼妓の伝が何の窮屈なしに書けるなら無論それで結構だらうと思ひます。

微妙な問題を、嘘を含まないで率直に相手に伝えるというのはなかなかむずかしいことだと思うが、これはそのような問題に対するよい見本になっているといえるだろう。このなかで今までとのつながりでいえば、「私は他人の意志を束縛して芸術上の作物を出してくれといふ馬鹿な事はしたくありません」というところが、芸術家は、哲学者や科学者と並んで、道楽のような自己本位の職業である、ということの実践例になっていると私には思われたので、自然主義との関係という脇道にさらなる蛇足を加えてみたのである。

さて、せっかくの講演を図式でまとめるのは、「中味と形式」の議論がわかってないようで、漱石先生には申し訳ないのだけれども、こうして四つの講演をみてみると、同じことの対照を、四つの局面に分けて論じていることがわかると思う。一方は、「職業」からはじまって、「エネルギーの節約」であり、「形式」であり、「古い道徳すなわちロマン主義の文学」である。もう一方は、「道楽」―「エネルギーの消耗」―「中味」―「新しい道徳すなわち自然主義の文学」、となるだろう。

漱石は対比的に語ってはいるが、それらについて、優劣・善悪・正邪を言い募っているわけではない。事実に基づいて分析ないしは、解説したのである。「文芸と道徳」のなかで、古い道徳と新しい道徳とをそれぞれ対照的に語り、昔に比べて今日では世の中の個人に対する批判がずいぶん寛大になったと指摘した後で、漱石は次のように注意をうながしている。

私は昔と今と比べて何《ど》つちが善いとか悪いとかいふ積《つもり》ではない、只是丈《これだけ》の区別があると申したいのであります、又過去四十何年間の道徳の傾向は明かに斯う云ふ方向に流れつゝあるといふ事実を御認めにならん事を希望するのであります。

こうしてみてくると、漱石という人の考え方が大分わかりやすくなったように思われる。一つは、物事を対立的に分析して考えるけれども、それは正邪曲直を弁別する二者択一ではなく、一見した対立項を包含する、包み込んでゆこうとする姿勢ということができるだろう。それからもう一つは、世の中の進んで行く方向を、見極める力である。古い道徳はその善悪にかかわらず、廃れて行く運命にあるのだ、という認識である。中味が変わる、そのことの善悪よりも、変わってゆく中味に形式をあわせてゆくのであって、在来の形式を遵守して中味の変化を押し込めようとしても、うまくゆかない、という認識である。

私は、そのあたりに漱石が百年たっても古びない、精神のしなやかさの根本があるのではないかと思う。そうして、漱石の考え方が、時代の変遷や転変に耐えて、なぜ生き残ってきたかがおぼろげながら理解できるように思われるのである。今日の公立の学校の卒業式や何かで、強制してでも国歌を歌わせたり、国旗に敬礼させようとしたがる人々がいる。そのような形式に、今の時代の中学生や高校生の中味を従わせようとしても無理である、と漱石は考えるのではないだろうか。教育基本法を改め、憲法を見直そうという動きが顕在化して、戦後の民主主義の理想が、大きな曲がり角というか、危機に瀕しているように感じている人が少なくない。また戦前のような、徴兵制度や何か窮屈な世の中になるのではないかという危惧を抱く人も少なくないだろう。時代に逆行するようなことを主張している人が、実際に喝采を浴びる、まことに妙な時代だと、私は思う。『それから』の代助が言うように、生きている限り、誰であっても、自分にとって最後の権威を持っているのは自分である。その大切な自分の権威を、他者、ないしは制度に売り渡すことに賛成する、それは昔、奴隷根性と呼ばれた精神構造そのものではないのだろうか。

歴史は繰り返すのか、ということについて「文芸と道徳」の最後の部分で、漱石は次のように語っている。

尤も社会と云ふものは何時でも一元では満足しない、物は極《きわ》まれば通ずとかいふ諺の通り、浪漫主義の道徳が行き詰れば自然主義の道徳が段々頭を擡《もた》げ、又自然主義の道徳の弊が顕著になつて人心が漸く厭気に襲はれると又浪漫主義の道徳が反動として起るのは当然の理であります、歴史は過去を繰返すと云ふのは此所の事に外ならんのですが、厳密な意味でいふと、学理的に考へても又実際に徴して見ても、一遍過ぎ去つたものは決して繰り返されないのです、繰返されるやうに見えるのは素人だからである、だから今若《も》し小波瀾として此自然主義の道徳に反抗して起るものがあるならば、それは浪漫派に違ひないが、維新前の浪漫派が再び勃興する事は到底困難である、又駄目である、同じ浪漫派にしても我々現在生活の陥欠を補ふ新らしい意義を帯びた一種の浪漫的道徳でなければなりません。

それにしても、学生時代のあの「中学改良策」にみえた「支那風又は武士風の気象」への信頼感は、どこへ行ってしまったのだろう。当時においてすでにそれ一辺倒ではなく、四民平等の観念や合理的な近代的思考法において、儒教的なものを批判する下地は充分にあったことは、みた。ただそれは、二十一世紀の日本の現状でもしばしば見受けることのできる、当座の自分に都合のよいだ

けの和洋折衷の域を出ていなかったのではないだろうか。若い森田草平を励ます手紙に、同じ位の年頃の自らを顧みて、

其時分は本の名前を覚えて人に吹聴するのが学者だと思つて居た。趣味抔《など》も低いものであつた。物の道理も今の若い人程は到底わからなかつた。（明治三十九年一月九日付）

といったり、

僕は君位の年輩のときには今君がかく三分一のものもかけなかつた。其思想は頗《すこぶ》る浅薄なもので且つ狭隘極まるものであつた。（同年二月十五日付）

などといっているのは、そのあたりの事情に関係があるのではないだろうか。穏健であった漱石は、この講演の時点においてあきらかに急進的になっている。それでは、それは、なぜ、いつ、ということが問われなければならないだろう。私は、イギリス留学をおいてほかにないと思う。しかしこの問題は、またいつの日か考える機会があると思うので、今はここまでの話を先に進めることにしたい。

恋愛の見方

四つの講演に現われた漱石の考え方は、当然ながら講演以外の作品などからも窺うことができる。まず、『文学論』において、どのように現われているかをみてみよう。

『文学論』では、その初めの部分で、文学の材料について検討している。その材料としては、まず人間の五感に訴えるいわゆる「感覚」、すなわち視覚に訴える材料や、聴覚に訴える材料である。つぎに「情緒的精神状態」に訴えるものがあり、漱石は「恐怖」「怒り」「同情」「自己観念」「男女的本能」などをあげている。そのなかの、男女的本能、すなわち恋愛について、以下のような議論を展開している（なお本書一七八頁も参照）。

はじめにも述べたように、漱石は子供のころ漢学塾などに通っていたくらいだから、男女七歳にして席を同じうせず、というような雰囲気のなかで育ったにちがいない。それが英文学に親しんでみると、男女の情愛が相当露骨に表現されている。そのことに大変驚くというか、違和感を抱いたという。コールリッジやキーツといったイギリスの浪漫派や、ブラウニングなどの作品を引用した後で、次のように批評している。

文学もこゝに至りて多少の危険を伴ふに至るなり。真面目にかくの如き感情を世に吹き込むものあらば、そは世を毒する分子と云はざるべからず、文学亡国論の唱へらるゝは故なきにあらず。凡《およ》そ吾々東洋人の心底に蟠《わだか》まる根本思想を剔抉《てっけつ》して之を曝露するとせよ。教育なき者はいざ知らず、前代の訓育の潮流に接せざる現下の少年はいざ知らず、尋常の世の人心には恋に遠慮なく耽ることの快なるを感ずると共に、此快感は一種の罪なりとの観念附随し来ることは免れ難き現象なるべし。吾人は恋愛を重大視すると同時に之を常に踏みつけんとす、踏みつけ得ざれば己れの受けたる教育に対し面目なしと云ふ感あり。

これは、文学論を講じていた明治三十年代後半期の漱石自身の、偽りのない心情・感想の表明と見てよいだろう。それからさらにメレディスの作品の一部を引用する。そこには、女性に世の中に対するきちんとした良心があるのは確かだろうが、その良心が愛の領域でも同じように発揮されるとは限らない、若い未婚の女性ならまだしも、既婚の女性が結婚指輪の外側の世界を垣間見たならば、まぶたを伏せて、目に見えない炎で身を焼き尽くさせなければならない、というようなことが書いてある。漱石は、それは事実かもしれないし、そういう婦人は事実存在するだろうが、そのことが人間の存在にとってたとえ真実であったとしても、そのような真理の暴露は社会の害悪となるので、容認できない、ときびしく批判している。

先に見た講演の調子とは少し違って、「中学改良策」の昔に帰ったような口吻だが、なにしろ帝国大学の教壇での発言であるから、やむを得ないところもあったかもしれない。しかし、これは漱石の結論ではない。漱石はむしろ、ここから考え始める。これは日本文学ではなく、イギリスの文学である。しかし、たとえ西洋のものであっても、現にそのような作品が読まれる時代になっているということに改めて思いいたる。その事実を踏まえて、漱石は次のように考える。つまるところこのような作品は、嫌である忌まわしいと思う心と、面白いと感じる心の釣り合いの中に評価が定まるのであって、その釣り合いは常に世の中の組織と共に推移するものなのだから、漱石自身はたとえ嫌だと思っても、現代の青年、つまりこの講義を聴講している学生は、自分とは著しく見解を異にしているかもしれない、というのである。

こうしてこの場合も、善悪・好悪よりも時代の推移に従おう、という意識を確認することができる。このような考え方なり姿勢のなかに、繰り返しになるけれども、私は今日でも漱石が古びない秘密があるのではないかと思う。人々は、漱石は、本当はイギリスを好きだったのか、嫌いだったのかとか、江戸時代にノスタルジーを感じていたのかどうか、近代文明を肯定しているのか否定しているのか、天皇を尊敬していたのか天皇制を批判していたのか、などいろいろな対立軸を立てて、どちらかに決めたがる。それこそが形式で決めたがる素人と、漱石が批判した問題設定にほかなるまい。イギリスにもよいところがあり、悪いところもある。江戸時代だって全部が駄目なわけではないし、もちろんよいところばかりではない。そういう当たり前を当たり前として生きる、波の揺れに強い船のようなもので、なかなか沈没はしないのだ。

つぎに、よく読まれる作品、小説では、それらのことがどのように取り扱われているのかを、みてみよう。

『それから』の主人公は長井代助という、大学は出ても仕事もせずに、親から援助を受けてのんきに暮らす遊民である。今日で言えば、たいへん贅沢なパラサイトということになろう（ちなみに、明治二十二年（一八八九）の夏休みに興津に旅行したとき、その宿屋の待遇が丁重でなく、「拙如《せつごと》き貧乏書生は「パラサイト」同様の有様」と子規宛の手紙でこぼしている）。この代助については、芥川龍之介が、「点心」という総題をもつエッセイないし短評集のなかの「長井代助」（大正十年（一九二一）二月）という文章の中で、「我々と前後した年齢の人々には、漱石先生の「それから」に動かされたものが多いらしい」といい、主人公の長井代助の性格に惚れこんだものが少なくなく、その中には「惚れこんだ所か、自ら代助を気取つた人も、少くなかつた事と思ふ」と書いている。『それから』が発表されたのは明治四十二年（一九〇九）のことであるが、その時代の若者の代弁者という側面があったのだろう。

代助の父は旧幕時代の人で、古い道徳の体現者として登場する。それに対して代助のほうは、「代助は凡《すべ》ての道徳の出立点は社会的事実より外にないと信じてゐた。始めから頭の中に硬張《こわば》つた道徳を据ゑ付けて、其道徳から逆に社会的事実を発展させ様とする程、本末を誤つた話はないと信じてゐた」（九の一）のだとある。「社会的事実」とは、「文芸と道徳」で語られたところの、「人間は完全なものでない」「不純である」、ということの別の表現であろうから、そこから出立する道徳は、新しい道徳そのものといってよいだろう。代助はこれだけでも、新しい時代の人であるということができる。ただ、そのような新しさを表現しただけであれば、その当時はともかく、今日に至るまで新鮮さを持続することは困難なのではないか。

この場合、代助は主人公なのだから、作者漱石の価値判断・基準を仮託されていると考えられがちであるが、ことはそう単純でないと私は思う。漱石は充分に代助に批判的でもある。作品の中における代助の劇評が、当時漱石が新聞に発表した旧劇批評への反論をなぞったものであることや、作品の中で、恋の相手である三千代や兄嫁の梅子からしばしば批判されている所からも、それは明らかであるように読める。そのような批判にさらされていなくても、たとえば待合に出入りさせているところや、お見合いの相手の器量をからかい半分に評しているところなどは、漱石が代助に対して距離をとろうとしている作為ではないかと思われないでもない。代助は、そんなに漱石から愛されてはいない、と私の目にはみえる。

漱石は、代助の新しい道徳を推奨し、父の古い道徳を一方的に批判しているかといえば、実はそうともいえないのである。もし、新旧の道徳を善悪の二分法で書いていたら、『それから』は今日でもよく読まれるか、といえばそうではないにちがいない。「文芸と道徳」という先にみた講演で、「私は昔と今と比べて何《ど》つちが善いとか悪いとかいふ積ではない、只是丈の区別があると申したいのであります」と述べた精神はここでも生きているのではないだろうか。父には父の同情すべき点がちゃんと書かれているから、逆に新しいともいえるように思う。

漱石は『文学論』のなかで、ある種の文学作品では、読者が道徳的な善悪の判断を停止するような仕掛けが施されていると説く。作者の書き振りに読者が幻惑される、という意味で「fに伴ふ幻惑」と名づけられたもののうちの、「善悪観念の抽出」あるいは「除去」と呼ばれる問題である。倫理的には同情すべき対象がかえって憎まれ役となり、わがままな、たとえば恋に妄動するはた迷惑な主人公に、読者はかえって同情を寄せてしまう、というケースをシャーロット・ブロンテの『シャーリー』を使って説明している（本書二一三頁参照）。

『それから』の場合も、読者は「幻惑」されるから、一方的に代助に同情するかもしれないが、作者漱石は、その父にも等分の同情を示している、とみるべきではないのだろうか。そのあたりに読み継がれる秘密のようなものが、ひそんでいるにちがいない。ようするに、新しい価値観を保持するものとして代助を創造し、合わせてそれを相対化する視点を確保する、ということだろう。そのような構造は、ものごとを二分法で割り切らない精神によって支えられているのだと思う。先の講演において、一見対立するように見える問題を「調和」の問題として問い返していたことを思い返せば、その間の事情は自ずから明らかだろう。標語的に言えば、代助が新しいのではなく、作者漱石が古びないのだ、といえるような気がする。

代助の恋愛観もみておこう。代助は、学生時代の友人の妹に親しみを感じ、相手も憎からず思っているような、居心地のよい学生時代をすごす。その友人のほかにもう一人の友人がいて、妹を交えた四人の交際が続く。その妹が、三千代である。ところが三千代の兄が死んでしまう。また三千代の実家は、父が株に失敗して北海道に移住しているのだが、経済的にうまくいっていない。もう一人の友人が平岡という男で、代助はこの男から三千代への好意を告白されてしまう。代助だって三千代を充分好いていたのだけれども、先を越されたために、いさぎよくあきらめて、二人の結婚を取り持つような役回りを演じてむしろ満足をおぼえる。三千代と結婚した平岡は、関西の銀行に勤めることになるが、トラブルに巻き込まれ、職を辞して東京に帰ってくる。三千代が病気がちで子供を流産したり、経済的に苦しくなったりで、平岡夫婦はうまく行っていない。それを察した代助は親身になって、三千代を物心両面から支えることを決意するが、自分では働かないのだから、自由にお金を融通することができない。それでもときどきは三千代を訪ねて、様子を気遣っている。

こんな男女が向き合っていたら、あぶないのは火を見るより明らかだが、やっぱりあぶなくなる。「其時代助は三千代と差向《さしむかひ》で、より長く坐つてゐる事の危険に、始めて気が付いた」というわけである。そのまま時間が経過したらどんなになったかわからないのであるが、代助はそんなときに、素知らぬ顔で引き返すことができるような「会話の方」を心得ていた、ということになっている。

彼は西洋の小説を読むたびに、そのうちに出て来る男女の情話が、あまりに露骨で、あまりに放肆《ほうし》で、且つあまりに直線的に濃厚なのを平生から怪《あやし》んでゐた。原語で読めば兎に角、日本には訳し得ぬ趣味のものと考へてゐた。従つて彼は自分と三千代との関係を発展させる為に、舶来の台詞《せりふ》を用ひる意志は毫もなかつた。少なくとも二人の間では、尋常の言葉で充分用が足りたのである。が、其処に、甲の位地から、知らぬ間に乙の位置に滑り込む危険が潜んでゐた。代助は辛うじて、今一歩と云ふ際どい所で、踏み留まつた。（十三の五）

西洋の詩や小説などの恋愛描写が、露骨で濃厚であることへの違和感が表明されている。漱石は先の『文学論』でも、同じ違和感を訴えていたが、それは自らが前時代の封建的道徳の桎梏から自由でないからであるとされた。一方の代助は、すでにみたように、そのような一時代前の道徳からは自由なはずであるから、ここでも、そのような「形式」を持ち出す必要を認めてはいない。にもかかわらず、ここにおいて一線を踏み越えようとはしていない。社会的事実、人間は不完全なものであるという認識から出立して、しかも矩《のり》を越えない何かが、代助に付与されているとみるべきだろう。そういう人物を造形したところが新しい、ということもできるかと思う。

このときの代助とよい対照をなしている例があるので、紹介しよう。漱石のいわゆる門下生のなかで、森田草平は先の小宮豊隆とはいろいろな意味において対照的な存在であった。二人とも甘え上手なところがあるが、小宮はお行儀がよろしいのに対して、森田はやんちゃ風とでも言ったらよいだろうか。平塚らいてうとの失踪・心中未遂事件では、世間からの指弾を受けるなか、漱石は身をもってその庇護を買って出たのだった。その顚末を小説の形で弁明させようとしたのも、漱石である。

その森田の小説『煤煙』は、『東京朝日新聞』の文芸欄に、明治四十二年（一九〇九）の元旦から連載された。前年末に『三四郎』の連載が終わって、それに続いての掲載で、しかも草平にとっては処女作なのだから、その得意や知るべきだろう。漱石ははらはらしながら連載を見守るのだが、順調な滑り出しで胸をなでおろす。知友の評判も悪くない。ところが、一月二十六日の「六の二」の最後を見てがっかりする。というより腹を立てる。その日の小宮宛の書簡に、次のように書いている。

草平今日の煤烟の最後の一句にてあたら好小説を打壊し了せりあれは馬鹿なり。何の芸術家かこれあらん

これで全文である。

『煤煙』は、草平の自伝的小説であり、妻を、出産のために実家に帰しておいて、自分は東京で下宿生活をしている。物語は、子供が生まれ、また母からの強い要請もあり久しぶりに郷里に帰った所からはじまるが、主人公の要吉は数日で東京に戻ってきてしまう。東京の下宿先には出戻りのお種という娘がいて、主人公要吉と浅からぬ経緯がある。その場面は、二人の関係の発端を回想的に語るところである。

恰度《ちやうど》今日の様な日和の日であつた。要吉が庭から這入つて来ると、お種は髪を洗つたと見えて、

此欄干《てすり》に腰かけて、脊中を日に曝して居た。被衣《かつぎ》の様に身体を包むだ濡髪からは、陽炎が立つ様であつた。足音を聞附けると振向いた。明るい所から這入つて来た為であらう、女の顔は只灰《ぼつ》と卵形《たまごなり》に白う見える許《ばかり》であつた。要吉は我にもなく其手を握つた。

漱石のいう「最後の一句」は、「要吉は我にもなく其手を握った」を指している。代助と三千代が、きわどいところで手さえ触れずに別れたという『それから』は、『煤煙』の次に連載された新聞小説である。漱石が、代助と三千代をそのように描いた、という背景には、おそらくこの草平の作法への暗黙の批判があったにちがいない。草平が傷つきやすい性質であることを思いやって、漱石は連載に対して直接批判がましいことをいうのを我慢していた。小宮に宛てて書いたのは、黙っていられない気持ちが相当に強かったからなのだろう。

それでも、連載が一月続いた二月七日になって、はじめて感想を記した手紙を本人宛に書いている。その最後には、「夫《それ》から田舎から東京へ帰りて急に御種の手を握るのは不都合也。あれぢや、あとの明子との関係が引き立つまい。要吉は色魔の様でいかん」とある。『煤煙』は単行本になるまでに曲折があり、この部分は漱石のこの批判もあったので、大幅に書き換えられることになった。（漱石は、「田舎から東京へ帰りて急に御種の手を握る」と書いているが、これは誤解で、この場面は回想の場面である。またこれは余談だが、この「お種」は実在の人物がモデルで、のちに草平の妻となった。漱石の日記などでも実名でなく、「お種さん」の名で登場している。）

私は先に、漱石は代助を批判することを忘れていない、と書いたけれども、そういう手を握らない代助に、待合などに出入りさせている。漱石の作品の主要登場人物で、芸者買いなどしているものは、この代助ただ一人である。なぜそのような人物として設定する必要があったのか、それは今の私にはわからない。代助を玉のような理想的人間としたくなかったのだろう、というしかない。そうであるから、父や実業家の兄たちも一方的な悪玉とはなっていない。そのような作品世界だからこそ、憎まれ役の平岡も生きてくるのだと思う。

中味にふさわしい形式

今は森田草平に代助との対照をみたわけだが、白樺派と呼ばれる漱石より若い、新しい世代の人とも、同じような比較ができるかもしれない。武者小路実篤にしても志賀直哉にしても、家で働いている小間使いのような女性と、すぐにかどうかはわからないが、関係が生じやすい存在であるような印象を受ける。封建時代ならば身分が違うということで、そういうことがあっても性の問題であって、なかなか愛情の問題にはなりにくかったのではないだろうか。白樺派においては、身分制度から自由になって、社会的事実を出立点とする道徳にはぐくまれるわけだから、身分を超えて性と愛が結びつくのは、むしろ自然の勢いだったのかもしれない。

実際、田舎の貧しい出の自然主義の人と違って、学習院で学ぶ階級の人のそういうところが、新しがられるという面があったのではないだろうか。それにくらべると、代助は、というより漱石の主人公たち、たとえば『彼岸過迄』の主人公須永市蔵という若者は、自分は父が小間使いに生ませた子であるが、自らは小間使いと差し向かいで食事をしていても、そういう方面にはまったく進む気配がない。ここでは、古い道徳と新しい道徳の狭間で、古い形式に頼ることなく、新しい中味に新しい形式を与えようとする苦闘が、漱石のさまざまな作品を生んだ、と考えておきたい。

もっとも『それから』の後の『門』では、主人公の京都帝大の学生が、同級生の友達の事実上の妻を奪う、というような過激な設定が用意されている。しかしこれはまた、代助とは違った側面から考えないといけない問題なのだろう。これ以上話が拡散すると収拾がつかなくなるおそれがあるので、今は踏み込まないでおく。

ここでは、漱石が講演や講義で示した考え方が、作品の中でも生きている、ということが確認できれば、よいのである。

最後に付けたりのようになるが、『心』についても、少し触れておこう。『心』は、もっとも重要な登場人物である「先生」が、明治という時代の精神とともに生き、その終焉のときに自らの命を絶とうとしているところで閉じられる小説である。「先生」が言う明治の精神とは、主権者を天皇とする帝国憲法制度・教育勅語というような、いわばロマン主義の道徳ではなく、自然主義の道徳に支えられた精神であるといえるだろう。「先生」はそれを、「自由と独立と己れに充ちた」と表現している。ただ、それは「先生」にとっては、親友の自殺という事件を通して、生きる上でネガティヴなものに転化してしまったのであった。「先生」は、それをポジティヴなものに捉え返すことができずに、自死を選択した、ということができるだろう。

ここで「先生」が「私」に遺書を残したことは、重要である。「先生」は、新しい道徳の体現者である。なぜなら体現者であるが故に親友を死に至らしめた、といえるからだ。『それから』の代助は、新しい道徳のつもりでいても、いざというときに平岡に三千代を譲ってしまった。そしてそのことを、後になって反省・後悔した。不徹底だったのである。「先生」は新しい道徳の立派な体現者だったから、Kの退路を断ってしまった。ここで大切なことは、「先生」がそのことを反省事項とはしていないということである。古い道徳を持ち出して、Kに譲ればよかった、とは決して思わなかっただろう。

そこがはっきりしないために、「先生」の自殺はいまだに謎とされるのではないだろうか。「先生」は、「自由と独立と己れに充ちた」人生そのものを、否定的に捉えているわけではない。「先生」はただ、その淋しさに耐えることができなかった。それは「道楽と職業」のなかで、個人個人が専門の殻の中にとじこもり、相互の関心と同情が希薄になったことに対応する、とみることができる。新しい中味に、新しい形式を与えることができなかったのだ。「先生」の遺書は、「私」にその新しい形式を作り出して欲しいというメッセージであるにちがいない。それがそのメッセージとなるためには、「先生」の過去が偽りなく真実そのものとして語られる必要があったのである。そうでなければ、「私」は「先生」の倒れたのと同じ位置からスタートすることができないからである。

私たちは、『心』を読むたびにそのメッセージを受けとる。新しい中味にふさわしい新しい形式を生み出しなさいという、メッセージである。こうして、漱石はいつまでも新しく、私たちに語りかけてくることになる。

第二章　『漾虚集』のこと

お気に入りのフレーズ

漱石は、自分の気に入ったフレーズを繰り返す癖がある。たとえば、『詩経』「小雅」に、「出自幽谷、遷于喬木」（幽谷より出でて、喬木に遷る）という一節がある。これは、鳥が深いひっそりとした谷から、高い木に移ることをいっている。その背後には、鳥はじっとしていて鳴くのではなく、このように動きながら鳴くということがあるらしい。それではなぜ鳴くかといえば、友を求めているのだ、という。そうして鳥が友を求めるように、人間にも友というものがどうしても必要なのである、とつづく。

その『詩経』は、中国最古の詩集であって、孔子が編纂したものとされる。そのせいで、詩は儒教の教えの、ある意味における実践であると長い間解釈されてきた。それに対して近年では、これは民衆の生活の中から生まれたものであって、呪術や祭祀という民俗的な側面から解釈するのが正しい、とする意見もある。——漱石のさまざまな文章の出典を調べていて、いつも気になるのが、このあたりの事情である。ことは中国の古典の解釈に留まらず、禅籍の読解から英文学に関する理解まで、最新の解釈を漱石が了解していたレベルとどのように対応させるのか、にしばしば戸惑うことがある。

『野分』は、漱石が大学や高等学校の教師を辞め、朝日新聞に入社して職業作家となる前の最後の中篇小説である。主人公は「文学者」と規定される白井道也で、道也を師と仰ぐ貧しい書生の高柳周作が配される。漱石はこの小説で、文学者とはどのような存在であるべきかを、訴えようとしたのであった。その苦しい境涯にある高柳の心中が、次のように表現されているところがある（「六」）。

高柳君は今こそ苦しいが、もう少し立てば喬木にうつる時節があるだらうと、苦しいうちに絹糸程な細い望みを繋いでゐた。

この「喬木にうつる」が、『詩経』を踏まえたものであることは、論をまたないだろう。『心』の「先生」の遺書で明かされるKの学生時代の生活で、「汚ない室《へや》」で「食物《くひもの》も室相応に粗末」な下宿から、「先生」と同じ下宿へと移ったときの様子について、私の家へ引き移つた彼は、幽谷から喬木に移つた趣があつた位です。

と表現されている。『詩経』における鳥は、とりわけ苦しい状況としての「幽谷」から、明るい日の当たる「喬木」へと遷ったわけではなかったが、漱石においては、どちらの用例でもそのようなイメージが付着している。

このような文脈で『詩経』の言葉を使うのは、『孟子』の用例にさかのぼるらしい。その「滕文公章句上」に、「吾幽谷を出でて喬木に遷る者を聞く。未だ喬木を下りて幽谷に入る者を聞かず」とあり、これは未開の夷狄《いてき》を脱して文明の中国に化す者はいるが、その反対はいない、というたとえに使われているのだという。こうして「幽谷」や「喬木」が、ある価値観の表象となり、「幽谷より出でて、喬木に遷る」という言い方が、道徳性や社会階層・境遇などの高下・優劣において上方への変遷を意味することばとして使われるようになった。ちなみにいえば、さらに「鶯遷」とか「遷喬の望」ということばもそこから生まれた。

『孟子』は、その反対は聞いた事がないとしたが、漱石は、『吾輩は猫である』を執筆した有名な、駒込の千駄木町の家から西片町の借家へ引っ越したとき、高浜虚子への通知のはがきに住所を書き、つづけて、

中々まづい処です。喬木を下つて幽谷ニ入ル（明治三十九年十二月二十六日）

と書いている。『全集』の注解では、『詩経』のことばを逆用したものとなっているけれども、出典は『孟子』である、としたほうがより適切であったかもしれない。漱石は『孟子』を知った上で、こう書いたにちがいない。

「喬木」つまり「高い木」という言葉が出てきたから、もう一つ例を挙げよう。『吾輩は猫である』「八」には、苦沙弥と落雲館中学の生徒との「戦争」が描かれる。これはようするに、校庭での野球のこぼれ球が、苦沙弥の邸内に飛んでくるという事実を、被害妄想と日露戦争後の戦闘気分の中に溶かし込んだパロディーである。『猫』においては、漱石の読書から得られた西洋古典の様々なエピソードが使われ、それが物語の本筋とは微妙にずれるところになんともいえないおかしさが醸し出される。漱石の学殖はすごい、とばかりに真正面から出典を信じると、とんでもないところへ連れてゆかれる恐れがある。

この「戦争」の叙述にあたっては、ギリシアの三大悲劇詩人の一人イスキラス（アイスキュロス）が持ち出される。もっとも、そのエピソードがどのように「戦争」や被害妄想と結びつくのかは、読んでもよくわからない。アイスキュロスの頭が禿げていて、それを岩ないし石と見誤った鷲が、獲物の亀の甲羅を打ち砕こうとその頭めがけて亀を落とすのである。アイスキュロスは、その打撃によって死んでしまう。――このアイスキュロスのエピソードは、大プリニウスの『博物誌』のなかの鷲についての記述に出てくる。つまり、ギリシアに生息するある種の鷲——ホメロスは「薄黒い鷲」と呼んでいるという——には、亀を岩の上に落とすという習性があり、その習性をアイスキュロスの死の逸話に結び付けているのだ（プリニウスの時代には、よく知られていたのだろうが、逸話の出典がどこまでさかのぼれるのか、私にはわからない）。これはさらに、カントの『自然地理学』の鳥についての記載にも引き継がれ、その鷲がアイスキュロス殺害の犯人であると断定されている。漱石は、プリニウスやカントでなく、「漱石山房蔵書目録」にある Sir W. Smith : *A Classical Dictionary of Greek and Roman Biography, Mythology, and Geography*（1899）によっているらしい（安藤文人氏による）。

ようするにこのエピソードは、苦沙弥は禿げてこそいないが学者の端くれであり、アイスキュロスのように生徒の繰り出すボールの標的となるかもしれない、というつながりなのだろうが、関係性がちょっと苦しい。それはともかく、アイスキュロスの頭が禿げているために、目だって鷲の標的となりやすい、というところの記述を見てみよう。

其例の頭を振り立て〱、太陽に照らしつけて往来をあるいて居た。これが間違のもとである。禿げ頭を日にあてゝ遠方から見ると、大変よく光るものだ。高い木には風があたる、光かる頭にも何かあたらなくてはならん。（一八）

この「高い木には風があたる」というなにげない文章は、シェイクスピアの『リチャード三世』に出てくることばの転用であるらしい。『リチャード三世』に、そのことばが出る経過と場面を簡単にみてみよう。

主人公のグロスター公リチャードは、数ある悪党のなかでもその腹黒さにおいて、とびぬけている。リチャードには二人の兄がある。その長兄は王位をヘンリー六世から簒奪してエドワード四世を名乗っている。リチャードは、その兄と次兄とを亡き者にして王位を奪おうという野心を抱いている。しかし物事は単純ではないから、力だけでなく、はかりごとをからませる方針である。まわりの眷族も含めて、その謀反にとってはすべてがリチャードの敵であるのだけれど、結んだり離れたりを繰り返しながら野望を遂げるのである。

前王のヘンリー六世には息子があって、本来は王位を継承するところであったのが、リチャードに殺される。ヘンリー六世も、捕らえられたのちやはりリチャードに殺される。こうしてリチャードは、兄である現王に多大の貸しをつくってきたのである。ヘンリー六世の王妃マーガレットは国外追放になっていたのだが、夫の遺恨を晴らしたくて戻ってくる。その場面では、リチャードのはかりごとに悩まされるエドワード四世の妃とその一族が、リチャードと互いにののしりあい言い争っている。そこに登場したマーガレットがリチャードを難詰すると、その王妃と一族は今度はリチャードと一緒になって、マーガレットを攻撃し始める。この一族は、王位簒奪の結果貴族になったわけで、マーガレットにはきわめて面白くない連中である。そこでマーガレットは、反撃する。

マーガレット　黙らっしゃい！　侯爵の旦那さん！　お前はあまり出しゃばりすぎるよ。／もらったばかりの侯爵さんじゃ、世間様がそう簡単には通してくれぬじゃろう。／貴族の爵位をなくして惨めになることは、どんなにつらいことか、／お前たち成り上りの貴族たちに心底思い知らせてやりたい！／高くそびえて立つ樹木は、自然風当りがめっぽう強いものじゃ。／そしてひとたび倒れるとなると、こっぱ微塵に砕けてしまう。（『リチャード三世』第一幕第三場二五五—二六〇行。大山俊一訳）

元王妃が「じゃ」とか「じゃろう」という語尾を使うのは如何なものかと思うけれど、仕方がない。この「高くそびえて立つ樹木は、自然風当りがめっぽう強いものじゃ」が、遠くアイスキュロスの頭に反照しているのは、明らかだろう。そのシェイクスピアによる原文は、

They that stand high have many blasts to shake them,

である。この原文は、『文学論』において称揚されている。

それは『文学論』の第四編、その第二章「投入語法」においてである。第四編は、「文学的内容の相互関係」と名づけられるもので、もっぱら修辞学、つまり文学表現上のレトリックを論ずると

ころである。しかし一般の修辞学は、分類することにもっぱら力を注いでいて実際の役に立たないので、漱石は「観念の聯想」という観点から論じてゆく、と宣言している。

その第一章は「投出語法」で、外界を理解するのに、あるいは表現するのに、自己あるいは人間の情緒を投影するやりかたである。一番単純なのは、「木の葉のささやき」というような、擬人法である。葉擦れの音という自然の現象に、ささやきという人間の行為を投影させることによって、格別の情緒が付加される。そのような修辞法を、英文学の中からさまざまに選んで、その実践のありさまを詳しく紹介している。その巧みなものや、あまり成功していない例をあげ、要は「物体と自己との間に適切なる類似を指示するにあり」という結論を得た後で、同じ作者の同じ作品から異なった部分を引用して、その優劣を論ずる。俎上にのぼせられるのは、シェリーの『解き放たれたプロメテウス』である。

青白い星たちは消えた。
彼らの敏速な羊飼い、太陽が
仄暗い黎明に
彼らの柵へと追いやったからだ。（第四幕一—四行。出淵博訳）

星に羊を、太陽に羊飼いを、それぞれ対応させたわけである。もう一つはつぎのようである。

そして稠密な白い羊毛のような雲が多量に
山に沿ってぎっしりと羊群をなして
ゆっくりとした、やる気のない風に導かれて流れていた。

（第二幕第一場一四五―一四七行。同訳）

雲のむらがるさまを、羊毛と羊の群れにたとえ、それが停滞しているのは風にやる気がないからだと表現している。漱石の評を聞こう。

共に同人の同一の劇より抜き出せるものなれども、前者は単に一種平凡なる平行的比較を用ゐたるに過ぎず。成程と合点は行けども、到底趣味ある感興を喚起する妙味なし。然るに後者に至りては、雲の重畳せる様、其色合、一々適切なる類似を発揮し得たるものなれば所謂《いわゆる》「文芸上の真」より見て頗る価値あるものと賞し得べし。

『文学論』はいろいろの批判にさらされて、理屈っぽい、論理的で無味乾燥、文学的でない、科学の方法だ、などというのがマイナスの要素としてあげつらわれるけれど、実はかくのごとく文学的な文学論なのである。

漱石はこの項目を閉じる前に、このような人間の物事の捉え方は、文学だけのことではない、と主張する。一般に人間の精神的な働きは、知・情・意にわけられることが多い。『文学論』では、文学にとっての最大の要件を「情緒」においているから、この語法の効果も「情緒」という精神作用へのはたらきかけとして取り扱っている。しかし実は、このような自己を対象物に投影して理解したり表現したりするのは、人間の「心理的習癖」であるから、情緒的な面ばかりでなく意志的および知性的な精神作用においても同じように認めることができるという。修辞法を論じながらも、漱石がより広い領野で問題をとらえようとしていることがわかる。

私は「投出」ということばがちょっと使いづらく、「投影するやりかた」といってみたりしたのだけれど、英文学科の学生であった金子健二の「文学論」聴講ノート（二〇〇二年、私家版として刊行。一六五頁参照）をみると、漱石は講義では、projective language ということばを「仮に」として使っていたようである。辞書によると、projective imagination とか the projective power of the mind という心理学で使われる言葉があって、「心の内面を主観的に投出する能力／想像力」と説明されている。漱石が命名した根拠もこのあたりにあるにちがいない。

さて第二章は「投入語法」である。金子のノートによれば、これは講義では injective association or language と名づけられていた。injective ということばはあまり見ないかもしれないが、injection といえば注射だから、何かを注入するような修辞法であるらしい。これはようするに、投出語法の逆で、人間の感情をほかの具体物などをもって表現しようというものである。

その最初の例文が、先の『リチャード三世』における、マーガレットの台詞である。「高くそびえて立つ樹木は、自然風当りがめっぽう強いものじゃ」というのは、自然現象を述べたものではなく、貴族を高い木になぞらえ、人々の注目を浴びて何かと批判を受けやすいことを風当たりが強いと表現したのである。日本でも「世間の風当たり」というが、それと同じである。漱石の評を見てみよう。

　人が苦悶する様を喬木風に悩むと解せしものにして、単にこれを人事的材料にて表はさんとすれば到底如此《かくのごとき》感興を生ぜず、且つ又如此簡潔なるを得ざるべし。

「じゃ」付の訳文では事実の叙述だけだが、漱石は木がゆさぶられる姿を貴族の生きにくさにまで対応させている。ちなみに福田恆存訳では「高い樹は風あたりが強い」とやはりそっけないが、坪内逍遥訳は「高木は幾たびも暴風《あらし》に悩まされる」とあり、これは漱石に近い。

漱石の修辞学の講義は、このあと「自己と隔離せる聯想」「滑稽的聯想」「調和法」「対置法」「写実法」「間隔論」というように続くのだが、いまは高い木の方に話を進めなければならない。漱石が『リチャード三世』を読んだのがいつのことであるかは、はっきりとはわからない。漱石の蔵書をみると、シェイクスピアの全集・著作集が六種類ほどある。全巻そろいとは限らないので、その中で『リチャード三世』を含むものは、三種である。そのうち書き込みがあって、読んだことが確認できるのは、一八五一年刊のナイト（C. Knight）が編集した著作集第六巻で、『ヘンリー六世』の第一部、二部、三部と一緒に収録されているものである。その書き込みを見ると、学生時代の感想的なそれではなく、ある問題意識をもって読んでいるらしいことが窺える。

漱石のロンドン留学時代の日記をみても、かの地でシェイクスピアを読んだという形跡はほとんど認められない。私のぼんやりした印象では、おそらくシェイクスピアのほとんどの作品は、学生時代か、遅くとも留学以前の中学校・高等学校の教師時代に、すでに目を通していたような気がする。日本に帰って、大学での講義、いわゆるシェイクスピア講読でなく文学論講義のために読み直し、そのときの書き込みが残されているのだと思う（大学の大教室を満員にしたというシェイクスピア講読はむしろ、その副産物であったのではないだろうか）。

そのナイト版の第一幕第三場の問題の一文にアンダーラインを引いて、漱石は「高い木ニハ風ガアタル」と、『猫』そのままの文句を書き込んでいる。またその原文は、留学時代のノートに書き写されている。このノートは、その大部分はロンドン滞在中に書き溜められたものであるけれども、帰国後の講義を始めてからも盛んに作られていたので、いつのノートであるかは即断できないが、「(F＋f) ―― Abstract Truth ノ場合」と名づけられたノートである。二枚からなる短いもので、すべてシェイクスピアの引用からなっている。（このノートに与えられた表題は、「文学的表現における抽象的真実」という意味である。(F＋f) は、『文学論』冒頭において「文学的内容の形式」が満たすべき要件として定式化されたものであるが（一七三頁参照）、ここでは問題にするのが抽象的真実であるから、それが科学や哲学と結びつけられないように文学に限定して考えている、ということを（F＋f）によって示しているのである。）

第一章でも紹介したように、『文学論』の初めの方では、「文学の材料」について述べられる（四五頁参照）。いろいろの材料のなかでも、読者の情緒に強く訴えるものと、喚起力がそれほどでもない材料がある。感覚的なものや人間心理に関係するものは、情緒を引き起こす力が強いが、抽象的な概念はその力が弱い、というのである。抽象的な概念が情緒を引き起こすには、それが普遍的な真理を具えている必要があり、その代表的な例は諺のようなものである、という。この「高い木には風が当る」と並んで、実際に書き写されているシェイクスピアの引用は、たとえば『コリオレーナス』の第四幕第一場から、「逆境は精神の試練だと、よく言っていましたね。／普通のことなら普通の人でもたえうる」（倉橋健訳）、とか『リチャード二世』の第一幕第三場から「口には美味なものも、こなれが悪く苦しめられることがあります」（出淵博訳）など六箇所に及ぶ。

事実、今紹介した『リチャード二世』の引用をはじめ、『文学論』第一編第二章のなかの「概括的真理」の例文として、このうち四つが使われている（「高い木……」と『コリオレーナス』は使われていない）。だからノートをとった時点では、「高い木には風が当る」も、諺のようなものとして、書き写されたのだろう。しかし実際に文学論を講義するときは、「投入語法」の例文として活用したということになる。確かにそのほうが、例文としては生きてくるだろうと私も思う。

シェイクスピアと『方丈記』

さて、つぎに私が注目するのは、そのノートの冒頭に引用されている文章である。その引用の前には、「universal 若《もし》クハ pseudo-universal」ということばがある。これは、先の抽象的な真実が普遍性を獲得してはじめて文学の材料となるという確認のためのメモである。ただしその普遍は、pseudo すなわち擬似的なものでもよい、としている。その後は、次のように続いている。

"We are such stuff as dreams〔are〕made on and our little . . . " ノ如キ者ヲ form ニ於ル場合ノ如ク論ズベシ

ここで漱石がこの英文の出典をあげていないのは、漱石にとってひときわ思いの深い一節だからである。新しい漱石全集を編集するに当たり、私は漱石の引用文は、できるだけ原文に当たって誤記や脱落がないことを確認するようにしたが、それらが少ないことに感嘆したものである。――実際、出版社の編集者としてさまざまな原稿を扱った経験があるが、引用の不完全ということはまぬかれにくいことであった。漱石が一般と異なる記載をしているので、注記しようとして漱石の実際に見た本を確認すると、原典が引用通りであったことを幾たびか経験した。――この引用では珍しく

are が脱落していた。これは、漱石がそらんじていたためのうっかりであって、学生時代以来、このことばは深く身にしみていたものだったのである。

そのことをたどる前に、「form ニ於ル場合ノ如ク」というのはどういうことかをみておこう。これはさまざまなノートを作成している段階で、form について論じた個所があり、それと同じ論法でこの問題を考える、という心覚えであろう。そこに深入りすると話がますます複雑になるから、簡単に済ませたいが、そこには漱石の深い問題意識が横たわっている。

form を論じているのは、「Affectation」と題された、「みせかけ」とか「気取り」、ようするに「見かけと実態の乖離」に関するかなり長いノートにおいてである（漱石は、本書第一章三八頁の「厭味」も同じ範疇の問題としてとらえている）。だからこの場合の form は、外見の形を意味していると考えられる。芸術家が表現するのは、具体的な目に見える形である。その形をみて内情を知るのは、実はなかなか難しい問題である、として漱石は例を挙げる。小説の中で、十五、六の少女が「妾《わたし》ハ此清浄ナル恋ヲ不徳トハ思ヒマセン」といったとすると、明治の日本ではこんな会話はありえないと思う。それをまことしやかに表現するのは偽りだから、不快になる。しかし時が推移して、実際に少女がこのような会話をするような時代になれば、同じ表現であっても読者の受ける感じが異なってくるだろう、というのである。

このような漱石の姿勢については、前章でつぶさに確認した。漱石は自らを省みて、自分は明治二十年（一八八七）の感覚で言っているので、もしかしたら今の読者には違和感がないかもしれない、そうだとすると自分は世間を知らぬ迂闊な人だと笑われてしまうだろうが、それは批評眼の問題ではなく、自分には自分の感覚が、現今の読者にはその人なりの感覚がそれぞれに正しいとしか言いようがない、と言う。そうして、「日本ト西洋トハ社会ガ大分違フカラ我輩ノ西洋文学ヲ批評スルノハカ丶ル例ガ多イダラウ」と自戒の弁を付け加えている。つまり同じ form が必ず同じ内実をあらわすとはかぎらない、ということが言いたいらしい。それと同じように、「抽象的な真実」についても、イギリスでの諺が、日本にも当てはまるのかどうかを、よく検討せよ、という注意であり、そこに、「universal 若クハ pseudo-universal」と記した意味があるのだろう。universal なら、イギリスでも日本でも通用するのだが、pseudo がつけば、どちらかにしか当てはまらない、ということであるように思われる。

問題の漱石が慣れ親しんだ一節は、次のとおりである。

We are such stuff
As dreams are made on ; and our little life
Is rounded with a sleep. . . . ——*Tempest*, Act IV. sc. i. ll. 156–8

シェイクスピアの『テンペスト（あらし）』の、プロスペローの台詞の一部である。ナポリ王と敵対関係にあったミラノ公プロスペローは、ナポリ王と結託した弟によって地位を奪われ、ミランダという娘とともに廃船に載せられて海へと追い放たれる。船は離れ小島について、そこでの生活が始まる。プロスペローには魔術的な技があって、魔女のために小島の松の木の中に幽閉されていた妖精エアリエルを救い出して、自らの召使としたり、魔女から生まれた怪物キャリバンをこらしめて、奴隷として使役したりして生活を送っている。プロスペローはその魔術を用いて嵐を起こし、弟とナポリ王とその息子ファーディナンドの一行を、島に呼び寄せる。プロスペローは、残酷な復讐というより、自分の娘ミランダとファーディナンドを結婚させて、ミラノとナポリとの間に平和をもたらそうという意図をもって企てたのであった。曲折はあっても、結局プロスペローの思い通りの結末に至るのだが、それはちょうど夢から覚めたようなものだというのである。

　　わたしたちは
　夢と同じ材料でつくられていて、そのささやかな一生は
　眠りに縁取られている。（出淵博訳）

この一節は、先にも述べたように、「ノート」に書き取られたシェイクスピアの他の三つとともに『文学論』の「概括的真理」の例として掲げられているのである。

　漱石がもっとも早くこのことばを書きとめたのは、正岡子規への書簡の中においてであった。それは、明治二十三年（一八九〇）八月九日付の、帰省先の松山に宛てた長いものである。書簡その

ものは失われてしまって、子規が『筆まかせ』に書き写した形で伝わっている。なかに「此頃は何となく浮世がいやになりどう考へても考へ直してもいやで〳〵立ち切れず去りとて自殺する程の勇気もなきは矢張り人間らしき所が幾分かあるせいならんか」とあるように、かなり厭世的な気分にとらわれている書簡である。

格別の苦労もせずのんきに育ったわが身であるが、息が尽きそうだと弱音を吐き、そうしてシェイクスピアの上掲三行の英文を書いて、次のように続けている。

といふ位な事は疾《とう》から存じて居ります　生前も眠なり死後も眠りなり生中の動作は夢なりと心得ては居れど左様に感じられない処が情なし　知らず生れ死ぬる人何方《いずかた》より来りて何かたへか去る　又しらず仮の宿誰が為めに心を悩まし何によりてか目を悦ばしむる　と長明の悟りの言は記臆すれど悟りの実は迹方《あとかた》なし（字アキは筆者）

世の中というもの、あるいは人間・人生というものは所詮夢のようなものなのだから、それに煩わされるのは愚かなことだと、頭ではわかっていても、その認識が現に今生きていることの苦しみにとって何の力にもなってくれない、というむなしさに向き合っているのだろう。その煩悶のもとである心をつかまえて、その正体をあばこうとしても、心のありかの手がかりさえつかめない、と続いている。七月に第一高等中学校を卒業した二十三歳の漱石は、この手紙の一月後の九月、帝国大学文科大学の英文学科へと進学する。

漱石はここで、プロスペローのことばを鴨長明の『方丈記』に重ねているわけだけれども、この書簡の翌年、文科大学講師ジェームズ・メイン・ディクソンの依頼によって、『方丈記』の抄訳と英文の解説を執筆することになり、その解説でも同じようにプロスペローのことばを引用している。この「解説」は、漱石自身が'A Short Essay on It'（It は『方丈記』を指す）といっているように、『方丈記』の成立事情や時代背景などを述べたいわゆる解説ではなく、むしろ漱石の文学観を開陳したエッセイとなっている。

漱石はそこにおいて、まず文学作品を天才（genius）によるものと才人（talented man）によるものに分ける。天才によるものは、霊的ともいうべき精妙な感覚をすべて充たしてくれるものであり、それに対して才人による作品は、洗練された感情が巧みに表現されるだけで、やがて人々から忘れ去られる運命にあるとする。そうして漱石は、この二つに対して三つ目のタイプを提示する。それは作者の信念にもとづく、やむにやまれぬ真情から自然発生的に生み出されたもので、天才や才人のものとは別の範疇であるという。

このタイプの作品は、思想が非凡でありすぎたり表現が晦渋であったりするため、必ずしも多数の読者に迎え入れられるとは限らない。しかし多数の読者をもつということが、作品の優劣を決めるわけではない。ヘーゲルやカントの哲学が一般の人々の常識的な理解を超えた認識を開示しているように、文学と常識との間にも同じような差異が存在する。漱石は、具体的な作品名は出さないけれども、そのような作品を亡霊（apparition）にたとえる。一般の人は、その外観に恐れを抱いて、一目見て逃げ出すかもしれないが、堅固にして堅牢な知性は、その亡霊をささえる骨格に魅力ある何かを見出すのだ、としておいて、『方丈記』はその亡霊のような作品であると規定する。『方丈記』は、作者の表明する「悲憤慷慨」「人類から孤立し疎外された精神」「偏狭なペシミズム」「偏った人生観」「社会と家族の絆の完全な放棄」（山内久明氏訳より）などなどが亡霊として読者の顔を背《そむ》けさせ、哲学的反論を招きかねないのだが、次のような二つの理由によって、推奨するに足る作品であるとする。


第一に、真摯な、それでいて挑戦的な口調で、作者が正しい生き方を述べ、幸福の幻影を追い求めることの愚かしさを表していること。

第二に、かりそめにせよ、喜びをもたらすことのできるものとしての自然に対する素朴な賛美と、先人たちに見られる高貴なるものに対するしかるべき尊敬。（山内訳）

しかし、招きかねない「反論」は、実は漱石自身が抱いているのである。漱石の反論は、漱石の考え方の癖をよく表わしていると思われる。

長明が家族という個人的なレベルでも、世の中という社会的なレベルでも、人との関係を断絶しておいて、自然に共感を求めるのはおかしい、というのが第一点である。そもそも自然は死んだものであって、人間の共感に応えてくれるものではない、そこに霊的な交流を求めるのは無理であるというのだ。それから、長明は、現世が不安定で偶然に左右されやすいことをもって現世に対して冷淡になったのだが、それは自然でも同じことではないか、自然だって移ろいやすいという点では大同小異だという。さらに現世の人は駄目で故人は尊いというのも、どちらも同じ人間なのだから説明が立ちにくい、と批判している。

漱石のこのような近代的な理性をもって、ひと時代前の論証のない考え方や情緒的な思い込みを裁断する傾向は、大学の東洋哲学の論文レポートとして提出した「老子の哲学」（明治二十五年）にみられる老子批判にも明らかだし、前章で紹介した司馬江漢の『春波楼筆記』への共感や、「気節」をめぐる子規への反論にもよく表われている。——日本人にありがちな、自然（天）と人間との媒介なしの一体感にも敏感で、英文学科三年の正月に行なった講演で、後に『哲学雑誌』に発表された「英国詩人の天地山川に対する観念」では、「天無意、人無意（天に意なく、人に意なし）」、「天無意、人有意（天に意なく、人に意あり）」、「天有意、人無意（天に意ありて、人に意なし）」、「天有意、人有意（天に意ありて、人に意あり）」とわざわざ場合分けをした上で、「天無意、人有意（天に意なく、人に意あり）」以外ないことを確認している。また、中唐の詩人李賀の「天若有情天亦老（天もし情あらば、天もまた老いん）」の句が好きであったらしく、子規の作文「七草集」への批評（明治二十二年）に引用したり、後年の談話で口にしたりしている。

漱石に反論はあるけれども、「長明にはいつの場合にも真摯な誠実さがあり、軽佻浮薄とでも呼べる要素はまったくない」のであり、「拝金主義的で、快楽追求的な醜い現世のおぞましい影響に汚されることのない」その生活ぶりは賞賛に値する、と総括する（引用は山内訳）。そうして、長明の人生観は、シェイクスピアのつぎの引用で総括できると、プロスペローのことばを少しさかのぼって、紹介している。

雲を戴く塔、華麗な宮殿、
荘厳な神殿、そして地球自体と、
地球が受け継ぐすべてのものは融けてしまい、
うたかたと消えたこの幻の劇と同じように、
あとかたひとつ残さない。人間とは
夢が紡ぎ出すようなもの、そして人の生命は
眠りで終わるのだ。（山内訳）

これが長明の人生観の総括であるだけではなく、漱石自身のそれを重ね合わせていることは、はじめの子規への書簡をみれば明らかであろう。

ただ、子規宛の書簡ではそれが厭世観と結びついており、現実感覚の喪失としてのうっとりするような夢ではなく、人生を夢とみなしたいという理性の力を借りた現実逃避であった感は否めない。

プロスペローは同じことばを口にしても、悪と戦って打ち負かそうという強い意志をもっているのであり、基本的に厭世観の持ち主ではない。漱石はあくまでも、プロスペローにではなく、そのことばに真実を見出しているのだ。そうしてまた『文学論』においては、自分を重ね合わせるより、「ことわざ」として一般化した形で紹介している。そこに学生時代から十年以上経った、大人になった漱石の姿を見ることができるかもしれない。しかしながら、人生を夢と観じる人生観だけは、漱石の狂的な側面とともに、生涯身に具わっていたもののように思われる。

「漾虚」の意味

だからその思いは、なにげない描写に顔を出したがる。最晩年の『明暗』が漱石の死によって百八十八回で終わろうとする、その少し前の連載第百七十一回には、清子の滞在する温泉宿の停車場に着いたときの津田の感懐が、独り言のように示される。「おれは今この夢見たやうなものゝ続きを辿らうとしてゐる」ではじまるその十数行の独白では、「夢」が十回も繰り返され、そこでは

今迄も夢、今も夢、是から先も夢、その夢を抱いてまた東京へ帰つて行く

と、まるでプロスペローのようなことばが飛び出すのである。しかしもちろん『明暗』は、人生夢

の如しということを表現しようとした作品ではない。もし漱石がそのような感じ方を作品に籠めたとすれば、初期の短篇を集めて『漾虚集』と名づけようとした、明治三十九年（一九〇六）三月頃のことではないだろうか。

この「漾虚集」という名前は、むずかしいことばに属するだろう。その由来を漱石が明言しているわけではないが、明治二十九年（一八九六）に自らの住まい、あるいは書斎を「漾虚碧堂《ようきょへきどう》」と名づけていたことを想起させる。この「漾虚碧堂」の名の出所は、漱石自身が子規宛の書簡の中で説明している。すなわち明治二十九年十一月十五日付の同人宛には、次のように記されている。

小生近頃蔵書の石印一枚を刻して貰ひたり　章曰《しようにいわく》　漾虚碧堂図書と　漾虚碧堂とは虚子と碧梧桐を合した様な堂号なれど　是は春山畳乱青春水漾虚碧と申す句より取りたるものに候

（字アキは筆者）

「春山畳乱青春水漾虚碧」（春山は乱青を畳み、春水は虚碧を漾わす。江藤淳は「春水虚碧ニ漾《タダヨ》フ」と読んでいるがこれでは対句にならないのではないか）は、今井福山校・中川渋庵著『禅語字彙』（昭和十年）にも見え、「事の自然にして無事なる意をいふ」と説明されている。出典は「虚一」とあって、同書の凡例によれば『虚堂録』の第一巻ということらしい。この『虚堂録《きどうろく》』というのは正しくは『虚堂和尚語録』といい、中国は宋の時代の禅僧、虚堂智愚《きどうちぐ》の語録で、一二六九年に刊行されたものだという。

もともとこのことばの出典については、国文学者の岡崎義恵が『漱石と微笑』（昭和二十二年）のなかで述べていることが、繰り返し引用されてきた。参考のためにここでもそれを引用しておこう。

> 「漾虚碧」の語は、雪竇重顕の上堂（禅の説法）として伝へられる「春山畳二乱青一。春水漾二虚碧一。寥寥天地間。独立望何極。」から出てゐる。鈴木大拙氏によると、これは「春光の山に満ち水に満ちて居る様子を描写して居」り、禅僧も時にはこのやうな「春光裡の詩人」となることがあるといふ。

雪竇《せっちょう》重顕《じゅうけん》という人は、同じ宋の時代でも虚堂智愚より二百年ほど前の人だから、出典としてはこちらのほうが古いのだろう。岡崎はこの大拙のことばをよりどころに、漱石が「漾虚碧堂」と自らの書斎を名づけた心事を、春の光に満ちたうっとりとした心境への憧憬とみなしているようだけれども、果たしてそうだろうか。

漱石が出典として示した漢字十字から成ることばの意味を、あらためて考えてみたい。「春山は乱青を畳み」というはじめの五文字は、あまり問題はないだろう。「乱青」ということばは漢和辞典にないけれど、春の山が木々のさまざまな緑に彩られることを言っているにちがいない。問題は「虚碧」である。諸橋の『大漢和辞典』を引くと、「澄んであをあをしてゐる水」とある。これをもとに意味を考えると、「春の水が青々と漾《ただよ》っている」というようにしか解釈がつかない。江藤の読みに疑問を付したけれども、彼もこのように理解して読み方を工夫したのではないだろうか。

しかし、中国で刊行されている『漢語大詞典』をみると、虚碧は「清澈碧藍」の意味とあって、一番が「指天空」、二番が「指水」とある。「清澈」は澄んで透きとおっていることで、「碧藍」は深くて澄んだ藍色だというから、そこから「天空」を指したり、綺麗な「水」を指したりするようになった、ということなのだろう。そうであるなら「春水は虚碧を漾わす」というのは、春の水に空の青さが写っているということであるにちがいない。その青空が素敵に澄んで透き通るようなのだ。ここまでくれば漱石の命名の意図は明白だろう。天空を写す「春水」がすなわち、漱石の書斎なのだ。春水は、川なのか池なのかわからないけれども、天空よりも小さい。しかしそこに大空を映し出すことは可能である。ちょうどそのように、漱石の書斎は小さいかもしれないけれど、そこは森羅万象のすべてが映し出される場である、というのだ。なんと気宇壮大な命名であろうか。

さらにいうと、先にもみたように、『方丈記』についての英文のエッセイの冒頭で、漱石は天才の作品とはどのようなものであるかを定義づけていた。

The literary products of a genius contain everything. They are a mirror in which every one finds his image, reflected with startling exactitude; they are a fountain which quenches the thirst of fiery passion, refreshes a dull, dejected spirit, cools the hot care-worn temples and infuses into all a subtle sense of pleasure all but spiritual ; an elixir inspiring all, a tonic elevating all minds.

天才の手になる文学作品はすべてを包含している。それは鏡のようなもので、自分自身のイメージが驚くほど正確に映し出されている。それは泉でもあり、燃えるような情熱の渇きを鎮め、物憂く落ち込んだ精神を甦らせ、愁いによってやつれた熱っぽいこめかみを冷まし、霊的ともいえる喜びの精妙な感覚をすべてに浸透させる。すべてに霊感を与える不老長寿の薬であり、すべての心を高める強壮剤である。（山内久明訳）

天才の作品は、作品を読むものがそれぞれに、誰でも自分のイメージをそこに見出すことができる、これはよく「春水が虚碧を漾わす」ことと対応していないだろうか。そうして「鏡」につぐたとえが「泉」であることも手伝って、この天才の作品に対する定義が、遠く明治二十九年の熊本の書斎命名の意気に反照しているように思われるのである。もちろん漱石が創作に手を染めるには、それから十年近い年月が必要であったのだけれども。（なお、この「鏡のようだ」とする英文は、訳者の注によれば、サミュエル・ジョンソンがトマス・グレイの「哀歌」を評したときの文章によく似ているという。）

「漾虚碧堂」はこれでよいとして、この堂号と「漾虚集」という書名とはどのような関係にあるのだろうか。「漾虚」ということばは、漢和辞典にも見当たらないし、禅の語句にもないようだから、漱石の造語である可能性がある。いずれにしても、その命名にあたって「漾虚碧堂」が念頭になかったとは考えにくい。それでは「虚」の一字によって「虚碧」すなわち「天空」を含意させたのかといえば、これには無理があるだろう。やはりこれは、「虚碧」ならぬ「虚」を漾わせた集、と理解すべきなのではないだろうか。

いうまでもなく、虚は実に対することばである。訓では「むなしい」だが、そのむなしさは、何もないというむなしさではなく、形はあるのに中味がない、というものである。これは人生を夢と観じる姿勢に、つながらないだろうか。私たちは、生きているというそのこと自体を否定することはできない。しかし、それがあまりにもはかなくむなしいために、過ぎ去ってしまった時間はまるで夢のようにしか感じられないために、人生そのものを夢と観じざるを得なくなるのではないだろうか。

じっさい、『漾虚集』に収められた『倫敦塔』以下の七つの短篇は、いずれも夢のような話といえるだろう。今は詳しく辿ることはしないが、たとえば『倫敦塔』の主人公は、塔を見物してまわっている限りにおいて、歴史ドラマの中にさまよいこんでいた。下宿に帰って、その主人によってはじめて現実に引き戻されるのだ。実際の探訪記らしく書かれた『カーライル博物館』も、散歩の途次、川縁のベンチに坐って一休みしたときに、カーライルその人を幻視するところからはじまっている。旧宅を訪ねて、階上へと案内され、やがて戻ってくるときの感覚は、次のように述べられる。

一層を下る毎に下界に近づく様な心持ちがする。冥想の皮が剝げる如く感ぜらるゝ。楷段を降り切つて最下の欄干に倚《よ》つて通りを眺めた時には遂に依然たる一個の俗人となり了《おわ》つて仕舞つた。

『倫敦塔』とおなじように、足が踏んでいるのは実際の床であり階段であっても、心は現実を離れた瞑想の世界に遊んでいたことがわかる。

西洋中世の騎士物語に材を取った『幻影の盾』や『薤露行』が、題材の上からも、漱石との距離という観点からも、現実感のない作品となっていることは、多言を要しない。そこでは作者自身が、夢をみているのである。『琴のそら音』は、主人公が冒頭に訪れる友人の研究のテーマが幽霊であり、そこで聞かされた話が主人公の不安を醸成するのであるから、その不安が実体的なものでないことは、物語の最初の段階で約束事として提示されている。

『一夜』では、一人の男が「美くしき多くの人の、美くしき多くの夢を……」と微吟するところからはじまる。するともう一人の男が、「描けども、描けども、夢なれば、描けども、成りがたし」と受ける。以下、女一人を交えて不得要領の会話がやりとりされるけれども、やがて三人とも寝てしまう。さまざまに解釈することは勝手であり可能だろうが、現実感を希薄にしたいという、作者の意志ないし意図ははっきりしている。

『趣味の遺伝』は、男女が相思する趣味は遺伝する、という一つの理論を実証しようという話である。遺伝的に決定されるということは、すでにして人間の意志の問題ではない。理性の問題でも感情の問題でもない。遺伝ということば自体は科学的かもしれないが、そこにあるのは、実は科学を超えた幻想的なものへの憧れであり、説明のつかないものの存在を希求する精神の傾きである。それを露わにしないために、漱石はあえて「遺伝」ということばを使っているのだろう。ここにおいて漱石は少しねじれているように見えるけれども、話の関連でいえば、これも現実感覚からの遊離に焦点があることは間違いない。

本文の確定

この章を、「『漾虚集』のこと」と題した私には、この集についてどうしても書いておかなければならないもうひとつの事がある。それは文学作品としての内容というより、本文表記や、具体的な本そのものについてである。

私は、岩波書店の編集部員として新しい『漱石全集』の編集に携わったものであるが、作品の校訂に当たっては、漱石自筆の原稿を最大限尊重するという方針をとった（その具体的な考え方は、全集各巻の「後記」ならびに、雑誌『漱石研究』第一号（一九九三年）に載せられたインタヴュー記事「新『漱石全集』刊行にあたって――岩波書店編集部にきく」や、拙著『漱石という生き方』

（二〇〇六年）の「あとがき」を参照されたい）。しかし直筆資料が、すべての作品に備わっているわけではなかった。とはいっても、そのような方針を立てることができたのは、数多くの作品のいわゆる生原稿が今日まで残されていたからである。漱石が大家とみなされるようになった後期の作品（小説）は、『行人』が関東大震災で失われたほかは、原稿はよく残っている。しかし、初期の短篇や評論などは失われてしまったものが少なくない。『漾虚集』は、ごく初期の作品集だから、『琴のそら音』以外の原稿は伝わっていない。

原稿を底本にするといっても、原稿のないものはどうするのか。日本では、明治以来たいていの小説は、はじめは新聞や雑誌に発表されて、その評判がよければ単行本になるという径路をたどることが多かったし、今日でもその傾向が強い。漱石の場合も、朝日新聞の社員となってからはもっぱら新聞に発表され、それ以前は『ホトトギス』などの雑誌に発表されることが多かった。そもそも原稿は、その最初の発表媒体のためのものだから、雑誌なり新聞なりで一度活字になってしまえば、それ以降はあまりかえりみられない存在である。単行本にするときも、わざわざ原稿に戻るのではなく、新聞雑誌で一度活字になったものに手を入れるのが一般である。だから、生の原稿に一番近いのは必然的に、新聞や雑誌だということになる。

こうして、新しい全集の『漾虚集』の本文は、雑誌発表の形を尊重することになっていった。雑誌や新聞で活字になったものは、原稿に一番近いとはいっても、その間には大きな相違がある。一つは誤植の問題である。今は雑誌・新聞も著者校正を経ることが当たり前だけれども、漱石の時代は原稿を渡してしまえばあとはおまかせで、著者が校正刷りに目を通すことはなかった（少なくとも漱石の場合は）。もう一つの問題は、編集の段階で生じる。原稿にも書き損じや思い違いがあって、それは雑誌・新聞の編集・校閲部がチェックする。著者校正があれば、それが間違いであるかどうかを著者に判断してもらうチャンスがあるけれども、渡しっぱなしでは、編集・校閲部の判断ですべてが決定されることになるので、結果として作者の意図に反した誤解や錯誤の生じる危険がある。

　また編集段階で、用字や字体、仮名遣いや送り仮名などの表記が整えられるという問題もある。つまり一般の用法に近づけるという作業のために、著者のせっかくの苦心が水泡に帰す恐れがある。漱石のような文学者では、独特の用語、当て字などが一つの魅力となっているので、整序されない姿が尊ばれる傾向にある。そうなると、整序されてしまったゆえにかえって原稿に及ばない、ということが起こる。

　用字について一言すれば、漱石は用字に無頓着で、当て字の名人などといわれる。確かにそのような面があることは事実である。しかしたとえば『吾輩は猫である』の「猫」が、「此間おさんの三馬《さんま》を偸んで此返報をしてやつてからやつと胸の痞《つかえ》が下りた」（二）というのをありがたがるのは、あたらない。明治の代表的国語辞書である山田美妙『日本大辞書』、物集高見『日本大辞林』、大槻文彦『言海』、落合直文『ことばの泉』のいずれもが、「さんま」には「三馬」の字を当てていて、この件についてはむしろ、漱石のオリジナリティーは認められない。「烏鷺々々《うろうろ》」とか「狐鼠々々《こそこそ》」

などという表記に出会うと、つい頬がゆるむけれども、これらも明治の初期にあってはよく使われたものらしい。

また、文字遣いに本当に無頓着であったかといえば、『吾輩は猫である』の「七」において「猫」の蟬取りを語る前段として、「蟬の尤《もっと》も集注するのは——集注が可笑しければ集合だが、集合は陳腐だから矢張り集注にする」と言ったり、後に『漾虚集』に収められる『幻影の盾』執筆中の明治三十八年（一九〇五）二月八日付の野間真綱宛書簡で「まぼろしの楯といふ文章をかかうと思つて大体趣向は出来たがうまく行きさうにない。僕は贅沢であの字はいや此句はいやと思ふものだから容易に出来ん苦しい」とこぼしたりしているのをみると、当然のことながらけっして無頓着でもいいかげんでもなかったことがわかる。

話が横道に逸れるが、「集注」ということばにちょっと触れておきたい。今日のわれわれなら「集中」と書くだろう。しかし、当時は「集中」ということばはあまり使われていなかったらしい（「集中」に代わる言葉として、たとえば漱石は「輻輳」を使っている）。そもそも「集中」は、もとは漢語ではなく日本でできた熟語であるという（現代中国語には登録されている）。実際、先に挙げた明治の国語辞書にはどれも、「集合」はあっても「集中」は立項されていない（ただし『ことばの泉』は明治四十一年に大増訂「補遺」を刊行し、そこには「集中」の項目が見える。そのころに市民権を得たのかもしれない）。「集注」は、もとは原典に対して諸家が与えたいろいろな注を集めたものの呼称で、いわゆる「集中」と同じ意味に使うのはそれほど古いことではないようだ。

例の『漢語大詞典』における「集注」の「猶集中」（なお集中のごとし）に対する用例も、最初は二十世紀の作家茅盾の『子夜』からとられている。小学館の『日本国語大辞典』（第二版）を見ると、「集中」の最初の用例は、田口卯吉『日本開化小史』の「人心を集中する」であり、二番目は鷗外『護寺院原の敵討』の「非常な注意の集中を以て」である。鷗外は「集注」も使っている。『かのやうに』には「精神をそこに集注する」とあり、『寒山拾得』には「精神を僧の捧げてゐる水に集注した」ともある。これは用例がたまたまそうなったに過ぎないのかもしれないが、集中または集注するのが、「心」であり「注意」であり「精神」であるところに注目したい。『広辞苑』が「集注」の第一義として「（力・精神を）ひとところに集めそそぐこと」としているのも、このあたりの事情に関係しているのだろう（注釈を集めたものというのは第二義）。してみると、「猫」が「集注が可笑しければ」といっているのも、集注するのが精神でなく蟬であるからだと読むべきかもしれない。ということは、集注（集中）を、精神のはたらき以外に用いたのは、「猫」がはじめてである可能性があるということになるのだろうか。蛇足ながら『文学評論』では、漱石は「注意の集注」と使っている。

閑話休題。ようするに原稿に頼れないので、全集で『漾虚集』の本文を確定するには困難が伴ったということが言いたかったのである。原稿を尊重する立場からすれば、単行本は著者の手も入るが他人の介在も増えるので、ますます原稿から遠ざかってゆくことになる。それでも原稿を見ることができない以上、雑誌・新聞の誤植などを正す上で、単行本は大変に貴重なものである。それに加えて、『漾虚集』に関しては、単行本初校の赤字の入った校正刷が、日本近代文学館に残されていた。

こうして『漾虚集』については、原稿はなくとも、雑誌の本文と単行本の本文と、さらに校正刷という、三つの材料が揃ったことになった。ここでは、『漾虚集』のなかの『薤露行』を例にとって、その本文確定にともなう作業の一端を紹介してみたい。この『薤露行』の本文については、江藤淳が『漱石とアーサー王伝説』（一九七五年）で検討を加えている。ただし江藤は校正刷に言及していない。今問題にしようというのは、「三」の「袖」と題された章である。

アーサー王の円卓の騎士であるランスロットは、王の招集する北方での試合に出るために館を後にして、途上老騎士の家を一夜の宿りとする。すると、その家の娘エレーンが、一目見てたちまちランスロットに懸想する。そうして試合に出るときは自分の赤い片袖を兜に巻いてほしいと思いつめ、寝静まったときを見計らって、泊まっている部屋を訪れるのである。

男は只怪しとのみ女の顔を打ち守る。女は尺に足らぬ紅絹《もみ》の衝立に、花よりも美くしき顔をかくす。常に勝る豊頬の色は、湧く血潮の疾《と》く流るゝか、あだやかなる絹のたすけか。

右は明治三十八年（一九〇五）十一月の『中央公論』に発表された本文だが、この部分では『中央公論』と単行本『漾虚集』で、ただ一箇所だけ異なるところがある。『中央公論』では、「あだやかなる」だけれども、『漾虚集』では「あざやかなる」になっている。従来の漱石全集は、おおね単行本を尊重する方針なので、岩波の旧全集も、集英社の荒正人編集の『漱石文学全集』でも、「あざやかなる」を採用している。たいていの文庫本や、文学全集は、これらの全集を底本として本文を作っているから、おそらく現在流布しているそれらすべてが、「あざやかなる」になっているだろう。

「あだやか」は「婀娜《あだ》」に「やか」がついたことばで、「あざやか」がもっぱら感覚的（生理的）であるのに対し、感性的（心理的）な要素が含まれている。私は、どちらが文学的にすぐれているかを問題にしたいわけではない。なぜ「あだやか」は、「あざやか」に変わったのかを考えたいだけである。そこで初校の校正刷を見ると、赤い字で「ざ」に訂正されている。その赤い字が漱石によるのか、印刷・校正・編集にかかわる第三者によるのかは、一概には決められない。ところが校正刷をよくみると、もともとの活字が「だ」でなくて「ぢ」、つまり「あぢやか」と誤植されていたのである。だから、訂正は「だ」から「ざ」への変更でなく、「ぢ」から「ざ」への変更であったのである。校正刷がはじめから『中央公論』の通りに「あだやか」となっていたならば、変更されなかったのではないだろうか（手を入れた人物を特定できないというのは、筆跡の判定だけでなく、「あぢやか」は誰がみてもおかしいので、漱石以外の人でも手を入れうるということも関係している）。

もう一つ例を挙げよう。先の場面のつづきで、エレーンがいよいよ袖を差し出すのだが、ランスロットは受け取ることを躊躇する。

「女の贈り物受けぬ君は騎士か」とエレーンは訴ふるが如くに下よりランスロツトの顔を覗く。覗かれたる人は薄き唇を一文字に結んで、燃ゆる片袖を、右の手に半ば受けたる儘、当惑の眉を思案に刻む。やゝありて云ふ。「戦《いくさ》に臨む事は大小六十余度、闘技の場に登つて槍を交へたる事は其数を知らず。未だ婦人の贈り物を、身に帯びたる試しなし。情《なさけ》あるあるじの子の、情深き賜物を辞《いな》むは礼なけれど……」

ここも『中央公論』の本文であるが、『漾虚集』では一行目の「訴ふるが如く」が、「訴ふる如く」と「が」がなくなっており、また四行目の「婦人の贈り物」が「佳人の贈り物」に変わっている。「が」は校正刷で既になく、そのまま印刷されたのである。これは初校の校正刷の誤脱だろうか。それとも、『中央公論』に誰かが訂正を加えた結果が校正刷に反映しているのだろうか。誰かといっても、おそらく漱石以外にそのような人がいたとは考えにくく、また漱石がそのような訂正を加えたという確かな証拠もない。単純な脱落である可能性が、かなり高いように思われる。「婦人」と「佳人」はどうかといえば、これは校正刷の赤字の訂正で変更になったものである。しかしこれも、先の「あぢやか」のように校正刷で「嬌人」となっていたのを、「佳人」としたものである。「嬌子」とか「嬌女」という言葉はあるが、「嬌人」というのはみかけないことばである。

なまめかしいとか、あでやかで美しいという「嬌」の連想から「佳人」に変更するのは、一見了解しやすいが、ここは、エレーンが「女の贈り物」といったのを受けているのだから、必ずしも「佳人」（美人）である必要はないはずである。美しくあろうがそうでなかろうが、女性からの贈り物を身に帯びたことがない、というのがここでの主意であり、かつ尋常の言いようであると私は思う。

ここでも、岩波版旧全集も荒版のそれも『漾虚集』の本文を採用している。つまり「訴ふる如く」であり「佳人」である。それにしても、私は首をかしげざるを得ない。荒版には、巻末に校異表がついている。そこでは、原稿のあるものは原稿からはじまって、雑誌・新聞の最初に活字になった本文、それに単行本の本文を互に比較し、異同がある場合は、全集ではどの本文を採用したかを表の形で示しているのである。すでに述べたように、概ねは単行本に依拠しているが、それでもそれ以外を採用している場合もある。その校異表には、ここに述べた三つのうち、最後の「婦人／佳人」だけが示されている。そもそも『薤露行』一篇で、その校異表に掲げられた異同は二十四箇所にすぎない。しかも節番号に括弧がついているか否かに四つ使っているのだから、純粋の本文に対しては二十箇所である。新しい漱石全集ではその箇所は、百六十に及んでいる。荒版は句読点の変更は無視しているし、「明らかに誤りと思われる場合は、校訂者の責任で訂正する」とあるから数が減るのかと思うけれど、「あだやか／あざやか」は、「明らかな誤り」で校異表に出す必要のないものなのだろうか。

手続きや作業がいいかげんでも結果がすぐれていれば、それなりの評価を与えられることはあるだろう。しかし、荒版が「あざやか」「訴ふる如く」「佳人」を選択したことは、表現そのものとして「あだやか」「訴ふるが如く」「婦人」に勝っているだろうか。私は編集者上がりで、いわゆる文学的感覚を云々するのはおこがましいけれど、平凡なる文学鑑賞者として、荒という人の「文学的」センスを疑うものである。もちろん、ことは『薤露行』ひいては『漾虚集』に限ったことではない。

江藤淳は、前掲書のなかで荒版の全集に触れ、『薤露行』にかぎってと留保をつけながら、「本文の決定がいかなる基準によっておこなわれたかはかならずしも明かにされていない。したがって、ここではこれを比較検討の対象とはせず」と、切り捨てている。『薤露行』を収める荒版全集の第二巻が出たのは、一九七〇年のことで、江藤の本が一九七五年、そんな昔の話を、今私がここでほじくりかえす必要は本来ないのだが、近頃唖然としたことがあったので、やはり言うべきことはいっておかなければと思い直して、書いている。国文学の近代文学を専門とする大学の先生たちと話す機会があったときに、いまだに荒版を尊いとして、講義に使っているというのである。

ある高名な作家は、私たちの新しい漱石全集が発刊されるとき、たまたまある新聞の文芸時評を担当していた。ちょうどそのときの時評で、私たちのうたい文句に触れ、それでは荒正人の仕事はどうなるのであろうと、とまどいだか批判だかわからないことばを記していた。しかし実際の刊行が始まって、新しい全集が現実のものとなれば、荒版をさまざまな意味において無化しうると、私たちは楽観していた。そうして刊行が終われば、それが事実として受け入れられるとばかり思っていた。もちろん新しい全集にも、意図通りにいっていなかったり、考えが及ばなかったりしているところは、いろいろあるだろう。でも、くらべていただければ、わかります、というつもりであった。だから私は前著（『漱石という生き方』）の「あとがき」でも、荒版はどこかおかしい、というようにしか評さなかった。しかし、専門家たちは、今でも荒版を尊重している。専門の研究者たちは自分では肝心の本文に関心を持たず、ただ荒版の権威に拠りかかっているのではないのか。

私は、新しい全集が絶対的によいものである、といっているのではない。ことは、江藤が荒版に対して、「本文の決定がいかなる基準によっておこなわれたかはかならずしも明かにされていない」と批判していることに関係している。私たちの新しい全集には、「秘儀」のようなものがない（そのことを、文学のわからないものが編集している、と批判した専門家もいた）。そこでは、本文がなぜこうなっているのかが、はっきりしている。読者が原稿を見なくても、初出の雑誌・新聞に当たらなくても、単行本を開かなくても、それぞれがどのような本文で、この全集はどれに依拠しているかが、すくなくとも小説や随筆のような作品では、すべて明らかになっている。だから私たちの判断がおかしければ、誰でも批判ができる。また全集をよりよくするためには、その批判こそがありがたいものであると思っている。もっとも、その将来の全集に、私自身の手はもう届かないのだけれど。

（正直に言えば、元の岩波版の漱石全集にも、荒版と同じ批判を加えなければならない。そしてその批判があったからこそ、私たちは新しい全集を作ろうとしたのである。ただ、その昔は一般に本を作る側が、根拠のはっきりしない権威を今よりもずっと強くもっていて、岩波版はそういうものとして通用していた。それに異を唱えたのが荒版であったはずなのに、その荒版も同じことだったのだ。そうして半ば一方的に、岩波版を貶めて自らを尊いとしていたのだから、その罪は深いと思う。しかもそのこけおどしに、研究者が無批判に靡いてしまったのだからよけいである。）

話が思わぬ方向にそれた。江藤による『薤露行』の「本文校訂」において、上記三箇所がどのように扱われているかを、みてみたい。そこには次のようにある。

> 同様に「あだやかなる」を「あざやかなる」としたのも、一応は誤記の訂正と考えられぬこともない。しかし、もし「あだやかなる」に「婀娜やかなる」の意味がこめられていたとすれば、これはむしろヴァリアントとして扱わなければならない。もっとも、「婀娜やかなる」という用例は、おそらく他にそう多くはないはずであるけれども。
>
> これに対して、初出の「婦人」を、『漾虚集』版と全集版がいずれも「佳人」としているのは、明瞭なヴァリアントである。全集版が「佳人」を採用しているのは、これを作者による改訂と判断したためにちがいない。（旧字体は新字体に改めた。以下も同じ）

江藤はここで、「訴ふるが如く／訴ふる如く」の異同を見落としている（総体に、江藤のこの「本文校訂」は、原文引用における誤植と、異同の脱落が少なくない）。「婀娜やか」は、『日本国語大辞典』にあるし、ヘボンの『和英語林集成』にも「ADAYAKA アダヤカ adj. Charming; fascinating; beautiful」と出ているくらいだから、用例はほかにもあると考えるべきだろう。「佳人」も、必ずしも作者の改訂とは決められないことは、すでに述べたとおりである。私がここでこんなことをあげつらっているのは、唯一つのことが言いたいためである。（ましてや江藤の揚げ足を取ることは全く意味がない。江藤は、この「本文校訂」のなかで、しばしば旧版の岩波版漱石全集を批判していて、その中には揚げ足取りのようなものもあるけれど、それぞれもっともであることも少なくない。）

私が言いたいのは、単行本による変更の力学のようなものを知ってほしい、ということである。ここではたまたまではあるけれど、初校の校正刷という資料があったために、その改変の背後事情を窺うことができた。このことは、単行本の本文というものを考える上で、大きな示唆を与えていると思う。『漾虚集』が刊行されたのは、明治三十九年（一九〇六）だから、百年前である。その頃の印刷事情と今日のそれは大きく異なっている。しかし、今日でもここで紹介したような事情は、編集・印刷の日々の作業の中にはらまれていることである。編集者は日常の中でそのことを経験しつつも、百年前への想像力はなかなかはたらかない。だから、よけいなことのようだけれども、ここに長々と紹介した次第である。

「二つの初版」の謎

さて、本文校訂の問題とは別に、私は江藤の学位請求論文として注目を集めた『漱石とアーサー王伝説』という本の口絵に、大きな疑問を抱いていた。口絵はアート紙六枚に計十二図版のカラーという豪華なもので、その中には単行本『漾虚集』初版本の「扉」、「目次」、「奥付」が含まれている。私が抱いたのは、その奥付に印字されている日付に関する疑問である。漱石のいわゆる単行本は、日本近代文学館とほるぷ出版の共同事業として、すべての初版本が復刻・複製されている。本当の初版本は、なかなか見たり手に取ったりすることができないので、いろいろな問題を確認するときに複製本は大変便利である。

いまその奥付に当たってみると、印刷と発行の日付が、次のように並んでいる。

明治三十九年五月十四日印刷
明治三十九年五月十七日発行

ところが、江藤の本の口絵に出ている初版本の奥付を見ると、

明治三十九年五月十　五　日印　刷
明治三十九年五月十　八　日発　行

となっている。漱石の単行本の書誌データは、統一的に整備されるのが遅く、いろいろな不便があった（新しい全集では百三十頁におよぶ詳細な清水康次氏による「単行本書誌」を付載した）。書誌データはともかく、『漾虚集』に言及するときは、発行日は「五月十七日」と一貫して記載されてきた。印刷が「十五日」で発行が「十八日」というのは、この口絵ではじめてみたものである。全集の「単行本書誌」が出る以前に、一番くわしくデータを整理したものは、竹盛天雄・長島裕子編の「漱石書誌稿」（別冊国文学№5『夏目漱石必携』一九八〇年冬季号）であった。その『漾虚集』の項では、データを紹介した後に、この江藤の口絵の奥付の日付が「付言」されている。

これをそのまま受け取れば、発行日の異なる初版本が二種類あることになる。しかもやっかいなことに、この初版本はあっという間に売り切れて、一週間を待たずに再版すなわち二刷ができるのだけれど、そこに記される初版の印刷・発行の日付は江藤本の口絵と同じ日付になっているのである。しかも、版を重ねてもその初版の日付が変わることはない。ということは、初版本二種類のうち、後に引き継がれる正統は、かえって口絵に出ている本のほうではないかということになる。今までは、確かに日付は一日早いけれども、間違った系統の初版本が取り上げられていたのだろうか、という疑問が生じたのである。

そんなに珍しい初版本をせっかく入手したのだから、江藤本人が「本文校訂」においてその特色を明らかにしてくれればありがたいのだが、江藤はその本が初版であるという理由だけで、あっさりと見捨ててしまう。「『漾虚集』初版および再版は誤植の多い欠陥版であるために、訂正三版を底本とせざるを得ない」とあるだけである。いったい学位請求論文とはどういうものなのだろう。だれがどのように「欠陥版」であると認定したのか、それを実証しなくてもよいのか。「詳しくは第三章参照のこと」とあるけれども、そこでは「初版・再版に欠陥が多く、本文校訂の対象とするに耐え得ないと判断されたからである」と同じことが繰り返されているだけだ。「判断された」というのも妙な言い方である。江藤が自分で判断したのなら、「判断した」というべきではないか。たしかに漱石は、書簡で誤植が多いとこぼしているけれども、それは状況証拠に過ぎないのではないか。江藤の初版本の中味がわからず、奥付だけでは如何ともしがたかった。ただ、江藤だけが、同書の中で初版の発行の日付は「十八日」であると決めつけていた（ずるいことに、発行日を「十七日」とする別本があることには触れていない）。

私は本当に困惑した。あることがわかっているのに、それを見ないまま本文を云々するのはひどく不誠実であるように感じざるを得なかった。本当にフランクな気持ちになれたなら、江藤氏の門をたたくべきだったろう。その勇気のない私は、何としてもその謎を解こうと、『漾虚集』の奥付を調べまわった。古書店はもとより、図書館や大学の研究室、訪ねた先でその本があることがわかれば、失礼を省みず見せていただいた。しかしどうしても、口絵のものと同じ奥付に出合うことはできなかった。

それは毎年秋に神保町で開かれる、大きな古書展の会場であった。そこには、漱石の単行本の初版本一式が、百万単位の値で出品されていた。『漾虚集』ももちろん含まれていたけれども、一揃いで出ているものだから、硝子ケースの中から一冊だけを取り出すというのは、ためらわれることだった。しかしそれがあるのに見過ごすことはできないから、係りに頼んで出してもらった。関心は奥付にしかないのである。私は我が目を疑った。あった、ということしかわからず頭が真白になった。江藤の本の口絵にある奥付の日付と、同じ日付を持つ初版本が、ついにみつかったのだ。私はほしかったけれど、手の出る値段ではない。かといってそこでさらに何かを検討することは、その場の環境からいっても、検討するための材料の持ち合わせという面からいっても不可能であった。ただ、あったという事実に圧倒されていた。どのように考えの道筋を立てればよいのか、考えることすらできなかった。

何日かたって、その一式を知り合いの大きな古書店が落札したことを知って、私は大変喜んだ。さっそく訪ねて、その『漾虚集』をじっくり見せてもらうことができた。しかし本文をそこで詳しく検討できるものではない。古書店の責任者は、好意でその本を貸してくれた。コピーを取ってもよいとの承諾を得て、私は飛ぶようにして会社に戻った。自分の机に戻ってからも、しばらくはボーっとして、ただその本の奥付を見ていた。しかしそのうちにあることに気づいた。それは紙の表面の毛羽立ちである。印刷日と発行日の並んでいる隣のあたりが、なんとなくざらついているのだ。

胸を突かれるようにして、胸が異様に高鳴って、初版本や再版本、さらに後刷りの『漾虚集』を引っ張り出して、奥付の比較を始めた。そうして今まで口絵では何度も見てきたのに、ついに気づかなかったことに、ようやく気づいた。

『漾虚集』の「再版」の奥付をみると、そこには次のように、それぞれの日付が印刷されている。

明治三十九年五月十　五　日印　　刷
明治三十九年五月十　八　日発　　行
明治三十九年五月二十二日再版印刷発行

何頁か前に、われわれの信ずる初版本の奥付の日付表示を示したけれども、違いがわかるだろうか。ここでは初版についての「印刷」「発行」の長さが「再版印刷発行」と同じ長さになるように、「印」と「刷」の間、「発」と「行」の間が空いている。古書展に出た本も、江藤さんの口絵の写真も、初版だから三行目はないにもかかわらず、この再版本のように字間が空いているのである。そうしてみると私の気づいた毛羽立ちは、この三行目を何らかの方法で削り取った跡だったのだろう（古書市場では再版本より初版本のほうが、高値がつくことが関係しているにちがいない）。この再版は、前にも述べたように、初版のわずか数日後に出たものであるから、本文は全く変更が加えられていない。だから江藤も、口絵に紹介した「初版本」の中味に触れようがなかったのではないか。

ようするに江藤は、後から人工的に作られた「初版本」を尊いとして、口絵にまで出していたのだ。再版以降における初版の日付は、再版の奥付を組み変えるときに、変わってしまったものだろう。

この「発見」によって、私は全集の「後記」で『漾虚集』に触れるときに、奥付の発行日の問題に一切触れる必要がなく、とてもさっぱりした気持ちでいられたことを思い出す。古書店に以上の結果を報告すると、責任者からは、本当の初版本でなかったのは残念だが、間違った物を売らずに済んだと、かえって感謝された。荒や江藤の仕事を今更批判しても、実りは少ないだろう。ただ彼らの仕事ぶりを自ら振り返って、反省的に継承したいと思う。そしてその教訓を他の人々と共有することは、あながち無意味でもあるまい。

第三章　烈士喜剣の碑

江戸時代の書物

漱石の明治二十九年（一八九六）の句に、

初冬を刻むや烈士喜剣の碑

というのがある。その年の十一月に、熊本から、東京で病に臥せっている子規へ送った句稿に記された二十八句のなかの一句である。

松山そして熊本から子規の元に送られた句稿は、現在三十五通が知られている。もちろん作句の稽古という目的ではあるが、漱石にとってはそれ以上に、病床の子規を慰めるという意味合いが大きかったように思う。慰めの手紙のタネはそう出てくるものではないだろう。だから句稿は、文学的感興の共有の場であったばかりでなく、近況報告——旅行好きの子規もほとんど外出できなくなっていたから、どこかに旅行した先での句は特に喜ばれたようだ——の役目も担っていたのだと思う。その三十五の句稿のうちのいくつかは、神奈川近代文学館や松山の子規記念館に現在も所蔵されている。その句稿をみると、漱石の句に子規が評点や寸評を記入しているのがわかる。漱石から送られた句稿に、子規はそれらを書き込んで、漱石に送り返したのである。つまり、これらの句稿は、漱石と子規の往復書簡でもあったのだ。そのように考えたので、新しい全集ではこれらの句稿も書簡として数えることにした（もちろん俳句として別途掲載した上で、である）。

ただ、すべての句稿が現存するわけではなく、失われたり所在がわからなくなってしまったものも少なくない。現に上掲の句を含む全集で二十番目の句稿も、現物や写真版をみることはできなかった。そのような場合は、岩波版の旧全集を元として新全集を編集することになる。岩波書店の全集資料室には、かつての全集編集に関するさまざまな資料が残っていて、句稿についても、それを実際に見たときの記録として、全集に活字化されなかった情報がいろいろ残されている。子規の評もその情報の一つである（それらについては、全集の第二次刊行のときに紹介することができた）。

ついで、といってははなはだ失礼だけれども、かつての全集に関する資料について一言したい。小宮豊隆がその全集を担ってきたことは、すでに述べた。岩波書店の側でずっと実務を担当していたのは、長田幹雄さんで、岩波書店生え抜きのお一人である。『岩波書店五十年』をみると、創業六年目の大正八年（一九一九）四月三日の記事として「長田幹雄入店」とある。先年亡くなられたが、私が入社したときは、役員は降りられていたけれどよく会社に見えていらした。当時のコピー機は、今からは想像できないほど大げさなもので、社内にも一台しかなかったのではないだろうか。そのあまり高くない背を伸ばすようにして、真白な髪を逆立てながら、自らコピーをとったりされていた。

荒正人が集英社版「漱石文学全集」の編集を終えた後の何かの文章の中で、長田さんが企業の枠を越えた援助を惜しまなかったことに、謝辞とも賛辞ともいいうる言葉をささげていたと記憶する。資料室には全集の編集作業にかかわるものはもちろん、およそ漱石に関する資料のすべて、新聞・雑誌から広告のチラシのようなものまで、ある時期までに限られはするものの、実に根気よく集められ整理されていた。そのすべてに長田さんの手が関与していたにちがいない。新しい全集の企画が始まるかなり以前に、もう会社には見えないようになっていた。私はその資料室に入るたびに、粛然とか端粛という言葉であらわされるような、精神的な何かにとらわれるようであった。

もう会社には直接関係されないのだが、私は、新しい全集を長田さんたちとは異なった方針で編集しなおすということを、どうしても伝えたかった。怒られるかもしれないけれど、挨拶なしに闇討ちのようなことはしたくなかった。私よりも社歴が古く、したがって長田さんとも私より親しみのある同僚と、刊行を何カ月か先に控えた夏の午後、御自宅に伺った。庭木越しに西日の差し込む広い和室で座卓を挟んで差し向かい、同僚とおそるおそる来意を告げた。黙って聞いておられ、口から洩れたのはただ一言だった。君たちはやりたいようにやりたまえ、僕たちはすべてしたのだから、もう何の遠慮もいらないよ。さあ、ビールでも飲もう。なんという闊達さだろう。荒正人の賛辞をあらためて納得するとともに、「人の道」ということばが頭をよぎり、自分も何とかしてこうなりたいものだ、と思わずにはいられなかった。そのような姿勢・生き方は、長田さんご自身の資質によるものであることは勿論だろうけれど、私は、岩波書店の創業者その人が、そのようなことをよしとする人だったのだろうと、はるかに想像をたくましくしていた。

話を戻して、そのありがたい資料をみると、この二十番目の句稿にも、子規は評点を丸印で示していた。その丸を二つもらっているのは、次の四句である。

一人出て粟刈る里や夕焼す
僧に対すうそ寒げなる払子の尾
善男子善女子に寺の菊黄なり
此里や柿渋からず夫子住む

本章冒頭に掲げた句は、一つの丸ももらえなかった。前章で触れたように、漱石には気に入った言葉を繰り返す傾向がある。この「喜剣」もその例に洩れない。

喜剣の名が全集に最初に登場するのは、やはり子規宛であるが、それは明治二十四年十一月十日付の書簡である。この書簡は、前便の十一月七日付の続きである。この七日付は、第一章で四民平等の考え方が示されている、として引用したものであるが、そこでも述べたように、その前に子規から漱石へと手紙が届き、子規はそこで「気節論」を展開しているらしい。ただそれが非常に不用意かつ平板なものだったらしく、漱石にはカチンと来た。漱石の傾向として、論証されない精神論には敏感に反応するので、ここもその典型のような議論が展開される。七日付のほうで充分に反駁したけれども、子規も負けずにまた何かいってきたらしい。そうして十日付では次のように述べる。

頑固の如くには候へども片言隻行にては如何にしても気節は見分けがたくと存候　良雄喜剣の足を舐《ねぶ》る良雄の主義人の辱《はずかしめ》を受けざるにあれば足を舐るは気節を損したるなり　良雄の主義復讐にあれば足を舐るは気節を全ふしたるなり　喜剣良雄の墓前に死す　喜剣の主義長生にあらば墓前に死するは節を損したるなり　喜剣の主義任侠にあれば墓前に死するは節を全ふしたるなり　去れば一言一行を其人の主義に照り合せざれば分らぬ事と存候（其人の主義の知れておる時は例外）

気節は（己れの見識を貫き通す）事と申し上候積り　此（見識）は智に属し　（貫く）（即ち行ふ）は意に属す　行はずして気節の士とは小生も思ひ申さず　唯《ただ》行へと命令する者が情にもあらず意にもあらず智なりと申す主意に御座候処《ござそうろうところ》　筆が立ぬ故其処迄《そこまで》まはり兼　疎漏の段御免《ごめん》被下度候《くだされたくそろ》（圏点、原文ママ。字アキは筆者）

「気節」などという言葉は、今日では死語に近いかもしれないが、見事な定義が下されている。それはまたのことにして、譬え話に登場している「良雄」は、赤穂浪士の大石内蔵助良雄である。「喜剣」は薩摩藩士とされる村上喜剣で、大石が祇園か島原かで遊んでばかりいて、ちっとも主君の仇をとろうとしないのを憤って、遊びの現場に踏み込んで面罵し、足指で料理の肴か何かを挟んで大石の面前に突きつけるのである。大石がその足を舐めたというのは、その時のことを言っている。ところが後になって、大石が見事に仇討ちを果たすので、喜剣は恥じ入って、大石の墓前で腹を切ったという。

漱石はそれを、現象的な言動だけでは、実際に気概や意気地があるのかないのかは判断できない例として使っているのである。そして気節にとって問題になるのは、智にもとづく見識と、それを意としてやりぬくことであるとする。見識が駄目なら、いくらやり遂げたって褒められないだろうし、立派な見識でもやらないのでは意味がない、というところだろう。大石は足を舐めても気節はあったといえるし、喜剣が長生きすることを主義として、腹を切らなかったとしても、それは気節がないことにならない、というところが、漱石の漱石たるゆえんである。

次に喜剣が出てくるのは、先の俳句であるが、そのとき漱石と子規は、きっと五年前の学生時代のこのやり取りを、それぞれ思い出したことだろう。そう考えると、この俳句はまたちょっとちがったものとして、われわれにも響いてこないだろうか。その次は、ロンドン留学時代のノートに喜剣が出てくる。

そのノートは'Realism and Idealism (Illusion)'と、漱石自身によって題されており、初めの部分では、英文学の作品から、現実にはありそうもないことや、起こりそうもないことの描写の例を摘録している。また、小説を構成する要素として、出来事・性格・熱情をあげ、読者に幻惑を引き起こさせるには、出来事は実際に起こりそうなものである必要があるか、それともありえないような出来事に尋常な性格や熱情をからませるか、などの組み合わせの可能性を検討している。それに引き続いて、急に英文学からはなれて次のような項目が筆記されている。

〇林鶴梁　烈士喜剣ノ碑。露伴　吁吾死矣……　皆写真ナラズ

幸田露伴の「吁吾死矣」（ああ吾死せり）とは、どんな脈絡から発したのかつまびらかにしない。『五重塔』の終わりの方では、十兵衛が嵐の中で「嗚呼〻〻生命《いのち》も既《もう》いらぬ」と思い込む場面があるが、いかにロンドンにいて昔読んだ本の記憶といっても、少しずれているような気がする。そもそも漱石が露伴のどんな小説を読んだのかも、後年の『天うつ浪』以外は皆目わからない。『五重塔』を読んだという形跡も、みつけようがない。

だからそれはそれとして、林鶴梁のほうへ移らざるを得ない。林鶴梁は幕末から明治にかけての儒学者・漢学者である。文化三年（一八〇六）の生まれで、明治十一年（一八七八）に亡くなって

いる。漱石は、明治三十九年（一九〇六）の談話「余が文章に裨益せし書籍」（『文章世界』三月）のなかで、鶴梁に言及している。

　漢文では享保時代の徂徠一派の文章が好きだ。簡潔で句が締つてゐる。安井息軒の文は今も時々読むが、軽薄でなく浅薄でなくてよい。また林鶴梁の『鶴梁全集』も面白く読んだ。

ここで『鶴梁全集』といっているのは、漱石の勘違いか筆記者の不注意かわからないが、慶応三年（一八六七）に刊行された『鶴梁文鈔』（全十巻）のことではないだろうか。第一章（九頁）でも触れた談話「落第」（『中学文芸』明治三十九年六月）において、それまで漢籍ばかり読んでいたが文明開化の世に適応できるわけでもないから、とにかく大学へ行こうと予備校に通い始め、それまで食わず嫌いであった英語を一心に勉強し始めたころのことを、次のように回想している。

　ナシヨナルの二位《〔ぐらい〕》しか読めないのが急に上の級へ入つて、頭からスゥヰントンの『万国史』などを読んだので、初めの中は少しも分らなかつたが、其時は好な漢籍さへ一冊残らず売つて了ひ夢中になつて勉強したから、終《〔しまい〕》にはだん〳〵分る様になつて其年（明治十七年）の夏は運よく大学予備門へ入ることが出来た。

その売り払われた漢籍の中には、『鶴梁文鈔』が含まれていたにちがいないと、私は一人で想像している。いずれにしても、林鶴梁も安井息軒も、その著書が「漱石山房蔵書目録」にみえないのは事実である。たとえば息軒については、没後間もない明治十一年（一八七八）に出た『息軒遺稿』などは、必ずや所持していたと思うのだが、どちらもこのときに売り払ったのだとすると、息軒については、談話の明治三十九年（一九〇六）現在で「今も時々読む」といっているのがいぶかしい。想像は楽しいが、むなしくもある。

それから、これは話がちょっと逸れるが、鶴梁も息軒も、ともに松崎慊堂の教えを受けた儒者である。鶴梁は藤田東湖に目をかけられ、息軒は水戸の徳川斉昭に認められたというように、どちらも水戸学に近く、開国には二人とも反対の考えを抱いていたようだ。寛政十一年（一七九九）生まれの息軒は、鶴梁より七年ほど年長で、亡くなったのは明治九年（一八七六）、鶴梁は先述のように同十一年である。

漱石はまた、先の談話「余が文章に裨益せし書籍」のなかで、漢文でなく和文については次のように言っている。

国文では、太宰春台の『独語』、大橋訥庵の『闢邪小言』などを面白いと思つた。何れも子供の時分に読んだものであるから、此所《こゝ》が何うの、彼所《あすこ》が此うのと指摘していふことは出来ぬが、一体に漢学者の片仮名ものは、きち〳〵迫つてゐて気持がよい。

春台のほうは、鶴梁や息軒より百五十年も前に生まれた人だから、『独語』にしても、開国談義などはなく、和歌、茶の湯、俳諧、楽曲などなどについて思うままを記したものである。しいて漱石との関係を求めようとすると、「詩の道かくのごとし。此理を以ておしはかれば、和歌の道も亦かくのごとくなるべし」といういいまわしが、『文学論』「序」の、「文学は斯くの如き者なりとの定義を漠然と冥々裏に左国史漢より得たり。ひそかに思ふに英文学も亦かくの如きものなるべし」に響いているような気もする。また茶の湯について、春台はその器から作法に至るまで完膚なきまでにこき下ろしているが、『草枕』「四」で、「広い詩界をわざとらしく窮窟に縄張りをして、極めて自尊的に、極めてことさらに、極めてせゝこましく、必要もないのに鞠躬如《きっきゅうじょ》として、あぶくを飲んで結構がるものが所謂《いわゆる》茶人である」というのが、それによく対応しているように読める。漱石の茶の湯嫌いが根っからのものとすれば、『独語』を読んで快哉を叫んだにちがいない。

もう一つの訥庵の著書のほうは、「闢邪」というのはそもそも邪を斥ける意であって、その邪とはすなわち蛮夷、黒船のことなのだから過激である。かなり激越な文言が並ぶ文章であったと記憶する。訥庵は年代的には、息軒、鶴梁より十数年後の人だけれども、大きく括ればほぼ同時代の人である。

それにしても、こうして息軒・鶴梁・訥庵というつらなりをみてみると、いかにその思想ではなく文章についての嗜好であるとはいえ、昭和初年生まれの人々がよく幼少年時代は軍国少年であった、などと回想するのと同じように、少なくとも明治初年の夏目金之助少年は、なかなかの攘夷少年であったらしいことが見えてくるように思われる。——それが、先にもみたように、青年期になると「人は獣に及ばず」と言い放つ江漢に知己を俟つようになるのである。

『鶉籠』という書名

話がここまで脱線したから、江戸時代の書物にまつわる話をもう少し続けたい。漱石の熊本時代の文章で、広く人の目に触れえたものは、「『トリストラム、シャンデー』」（『江湖文学』明治三十年（一八九七）三月）と、明治三十一年十一月の『ホトトギス』に発表された「不言之言」という短い文章くらいであろう（辞書によれば「不言之言」は『荘子』にみえることばで、「意味を言外に含めた言葉」だという）。

この「不言之言」は、その年の九月二十一日付の子規の虚子宛書簡に、「夏目には英文学のなにかを頼むつもりなり但し次号ならねば間にあはず」とあるのに、漱石が応えたものである。ただ、子規が直接漱石に依頼した書簡は残っていない。漱石はそこで、俳句と西洋の詩という東西文芸の比較からはじまって、洋の東西における諺に同じようなものがあることに言い及ぶ。もとより短い文章だから、本格的な論ではなくつまみ食い的な例示に留まっている。いろいろ出される中に、『ハムレット』のなかの「「カヴヒヤー」（キャビア）を流俗に勧むる」というのがある。これは

「豚に真珠」と同じことで、わけのわからない者に価値ある物を与える（ないしは取り合わせる）、という意味であるという。そこは漱石先生だから、日本の「猫に小判」を持ち出すような「流俗」の比較をしたりはしない。

漢学先生の言に曰く、宋人の章甫を越《えつ》に売るが如し、断髪の俗には用るところなし、郢客《えいきゃく》の陽春を楚に唱ふるに似たり、鴃舌《げきぜっ》の俗には和する人なしと。

前段は、宋の人には大切な章甫（冠）でも、断髪で冠をかぶる習慣のない越の人にはありがたがられない、ということらしい。また後半は、郢（楚の都）の歌のうまい人がはじめ低俗な歌を歌ったら数千人が喝采したが、少し格調のある中程度の歌ではそれが数百人になり、陽春というもっとも高尚な歌のときは喝采したのは数えるほどだった、つまり高尚なものは理解者に恵まれない、という故事に拠っているらしい（「鴃舌の俗」というのは（高尚な）言葉の通じない俗人）。このむずかしい文章の出典について、かつての全集の注では、「宋人」のほうは『荘子』に似た文言があるとし、「郢客」のほうは出典ではなく『吾輩は猫である』に似た表現があると指摘し、そこでの注を参照させている（その『猫』の注では『文選』が出典として挙げられている）。

どんなきっかけでそんな本を広げたのか忘れてしまったが、私はたまたま室鳩巣『駿台雑話』をひっくり返していて、これはどこかで見たことがあると思ったのが、この文章であった。比べてみると「宋人の……」以下ほとんど同じであった（漱石は途中の十四字ほどを省略している）。この『駿台雑話』は「漱石山房蔵書目録」にみえるから、きっと目を通していたのだろう。そうしてみると、漱石が「漢学先生」といったのは、『荘子』や『文選』にさかのぼってのことではなく、室鳩巣という日本の漢学者（儒者）個人を指していたことがわかる。これは漱石の出典探しをしていてしばしば経験するところであって、大もとの出典は大古典かもしれないけれど、漱石がそれに接したのは近い時代の孫引きや抄録だったということは、大いにありうるのである。

この『駿台雑話』についてては、もう一つのことを言わねばならない。前章で『漾虚集』の名の由来について考えたけれど、漱石の短篇集にはもう一つ、明治四十年（一九〇七）元旦を発行日とする『鶉籠』がある。いずれも明治三十九年中に発表された、『坊っちゃん』『二百十日』『草枕』の三篇を収めている。漱石が作品の題名にこだわらなかったことはよく知られていて、『吾輩は猫である』は高浜虚子が、『門』は小宮豊隆と森田草平が決めたのだし、『それから』とか『彼岸過迄』とか、いかにも人を食ったようなものもある。だから『鶉籠』という書名も、そのときたまたま目についたものが、『虞美人草』のときのように、鶉籠だったというに過ぎないのかもしれない。しかし『駿台雑話』をみると、ある考えのもとに名づけられた書名である可能性を、考えたくなる。

室鳩巣は、先ほどの太宰春台よりもまた二十年ほどさかのぼる江戸中期、十七世紀後半から十八世紀半ば近くまで生きた人である。万治・寛文というから、彼がまだほんの子供のころの話である。そのころ鶉を飼って、その鳴き声を楽しむことが大変にはやった。金持ちがよい鶉を求めて互いに競うので、その値段も大分高騰したということである。時の老中阿部豊後守忠秋もこれを愛好することはなはだしく、常に籠を座側において鳴かせていたという。それを聞いたある大名が、評判の鶉を高値で買って、出入りの官医を通じて贈ろうとした。訪れた官医がその旨を申し出ると、忠秋はぐずぐずしていてあまり喜ぶ風が見えない。いぶかしがっていると、近習のものに鶉籠を持ち出させて、庭に向けて籠の口を開け、庭に鶉を放させてしまう。官医が驚いて、さすがに慣れていて、また戻ってくるのですねなどとお愛想をいうと、そうではない、もう鶉を飼うのはやめたのだ、と断言したというのである。賄賂になりかねないところを未然に防いだ、高潔の士であるというところだろう。

賄賂というのは、その利害そのものは実は表面的なことで、内面的には受け取る側が贈るほうの意思に束縛される、ということにほかならない。もっと言えば、相手の思惑を受け入れるということである。明治三十九年（一九〇六）の秋から年末にかけては、漱石はただならぬ精神状態のなかにあった。その内実がよくわからないことは、先の『漱石という生き方』に書いたので繰り返さないが、『鶉籠』の直前の十一月四日に刊行された『吾輩は猫である』中編の、十月に記された序文は、全文ほとんど子規への献辞といってよい文章で、その最後は次のように結ばれている。

子規は死ぬ時に糸瓜《へちま》の句を咏んで死んだ男である。だから世人は子規の忌日を糸瓜忌と称へ、子規自身の事を糸瓜仏となづけて居る。余が十余年前子規と共に俳句を作つた時に

長けれど何の糸瓜とさがりけり

と云ふ句をふら〳〵と得た事がある。糸瓜に縁があるから「猫」と共に併せて地下に捧げる。

どつしりと尻を据えたる南瓜かな

と云ふ句も其頃作つたやうだ。同じく瓜と云ふ字のつく所を以て見ると南瓜も糸瓜も親類の間柄だらう。親類付合《づきあい》のある南瓜の句を糸瓜仏に奉納するのに別段の不思議もない筈だ。そこで序《ついで》ながら此句も霊前に献上する事にした。子規は今どこにどうして居るか知らない。恐らくは据ゑるべき尻がないので落付をとる機械に窮してゐるだらう。余は未だに尻を持つて居る。どうせ持つてゐるものだから、先づどつしりと、おろして、さう人の思はく通り急には動かない積りである。然し子規は又例の如く尻持たぬわが身につまされて、遠くから余の事を心配するといけないから、亡友に安心をさせる為め一言断つて置く。

『猫』にふさわしい軽快な文章だけれども、「さう人の思はく通り急には動かない積りである」には、人をはっとさせる不気味なかげりがある。この時期、誰がどのような思惑で漱石を動かそうとしていたのか、事実関係はわからないが、そのような想念に悩まされて闘争心を掻き立てていたことは、前著にのべたように、いろいろと窺うことができる。

鶉籠の口を開けることによって鶉を逃がすのは、相手の思惑をあらかじめ無化する行為である。私には、そのような思いがこの書名に託されているように思われるのだが。

鶴梁の碑文と幻の碑

さて、だいぶまわり道をしたから、林鶴梁に戻らなければならない。ノートには、「林鶴梁　烈士喜剣ノ碑」と記されていたのであった。私が『鶴梁文鈔』を入手したのは、いつごろのことだったか、もう忘れてしまった。それは全十巻が一冊に綴じられていて、明治十三年（一八八〇）刊行の再版本であった。第六巻は碑文を集めたもので、その冒頭が「烈士喜剣碑」であった。最初に俳句を見たときは、そのような碑が実際にあるのだろうと漠然と理解しただけで、碑文そのものにそれほど関心はなかった。ところがこのノートを見ると碑文の作者は鶴梁であり、さらに談話によれば「鶴梁全集」を面白く読んだというのだから、何であれ鶴梁の本は探求書に数え入れていたのである。会社の昼休みの日課のような古書店めぐりをしているうちに、神保町の角に近いビルの二階の古書店でみつけることができた。はなはだ覚束ないけれども、その碑文を訓み下しの形で、以下に示してみる（適当に段落をつける）。

烈士喜剣《ノ》碑

喜剣は何許《いずこ》の人か詳らかにせず。或いは薩藩士と云う。蓋し奇節の士なり。元禄中、赤穂の国除《はら》う。大石良雄去りて京師に在り。時に物論囂囂《ごうごう》たり。其れ復讐の志有りと言う。良雄之を恚《うれ》う。故に歌舞遊衍《ゆうえん》を仮り以て人口を滅す。

一日島原の妓館に遊ぶ。会《たまたま》喜剣亦《ま》た来りて遊ぶ。喜剣素《も》より良雄と相識《あいし》らず。然れども窃《ひそか》に物論の虚ならざるを希《ねが》う。其の遊蕩の已《や》まざるを聞くに及びて、心甚だ懌《よろこ》ばず。すなわち良雄を招く。一楼に同飲す。微言以て之を諷す。良雄応えず。因て更に直言を反復す。良雄猶《な》お応えず。笑いて言《げん》自若たり。承服の色なし。喜剣すなわち目を怒《いか》らせて大に罵りて曰く。汝は真に人面にして獣心なり。汝の主死す。汝の国亡ぶ。汝は大臣たり。而《しこ》うして仇に報ゆるを知らず。獣に非ずして何ぞや。余将《まさ》に獣を汝に待つ。是に於て左脚を展ず。魚膾数臠《ぎょかいすうれん》を脚の指頭に盛る。良雄をして之を食わしめんとす。良雄夷然《いぜん》として首を俯して之を喫す。指頭の余瀝を舐め畢る。時に良雄の唖唖《ああ》たる笑声と、喜剣の叱叱《しつしつ》たる罵声、喧然《けんぜん》として楼外に聞こゆ。

既にして喜剣江戸に于役《うえき》す。適《たま》ま赤穂の人の讐《あだ》に報ゆる事を聞く。之を問わば則ち同謀四十六人。良雄は其の首なり。喜剣愕然として曰く。吁《ああ》余は死矣《せり》。夫れ余が目の獣として良雄を視しはすなわち我が目の罪なり。余が舌の獣と良雄を罵りしはすなわち我が舌の罪なり。余が足の獣と良雄に食せしはすなわち我が足の罪なり。余が心の獣を良雄に待ちしはすなわち我が心の罪なり。一身皆罪なり。吁余は死矣。

是に於て病に托し帰国す。公私、事を了す。復《ま》た江戸に来る。すなわち良雄既に同謀の士と皆死を賜う。之を江戸泉岳寺中に葬むる。すなわち其の墓に詣《けい》じ拝して曰く。我まさに万罪を地下に面謝せんとするのみ。すなわち刀を抜き腹を屠し而うして逝く。ある人又、之を其の墓側に葬むる。

夫れ喜剣氏、初めこれ良雄と相識らず。而うして其の義挙有らんことを希う。之に中《あた》るに直言忠告す。罵りて之を辱しむるに至る。之を終るに、身を殺し志を明らかにす。以て其の罪を謝す。中行の士にあらずと雖《いえど》も其の奇節は古の俠者に恥じずというべし。

中西伯基また奇士なり。恒に喜びて忠臣烈士の事を談ず。唶唶《せきせき》として口を離れず。嘗て、喜剣のこの奇節あるに、而うして世の多く之を知らざるを憾《うら》み、別に泉岳寺に一石を建て事蹟を略紀し、以て後人に示さんと欲す。すなわち費金若干を齎《もたら》し来りて余に文を徴す。余、時に年方《まさ》に二十七八、未だ嘗て金石の文字を作らず。固辞す。不可なり、と。すなわち自今《じこん》文を学ぶこと十年、而うして後、之を草するを約せり。時に余、貧甚だし。伯基すなわち其の金を留め余をして自ら救わしむ。爾来、荏苒《じんぜん》として過《す》ぐること二十余年。今すなわち伯基年六秩《ちつ》を踰《こ》ゆ、余亦五十余。皆頽然《たいぜん》たる老なり。余すなわち文を為し金を出し、伯基にこれを致して遂に両債を償う。ああ、喜剣の死、固より奇なり。伯基の此の挙亦た奇なり。独り余の文の奇ならざるを恨むのみ。

細かな字句の意味を詮索する必要はないだろう。なんとなく事態が飲み込めて、漱石はこのような文章を喜ぶ少年だったのだな、と思いを致せば充分だと思う。読んでみると、「吁《ああ》余は死矣《しせり》」が二度も出てくるのは、意外であった。露伴の「吁吾死矣」を尋ね当てられなかったことは先にのべたが、こうしてみるとこれは鶴梁のこの文脈そのものをいっているのでもあるらしい。

ノートでは、「皆写真ナラズ」、つまり真実を写した文章ではないと批判されているが、これはどういうことなのだろう。この場合の「矣《せり》」は完了であるから、「自分は死んでしまってもう生きていない」という意味だろう。実際にはまだ生きている人間の感慨だから、物理的に真でないことは確かだが、そんな意味で「写真ナラズ」といっているのではあるまい。こういう言い方は、生きていることに意味をまったく見出せないことを強調した文飾である。写真は photograph ではあるまい。もしそうなら「写真ニアラズ」とでも書くのではないだろうか。

それでは、真を写したものでないとの評は肯定的なものなのか、それとも否定的なものなのだろうか。このノートの表題は、'Realism and Idealism' というのであった。ことは文芸にかかわる話だから、写実主義と理想主義の対照を考えているのだろう。Idealism のほうには括弧つきで(Illusion)と断ってあるから、現実を直視しそれを呼び覚ますのではなく、幻想の世界にいざなうような幻惑を引き起こす理想主義なのだろう。ノートでは、林鶴梁の次の項目で、A・J・グラント『ペリクレース時代のギリシア』から、「ギリシア人の情操は、宗教芸術に写実主義を持ち込むことを許さなかった」の一文を引き、さらに一つ置いた次の項目では、M・ノルダウ『退化論』から、オスカー・ワイルドの「方法としての写実主義はまったくの失敗である」という言葉を紹介している。

このようなつながりから見ると、真を写したものではない、というのは、そうではあるけれども表現として成功している、ということなのではないだろうか。たんなる鶴梁や露伴の批判なら、遠く離れたロンドンでわざわざ思い出してメモするはずもないにちがいない。そうなると、この碑文の意味あるところは、喜剣その人の生き方から、鶴梁の表現そのものへとシフトして考えるべきだということにならないだろうか。くだけていってしまえば、鶴梁が魅力ある喜剣を形作ったということに、重点が移ることになる。少なくともここにおける漱石は、そのような文脈の中に碑文を位置づけようとしているように見える。

生き方という面から見た場合、鶴梁の描く喜剣は、なぜ腹を切ったのだろう。私は、一般に武士という存在がなぜ腹を切りたがったのか、を研究した経験がない。『太平記』などを読んでみても、つぎつぎと腹を掻《か》っ捌《さば》いてゆく武人たちの心情を、ただいぶかるばかりである。家門のため、死して名を残すため、いろいろ理由は与えられているが、近代の洗礼を受けたわれわれには、その本当のところを了解するのはなかなか困難なことである。鶴梁は、喜剣を評して「奇節の士」であるといい、その死は「固より奇なり」であるという。この場合の「奇」とは、「珍しい」ではなく、「優れている」だろう。しかし「奇」とあるからには、尋常の優れ方でなく、人と違ったそれでなくてはならないはずである。

その奇とされるゆえんは、腹切りが内発的であることに関係しているのではないだろうか。喜剣が良雄を辱めたとしても、それによって村上家の家門が傾いたり、先祖に申し訳が立たなかったりするわけでもなさそうである。喜剣の反省は、人物を見誤った自らの目、罵るべきでない人を罵った自らの舌、舐めさせるべきでないのに突きつけてしまった自らの足、獣でないものを誤って獣に擬した自らの心、というように自分自身にのみ向けられている。そうしてそのような自分の総体の締めくくりとして、「吁余は死矣」の言葉が出てきたのであった。これが実在の人物としての喜剣その人の真ではあるまい、というのが漱石の一つの批評であり、鶴梁が与えた表現としてみれば、それはみるべきものがある、というのがもう一つの批評である、と私は思う。

ここまで辿ってくると、この喜剣と鶴梁の関係は、どこか『心』における「先生」と、作者である漱石の関係に似ていないだろうか。Kの自死をうけて、「先生」自らの死にいたるまでの心の葛藤は、段階を追ってさまざまに明かされているが、その死の本当のところは、誰にもわからない。しかしその過程で「先生」が、自分で自分に愛想を尽かすという段階があったことは重要である。自分で自分に愛想を尽かすくらいのことで、人は本当に死ねるのか、そこに「写真ナラズ」というRealismの批評がある一方で、そのような死を「奇」とみるIdealismの批評もあるように考えられるのである。

ここであらためて、冒頭の俳句に戻ろう。すでに述べたように、この俳句は碑文でなく、碑そのものを詠んだものであると思いながらも、実際にその碑を見たことがないので、取り扱いに苦しんでいた。仕方がないので、ある昼休み、神保町から地下鉄で泉岳寺に行ってみることにした。地下鉄の駅を降りてだらだらした坂を右手のほうへ登って行くと、山門があった。山門の左手のほうへ回りこむようにゆるやかな階段を登ると、木の生えていない、広くて何となく白茶けた空間があって、そこに四十七士の葬られている一角があった。その一角は低い垣根で区切られていて、左手の突き当たりの垣根の外に大きな直立する石が見えた。取り付く島がないような、妙に不安定な空間に戸惑いながら、私はその巨大な石が、目的の碑であろうと見当をつけて、ふらふらと近づいてみた。

今となっては、記憶が朦朧としているけれども、碑はたしかに存在した。大きな石には、昼の陽を受けて角張った文字が並んでいた。ああ、漱石もこれを見て、あるいは思い出しながら、「初冬を刻むや烈士喜剣の碑」と詠んだのだ、と改めて思いを致した。しかし裏に廻ってみて、私は驚くとともに、何だかとてもおかしな気持ちにとらわれることになった。碑はそんなに古いものではなかったのだ。漱石の生きていた時代には、建てられなかったのである。

裏面の由来書きの文字を拾っていくと、碑文はできても碑そのものはなかなか建てられなかったと書いてある。そうして何とか建碑にこぎつけたのは、なんと昭和十五年（一九四〇）のことだった。漱石は碑をみることはなかったわけである。とするとあの句は、ありもしない碑を想像して詠んだのか、あるいは鶴梁の碑文そのものを詠んだものなのか、私にはわからなくなってしまい、何だか騙されたような、どこか滑稽じみた気分にとらわれて、帰りの地下鉄では人知れずにやにやしてしまったのだった。

「間隔論」をめぐって

「烈士喜剣の碑」の話は、これでおしまいである。ここまで、漱石と江戸時代の儒者あるいは漢学者との関係を少したどったわけだけれども、『思ひ出す事など』を読んだことがある人は、荻生徂徠が出てこなかったのを物足りなく思われるかもしれない。『思ひ出す事など』の「六」には、明治四十三年（一九一〇）夏の修善寺での大吐血の予後のなぐさめに、『有象列仙全伝』を贈られたことが書いてある。それを面白く眺めるのだけれども、それだけでは飽き足らず、その一部を日記に書き写してみると、病後の体力ではペンが六尺棒のように重く感じられたという。そこで筆写の思い出話になるのである。

子供の時聖堂の図書館へ通つて、徂徠の蘐園十筆《けんえんじっぴつ》を無暗に写し取つた昔を、生涯にたゞ一度繰り返し得た様な心持が起つて来る。昔の余の所作が単に写すといふ以外には全く無意味であつた如く、病後の余の所作も亦《また》殆んど同様に無意味である。さうしてその無意味な所に、余は一種の価値を見出して喜んでゐる。

私は無謀にもその「蘐園十筆」を読んでみたいと思って、河出書房新社版『徂徠全集』のその巻を求めたことがある。漱石全集を担当することになる、ずっと以前のことだ。わくわくして開いてみたが、全く歯の立つようなものではなかった。むなしく眺めることしかできなかった。私のことはどうでもよいが、この「聖堂の図書館へ通つて」というのは、注意してよいだろう。「聖堂」は、いわゆる湯島の聖堂で、江戸時代の幕府の学問所、昌平学問所（昌平黌）に建てられた孔子廟である。明治になって学問所が閉鎖された後でも、建物は残っていた。関東大震災で焼けて、昭和十年（一九三五）に再建されたという。昌平学問所は、安井息軒が学んだところであり、後にはそこの教授にもなっている。

息軒を気取った、というと嫌な言い方になるが、金之助少年が息軒に自分を重ね合わそうとしたのには、息軒その人がアバタもちであったことも関係していたかもしれない。森鷗外の『安井夫人』は、息軒の妻「お佐代」を借りつつ、息軒（字は仲平）の生涯を綴ったものだが、その書きだしは次のようである。

「仲平さんはえらくなりなさるだらう」と云ふ評判と同時に、「仲平さんは不男だ」と云ふ蔭言が、清武一郷に伝へられてゐる。

その「不男」は、息軒の学問上の精進を支えた一つの要素でもあったにちがいないだろう。同輩から軽んぜられたり馬鹿にされたりする姿が、描かれている。そこに美しい夫人がやってくるというところが、作品を作品たらしめていることは論を俟たない。宮崎県の飫肥《おび》藩から江戸に出て、昌平黌に通う日々も、心楽しむものではなかった。しかし座右の柱には、「今は音を忍が岡の時鳥《ほととぎす》いつか雲井のよそに名告《なの》らむ」と書いた半切を貼り付けていたという。

私はこの『安井夫人』に、中学校の国語の教科書で出会った。冒頭書き出しと、詠志の歌は印象深く残ることになった。『三四郎』では、熊本から上京した三四郎が、大学で佐々木与次郎に出会う。与次郎は講義に出ても、落書きをしたりしていて、あまり熱心にノートを取らない。その最初の出会いは次のようであった。

隣の男は感心に根気よく筆記をつゞけてゐる。覗いて見ると筆記ではない。遠くから先生の似顔をポンチにかいてゐたのである。三四郎が覗くや否や隣の男はノートを三四郎の方に出して見せた。画は旨く出来てゐるが、傍に久方《ひさかた》の雲井の空の子規《ほとゝぎす》と書いてあるのは、何の事だか判じかねた。

この「久方の雲井の空の子規」が、息軒の歌を踏まえており、与次郎の志が仮託されたものであることは明らかだろう。むろん話は一本道ではないので、ポンチと取り合わせられていることからわかるように、すでに与次郎自身がポンチ化されているのだけれども、このような志を配置させることで、与次郎に陰影が与えられているのである。ただ私は、安井息軒という人は、漱石の身のすぐ近くに立っていたということを、このようなわずかの表現の中に感じるのである。——これはどうでもよいことであるが、『坊っちゃん』の清は、亡くなって、「坊っちゃん」の家の菩提寺である、小石川の養源寺に葬られた。この養源寺はいろいろ調べられていて、小石川にはそのような名前の寺はなく、千駄木にはあるのだという。その実在の千駄木の養源寺には、文科大学はじまって以来の変物と漱石に評された米山保三郎が眠っている。場所こそ違え、そのようなつながりがあるから、『坊っちゃん』一篇は、米山へのレクイエムであると見る人もいた（大久保純一郎『漱石の思想』）。ついでだから言うけれども、息軒の墓も、千駄木の養源寺にある。

さて荻生徂徠は、その息軒が倣うべき大先輩である。先に引いた談話でも「漢文では享保時代の徂徠一派の文章が好きだ」と述べていた。その書かれた文字についても、『草枕』では観海寺の和尚の言葉を借りて、「それは〔頼山陽よりも〕徂徠の方が遥かにいゝ。享保頃の学者の字はまづくても、何処《どこ》ぞに品がある」と評している。ただ、漱石が徂徠の文章の、どこがどのようにと具体的に言及しているものは、見つけることができなかった。

私たちが漱石全集の編集の実務に携わっていたときに、もっとも困惑と困難とを感じたのは、ロンドン留学時代を中心に筆記されたノートの編集に着手しようとしたときであった。東北大学の特別資料室、その中の漱石文庫は、漱石に関する原資料の宝庫であることは間違いないが、それまで全集として収録されることのなかったノートを前にして、どこからどう手をつけたらよいものか、立ちすくむような気分に追い込まれたことを覚えている。今ではインターネットで簡単に覗くことのできる自筆資料を、とにかく写真に撮って、それを解読して分類・配列しなければならなかった。そのノートは、英文をたくさん含むものなので、日本語も含めて横書きされていることが多かった。中には、日本語は殆んどなく、英文ばかりが続くものもあり、それらはさまざまな読書から、心覚え的に引用されたものであった。膨大なノートなので、引用のたぐいは、全集収録の範囲から除外することに決めていた。それでも、現場でそのような判断が下せるとは限らず、写真だけは半ば機械的に撮り続けなければならなかった。そのようなノートに混じって、漢文が無造作に書きつけられている紙片があった。その一つは、『春秋左氏伝』の「鄢陵《えんりょう》の戦」の一節を摘録したものである。

これは『文学論』の第四編第八章「間隔論」で素材として使われている有名なところなので、東大での講義のために書き抜いたのだなと、すぐに察しがついた。実際、前に紹介した金子健二の聴講ノートにも、同じ一節が書きとめられている。この間隔論の章は、次のような文章で始まっている。

文学の大目的の那辺《なへん》に存するかは暫く措《お》く。其《その》大目的を生ずるに必要なる第二の目的は幻惑の二字に帰着す。

幻惑というのは、たとえば浪漫派の文学が、妖しく美しい筆の力によって現実にはありえないような不思議な世界を現前させて、読者がそこから目を離せなくなるようにさせたり、写実派の文学が、事柄は卑俗だけれども坦々たる文章によって何とも慕わしい世界に読者をいざない、その世界から目を逸らしたくないと思わせたりすることである、と説く。

その幻惑を起こさせる方法は、内容的なものと形式的なものに分けられる。内容的のほうは、題材そのものが幻惑を引き出したり、第二章で紹介した「投出語法」、「投入語法」や、それに引き続く、連想、調和、コントラスト、など表現によってもたらされたりするものである。形式的というのは、語の配列の問題である。漱石は、進化哲学で知られるハーバート・スペンサーの『文体論』から、新約聖書「使徒行伝」の、'Great is Diana of the Ephesians.'（大いなるかなエペソ人のダイアナ）と'Diana of the Ephesians is great.'（エペソ人のダイアナは大いなるかな）の例を出してはいるが、漱石自身、自分は浅学であって、詳説することができないのが遺憾であるとしている（訳は出淵博氏による）。そうして内容でも形式でもない方法として、「間隔論」を持ち出すのである。

間隔論は、一言で言えば「篇中の人物の読者に対する位地の遠近を論ずるもの」であるという。ただ作中の人物は、作中のほかの人物や出来事とも整合的な位置関係を保つことが必要なので、読者に対する位置取りだけに気をとられると失敗する、と注意している。このあたりはもう、大学における文学論の講義というより、実作者になりきって創作指南をしている趣がある。そうして間隔論が必要となるよい例として「格闘」をあげる。読者から千里も隔たっていたり、百年も前のことだったりする格闘を、古びた紙の上に読んでも「何等の興味なし」であって、これを、時間の隔たりを取り払って現代の話にするとか、距離を縮めて自分の国で起こっている格闘にするとかすれば、「幾分の活気を添ふ」ようになる。さらに、いまここでその格闘を目の当たりにすれば、「拍案《はくあん》の慨」（机を打って喝采したくなるような趣）があるという。このように、作中人物と読者の距離は、幻惑を引き起こす上で重要な要素となるというのである。

普通の作品では、読者がいて作者がいて作中人物がいる。読者を作中人物に近づけて幻惑を起こさせるには、作者が邪魔になる。作者の存在を意識させず、消し去ることができれば、読者は作中人物にずっと近づくことができる。その方法には二通りのやりかたがある。一つは、読者を作者に近づけるやりかたである。これは、作者自らが偉大で強烈な人格を持って、その見識と判断と観察を読者に浴びせかけ、有無を言わせずに読者を自分の世界に引き込んでゆくのである。その結果、読者の目は作者の目となり、耳は作者の耳になる。こうしてなった作品を「批評的作物」と名づけている。もう一つは、作者が作中人物に同化するやりかたである。今度は、作者は特別な見識や趣味によって、作中人物を批判したり好悪を明らかにしたりする必要がない。作中人物がどんなに愚かでも、薄っぺらでも、度量が狭くてもどこまでも寄り添っていればよい。これを「同情的作物」と名づける。

ところがこの二種類は、作家の態度、心的状況、主義、人生観のすべてに関係してくるのであって、どんな小説でもこの二つに分類されることになるのだ、という。これはとても大きな問題になってしまうので、自分つまり漱石としては、このような「哲理的間隔論」は、後の人の宿題とするにとどめ、ここでは「形式的間隔論」について論じる、としている。間隔論を形式として論じようとすると、そもそも間隔論というのは「篇中の人物の読者に対する位地の遠近を論ずるもの」だから、作中人物の位置に関係しない「批評的作物」では、問題にしようがないことになる。だから形式として論じられるのは、「同情的作物」のほうだけとなる。こちらは、たとえば「彼」と称される登場人物を「汝」に変えることによって、その位置が変わり、したがって幻惑の度も変わりうることになる。いわゆる書簡体の小説は、これを応用したものである。そこでは読者が直接、作中の人物から手紙を受け取ったような幻惑が生ずることになる。

ここまではいわば一般論で、具体的な作品を通じてその効果を確認・検証することになるのだが、その例として、ウォルター・スコット『アイヴァンホー』を検討するところがよく知られている。若いころスコットの『アイヴァンホー』を読んでいて、レベッカが盾をかざして戦況をアイヴァンホーに報ずる章にさしかかったら、眼が冴えて寝るどころでなく、明かりをかかげて朝まで読みふけったことはいまなお記憶に残っている、とわざわざことわって、その解剖に取りかかるのである。当時はただ面白く読んだだけで、その後も、なんでそれほど惹きつけられたのかを考えることもしないで過ぎた。年を経て、ようやくその理由を考えてみようとしたが、はっきりした答えは得られなかった。いまこの「間隔論」に「逢着」して、ここで論ずるのが「恰好」であることに気づいた。それでも聞いた人が釈然としないなら、痛棒を食らわしてくれと、大変な意気込みを表明している。（著書としての『文学論』は、聴講生で成績が一番であったとされる中川芳太郎のノートに、漱石が手を入れることによって、その原稿が完成したものであるが、教え子のノートはいかに成績一番といっても、漱石の意を満たすものではなかった。はじめは最小限の手入れで済まそうとしたのが、入朱が進むに従って不満が募ってゆき、この「間隔論」の辺りでは全文書き直しの状態になっていた。赤ペンの小さな字で、いかにもスピードの出ていそうな書き振りは、ある種の狂的な雰囲気を醸し出している。）

漱石が取り上げようとする箇所は、『アイヴァンホー』「二十九章」にある。若いころの漱石が寝るのを忘れて読みふけったというのだから、どんな展開になっているところか、ちょっと覗いてみることにしたい。

漱石は、本当はその全文を引用したいが長すぎて無理なので、その代わりとして状況を説明している。

・主人公アイヴァンホーは、病床に呻吟している。
・ユダヤ人の娘で妙齢の佳人レベッカが、薬湯をもってそばで手厚く看護している。
・この二人は、城中の一室にいる。
・敵方が城下に迫っている。
・そうして戦いがおこり、いまや酣《たけなわ》になっている。
・アイヴァンホーは病床から立ち上がろうとするが、レベッカがこれを押し留めている。
・レベッカは、身を挺して窓辺に凭《よ》り、城壁の下で展開する戦況をアイヴァンホーに報告している。

・こうして眼下の光景は、レベッカの口を通して二人の会話のなかに展開してゆく。これだけ説明しておいて、問題の箇所を引用している。ここでは訳文で辿ることにしよう（出淵博訳）。

「ああ、大変、フロン・ド・ブーフと黒騎士とが突破口で一騎打ちです。家来たちがまわりで喚声をあげて、闘いの成り行きを見守っています。神様、虐げられた者、虜にされた者の味方をなさって、敵をお討ちください」。それから彼女は甲高い悲鳴をあげ、叫んだ。

「倒れた！――倒れてしまった！」

「倒れたのはどちらだ？」アイヴァンホーは叫んだ。「お願いだ、どちらが倒れたのか言ってくれ」。

「黒騎士です」とレベッカは弱々しく答えた。それから、すぐに嬉しそうに熱を籠《こ》めて叫んだ。

「いいえ、違う、――違います。軍隊の神様ありがとうございます。黒騎士は立ち上がりました。まるで、片腕に二十人分の力があるように戦っています。――剣が折れました。――従者から斧をすばやく受け取りました。――フロン・ド・ブーフを一撃一撃追い詰めます。――大男は樵夫の斧に打たれた樫の木のように、身を屈め、よろめいています。――ああ、倒れる、――倒れます！」

「フロン・ド・ブーフがだな？」とアイヴァンホーが叫んだ。

「フロン・ド・ブーフです！」とユダヤ娘が答えた。「家来が救助に飛び出します。先頭はあの傲慢な聖堂騎士です。――団結して向ってゆき、勇士を立往生させました。――フロン・ド・ブーフを城壁のなかに担ぎこみます。

浪漫派の巨匠であるスコットの作品だから、題材そのものがすでに幻惑をもたらしているのは確かだが、この場面はそれだけの説明では充分ではない、という。作者が消えて、読者はレベッカから直接戦況報告を聞いているような幻惑にとらえられるのであって、これこそ間隔論の効果に他ならない。さらに進んでいえば、読者は作中のレベッカそのものに同化するに至り、作者は読者の圜内《えんない》からすっかり姿を消してしまうというのである。

このような叙述は、おそらく『アイヴァンホー』に固有な独創的表現方法ではないだろう。そうしてまた、それがいつも成功するとは限らないにちがいない。『文学論』のなかではないが、「間接叙法　結果思フ如クナラズ」と評されている作品がある。それはほかでもない、W・H・エインズワース『ロンドン塔』（W. H. Ainsworth, *The Tower of London*）の、ある一節に対して書き下された短評である。この作品が、漱石の処女作とされる『吾輩は猫である』と時を同じくして発表された『倫敦塔』に、素材を提供していることは、作者本人が明かしている。漱石の蔵書目録には、カッセル・スタンダード・ライブラリーのなかの一冊で、一九〇三年に刊行されたものがみえる。

漱石の、留学時代から東大での講義が始まったころまでのノートをみると、ある一つのテーマについていろいろな本からそれに関連する事項を書き抜いてゆくので、読んだ本の順番をある程度推定することができる。帰国後の読書であることが明らかなウィンチェスターの本（第四章二三九頁参照）などは、ノートの終わりのほうに出てくるというわけである。非常に熱心に読んで、メモされる箇所も非常に多い、W・ジェイムズ『宗教的経験の諸相』なども、ほとんど留学の最後の時期に手に取ったのではないかと、想像できる。この『ロンドン塔』も、ノートの終わりのほうに出てくる。

そもそも、その本が刊行された一九〇三年（明治三十六）は、漱石がロンドンから日本に帰り着いた年であるのだから、帰国後の読書に属するのは当然である。先ほどの「評」の書き込まれた頁をみると、そこには同じように戦闘場面が繰りひろげられている。ただ、戦況を直接述べるのではなく、レベッカの場合のように、今度は女王メアリが目撃している場面を口にするという形で叙述されており、それが「間接」のいわれであるのだろう。まだこの段階では、漱石のアイディアのなかに、「間隔論」がきざしていなかったにちがいない。ただ、「結果思フ如クナラズ」というのだから、『アイヴァンホー』との対比の意味でもみておく価値はあるだろう。

私もこのカッセル版の『ロンドン塔』を入手したけれども、細かい活字で三百八十頁以上、第一部十七章、第二部四十二章という長大なものである。日本語訳は、昭和八年（一九三三）に「世界大衆文学全集」の一冊として改造社から刊行された。戦後では、同じ訳者によって表記や表現に手を入れられたものが、旺文社文庫から出た。ただしどちらも抄訳である。それでも、改造社版は四百三十九頁、旺文社のほうは、冒頭に漱石の『倫敦塔』を収めるから、それを差し引いて三百七十四頁という、どちらにしても長篇であることにはまちがいない。

訳者は石田幸太郎という人だが、漱石の書き込みのあるところの原文は、女王メアリの語りとして記述されているのに、訳文では途中が地の文になってしまっている。訳文は石田に拠りつつ、女王の語りに改変して引用することにしたい。

「……ごらん！　敵はライオン門の前に集まってきたではないか！　かれらは破城鎚と大鎚をもって門も破れよとばかりに打ちたたいている。私には、その響きがいっさいの音響をつき抜けてはっきりと聞こえる。ああ、見るがいい！　敵にはまた新たに加勢の軍勢が進んできている。旗印と白い軍服から見ると、あれはブレット指揮のロンドン民兵隊であろう。神よ、あの叛逆者をのろわせたまえ！　……」

まだまだ続くのだが、調子はこれだけでもわかるだろう。間隔論からいえば、読者は女王から直接戦況を知らされているのはたしかだが、立ち上がろうにもそうすることのできないアイヴァンホーという、レベッカの報告の受け手が、ここには存在しない。女王は一人昂奮して叫んでいるだけで、聞いているのはまわりの士官たちにすぎない。内容に具体性がないわけではないが、漱石が「間接叙法」と言っているように、戦況の切迫感とかそれとの一体感を強調するよりは、状況説明が叙述の目的であるように読めてしまう。訳者がところどころ地の文に直してしまったのも、その辺りと関係があるのかもしれない。いずれにしても、漱石の成人した感性では、寝る間も惜しんで読んだ『アイヴァンホー』のようには、引き込まれなかったのであろう。押しも押されもしない浪漫派の巨匠スコットと、エインズワースの違いといってしまえばそれまでである。十九世紀中ごろには、歴史に材料を得たロマンチックなエインズワースの作品は、スピード感のある語り口と生き生きとした場面設定で大いにもてはやされたが、その声望を維持することはできなかった、と文学辞典にある。

漱石は、そのようなうまく行っていない間隔論を例示する代わりに、英文学以外から、成功している例を挙げている。それが『春秋左氏伝』の「鄢陵《えんりょう》の戦」の場面である。中国の春秋時代といえば、孔子の生きた時代である。その時代がなぜ「春秋時代」と呼ばれるかといえば、『春秋』という書物に書かれた時代だからであり、なぜその書物が「春秋」と名づけられたかといえば、それが春夏秋冬、暦に従った年代記だからである。なんだか循環論法のようだけれども、事実というのはしばしばこういうものである。孔子が生きたのは、紀元前五五一年から四七九年とされる。『春秋』という書は、その孔子が自分の生まれた国である魯の記録を残そうとしたことにはじまる。自身の生まれよりさかのぼって、紀元前七二二年から叙述が始まり、その没年で記述は終わっている。年代は、王の即位からの年数で数えられる。後の元号のようなものであるが、まだ統一国家ができる前の話である。魯の国の周りにはたくさんの国があり、『春秋』では自国である魯のことばかりでなく、他国からの通信も記録されている。ただ、いずれも新聞の見出しのような短いものばかりである。

このような記録には、当然のように後世にいたって注釈書ができる。注釈書は三つあり、『春秋左氏伝』はその一つで、たんに『左伝』ともよばれる。「左氏」というのは、それを作った人が「左丘明」という人だというのでそう呼ばれるのだが、真偽のほどはわかっていない。記事本体が新聞の見出しの羅列のようなものだから、注釈はそれに対していろいろに起承転結を添えたものである。『左氏伝』は他の二つに比べ、もっとも彩りに富むとされる。

さて問題の「鄢陵の戦」というのは、魯の成公十六年（紀元前五七五年）に「楚」と「晋」の間に起こった戦で、鄢陵は鄭の国の地名である。楚と晋はこれまでに二度戦って、一勝一敗、いわば因縁の対決である。漱石は、「鄢陵の戦は左氏の文中白眉なるものとして、読書子の推賞措かざる所なり。文に曰く」として漢文を掲げているが、ここでは訓読も止めて、岩波文庫の小倉芳彦訳を示そう（文中、「楚子」は楚の王。「子重」は晋の伯宗の子で亡命して楚の大臣になっている）。

楚子は楼車に登って、晋軍を遠望した。子重は大宰伯州犁《はくしゅうり》を、王の背後に控えさせた。王がたずねる。

「晋の兵車が左に右にと馳せている。何をしているのだ」

「軍吏を召集しているのです」

「全員が中軍に集まったぞ」

「相談しているのです」

「幕を張ったぞ」

「先君の位牌の前で卜っているのです」

「幕を取り除いたぞ」

「これから命令を発するところです」

「ひどく騒がしい。それに土埃が上ったぞ」

「井戸を塞ぎ灶《かまど》をつぶして隊列を組んでいるのです」

「全員車に乗ったが、御者以外は武器を手にして下りたぞ」

「軍令を聴くためです」

「戦になるのか」

「わかりません」

「乗車したが、また御者以外は下りたぞ」

「戦に先立って禱《いの》るためです」


引用につづく漱石の言葉。

此章を読むものは一見して其間隔法に於て *Ivanhoe* と暗合するを知るべし。もし間隔法を度外にして、此文の妙を称せんとせば、称する事日夜を舎《す》てずと雖《いえ》ども、遂に其《その》妙所を道破し得ざるべし。

間隔論を持ち出さない限り、昼夜兼行で褒め称えても、その文章の妙味を言い尽くすことはできないというのだ。岩波文庫の底本は一九八一年に中国で刊行されたものだというが、漱石の引用と字使いが少し違うところがあるようである。たとえば、漱石が「竈」と書いているのに、文庫では「灶」であるように。漱石の蔵書目録に『春秋左氏伝』が見えないので、漱石が何に拠っているかは不明だが、手元の明治十六年（一八八三）七月刊の『春秋左氏伝校本』と同じだから、漱石が漢文に熱心だった頃、日本で普通に流布していたものに依拠しているのだろう。――この戦で、楚軍は負けたらしい。

『峡中紀行』抜き書き

東北大学の漱石文庫でノートを調査・撮影しているときに、漢文で綴られたものがもう一つあった。それは『徂徠集』に収めるところの、『峡中紀行』からの抜き書きであると読めた。本文は、とても読解できそうにない。先にもいったように、このような引用は全集の収録範囲外だから、読めなくても見過ごしてよいのであるけれども、漱石がわざわざ書き抜いたとなれば、何となく心穏やかではない。なぜ書き抜いたのかを知りたくなる。「鄢陵の戦」のように、たとえば『文学論』の別のところで、同じように使おうとしたのではないか、などと勘ぐりたくなる。もちろん、全集編集の忙しい日々であるから、とてもそんなことの詮索に割り振る時間はなかった。

しかし、習慣のようになっていた昼休みの古書店めぐりのとき、専修大学交差点脇の山本書店で『徂徠集』を目にしたときは、胸が騒いだ。その店は月に一、二度覗くようにしていたが、この本はそのときにはじめて見た。和本で、平に積むと十数センチの高さがある。これも漱石の蔵書目録にはないのだが、たしか明治十年ころの版本であったと思う。値段は二十万円。手が出ない。その本は、私が会社を辞めるころも、まだ売れずに棚に残っていたと思う。

『徂徠集』をみつけてから、またしばらく時間がたって、今度は同じ書店の目録に、徂徠ほかとして『峡中勝覧』というのが出た。八千円は高いと思いながらも、実物を見たくなって行ってみると、新書版のような縦長の薄っぺらな和綴じの版本であった。明治十七年（一八八四）に編集・発行されたもので、徂徠の『峡中紀行』が入っている。仕方がないから買うだけは買って、いずれ調べてみるつもりでいた。本には、送り仮名はないけれども返り点があるから、何とか読めそうに思ったのである。

ところがいざ実際に読もうとすると、大筋はわかったつもりになっても、あちらこちらに意味の通じにくいところが出てきた。この『峡中勝覧』を編集したのは、甲斐国北巨摩郡の久保豊太郎という人である。徂徠の原文には返り点などなかっただろうから、それを付けたのも、久保という人であったにちがいない。

仕方がないから、いろいろ調べて、というよりこじつけて、友人に示したところが、どうも信用してもらえない。そうしたらその友人が、注釈書の存在を教えてくれた。荻生徂徠著『峡中紀行風流使者記』（河村義昌訳注）というので、一九七一年に雄山閣から出た本であるという。さっそくインターネットで検索したら、東京都の中央図書館にあることがわかった。今は便利になって、私の住んでいるところの区立図書館にリクエストすると、一週間くらいで中央図書館からその図書館に届くのである。借り出して、さっそく漱石の抜書きした部分を読み比べてみた。

すると、私自身の力不足とは別に、そもそも読みそのものがちがうところがあることが判った。しかし残念ながら、どちらの読みが正当であるのかの判定ができない。今の人のほうが蓄積はあるのだから正しいだろうとは思うが、明治の人のほうが漢文は読めたのじゃないかとも思ってしまう。そうこうしているうちに、こんどは現代語訳まであることがわかった。なんのことはない私自身の書棚にかねてからあった、中央公論社版「日本の名著」の荻生徂徠の巻に収められていたのである。今は、それらをもとに訓み下しと、現代語訳とを示そう。現代語訳は前野直彬訳で、その注記には河村義昌訳注の「地名および史実についての考証」に助けられたとある。

盤《ばん》を下る一二曲、俯して谷を瞰《みおろ》せば深さ千仞ばかり、人家数楹《すうえい》、空翠《くうすい》映発、清麗羨むべし。人物皆寸大、盤中の物を眸《み》るが如し。迺《すなわ》ち能く活動せり。仏経に曰く「如来身を虚空の百由旬《ゆじゅん》に躍らし、下十方《じっぽう》国土無量衆生を覧《み》れば、猶《な》お掌中の菴摩羅果《あんまらか》の如し」と。亦是の如きか、忽《たちま》ち疑う青渓あに郭璞《かくはく》詩中の人に非ざるかと。急ぎ其の人を睹《み》んと欲するなり。則《すなわ》ち轎《きょう》を棄てて下る。忙甚し。下路の嶮上路に似るを覚えず。至れば則ち窮民の家なり。闒茸《とうじょう》言うべからず。一老嫗《ろうおう》を見る。襤褸百結《らんるひゃっけつ》たり。孫有り八九歳、菜色鬼の如し。尚お甚だ能く人語するを訝る。皆愕然たり。余独り痴想未だ消えず。尚《な》お道《い》う。石髄叔夜《しゅくや》に値わば、則ち輙《すなわ》ち凝結して餌《じ》すべからず、是れ安《いずくん》ぞ雲房先生の丐人《かいじん》に化するにあらざるを知らんや。頗る嗤笑《ししょう》せらるる。

（下り道を一つ二つ曲ったところで見下ろせば、谷の深さは千仞ばかり、人家が数軒、木々の緑の間にちらほらして、清らかな美しさは羨ましいほど、人物はすべて一寸ほどの大きさで、皿の中の物を見るほどにはっきり見えるが、皿の中とは違って動いている。仏の教えに「如来が百由旬の虚空に身を躍らせ、十方国土の無量の衆生を見下ろせば、掌中の菴摩羅（インドに生える木の名）の実を見るようだ」（これと似た表現は『楞厳経《りょうごんきょう》』にあるが、徂徠がどの仏典にもとづいて書いたのか未詳）とあるが、それもこのようだったのであろうか。ふと、この青渓から見ると郭璞の詩中の人物ではないかとも思われ、急にその人物が見たくなって、駕籠を捨てて駆け下りた。たいへんな忙《せわ》しさで、思いもかけなかったが、下り道の険しさは登り道以上なのであった。

下へ着いてみれば、上から見えたのは貧しい民家である。むさくるしさは言葉にもあらわせない。一人の老婆を見かけたが、つぎはぎだらけのぼろをまとっている。八つか九つの孫がいたが、幽霊のように青ざめた顔をして、それでも人間の言葉がしゃべれるふしぎさに、一同愕然となった。それでも私だけは妄想がまだ消えず、なおも

「不老長生の薬という石髄も、嵇康《けいこう》の前に出たときは、凝結して食べられなくなっていた。これは雲房先生（唐の鍾離権《しょうりけん》の号。仙人になったと伝えられる）が乞食に身をやつしたのと同じなのかもしれないぞ」

と言ったので、みなに冷笑された。）

読むことができて、意味も了解されたからこれでよいのだが、せっかく自分が調べたことがどこにも出てこないのも残念なので、少し補足したい。まずはじめの「盤」だけれども、ここは器や岩でなく、古訓にあるという「つづらおり」、つまり曲がりくねった坂道である。「空翠」は滴るようなみどり。『紀行』冒頭に「宝永丙戌秋」とあり、徂徠らは宝永三年（一七〇六）九月七日に江戸を出発したのである。旧暦の九月だから、まだ木々は盛んだったのだろう。

「盤中の物を睟るが如し」というのは、久保編集本の読みに従うと「睟盤《すいばん》中の物の如し」となるのだが、「睟盤」の意味がよく了解できなかった。「盤中」は、盥《たらい》の中。「睟る」は、見るは見るでも、正視すること。それにつづく「迺《すなわ》ち」は、だから、ではなく、かえって、だがしかし、の「すなわ

ち」であるから、じっとしている盤の中とは違って、眼下はよく活動しているのである。

「由旬」は、インドで距離をあらわす単位、空中の非常に高い所から見下ろしたならば、であろう。「楞厳経」は、河村注ではその部分が引用されているが、私にはそもそも出典そのものの調べがつかなかった。「菴摩羅果」は、『大漢和辞典』の「菴羅果《あんらか》」あるいは「菴摩羅迦果《あんまらかか》」と同じものではないのだろうか。もしそうなら、マンゴーのことだという。河村訳注も前野現代語訳も「菴」をえんと読んでいて、河村注には「仏像の頂にかざるもの」とある。読みも含めてよくわからない。ようするに、はっきりと見えるありさまが手に取るようにである、という意味なのだろう。

そこから連想がひろがって、ひょっとするとあそこに見える人は、郭璞が詩に詠んだ、青渓（青谿）に住む道士なのではないかという疑い、というより願望がきざしたのである。郭璞は、晋の時代の人で、『神仙伝』にその名がみえ、そこには「博学多識で、超凡の洞察力をもち、天文地理・河図洛書・占卜予言・墓相家相など、みな奥義を窮めざるはなく、よく死者霊魂の実情をも測り知ることができた」（沢田瑞穂訳）とある。王敦という将軍に参謀として仕えるが、この将軍が反乱を企てようとするので、成功しないだろうと予言する。怒った将軍が、それではお前の命はいつ尽きるのかと聞くと、今日ですと答えてすぐさま処刑されてしまう。その郭璞には「遊仙の詩」というのが七首あり、『文選』に収められている。

その詩では、都を離れて一人の道士が「青谿」（青渓も同じ）という山に暮らしている。道士の名を鬼谷子といい、郭璞自身が仮託されているのだという。個々の詩を説明しようとすると長くなって大変だから、大体のところをいえば、塵界をはなれて仙境で生きることへの憧れと、そうなることの困難、どうすれば仙人になれるのかの問題、などがうたわれているように読める。徂徠のなかに幻惑が生じて、谷底の人は青渓に暮らすという鬼谷子、すなわち郭璞なのではないか、という思いにとり憑かれてしまったのである。

ああ、その人を直接すぐにでも見てみたいというわけで、駕籠から降りて谷を下って行く。駕籠を轎とあらわすのは、徂徠の中国趣味の現われであろう。ところが下りていったら、そこは貧しい民家であった。「闒茸」は下品で卑しい、「襤褸」も「百結」もボロである。ここで「皆愕然たり」とあるから、谷を下ったのは徂徠一人でなかったことがわかる。そもそもこの旅行は、徂徠が仕えていた柳沢家の命を受けて、その領国である甲斐の国の調査が目的である。徂徠自身の注によれば、日本の言葉では「峡」を「甲斐」というのだという。この地は、地形がいたるところ峡《かい》なので、それを地名としたということらしい。だから甲斐の紀行を「峡中紀行」としているのである。同行は省吾（徂徠の親友でともに柳沢家に仕えていた田中省吾）で、徂徠と省吾の二人が轎に乗っている。そのほかには、傔《おそばづき》が三人で、僕従が二十人ばかり、という一行である。これらの中から何人かが、一緒に谷を下ったのであろう。目の前のありさまに、みんな愕然とした。しかし、徂徠ひとりは、まだ空想の世界から抜け出ることができない。

「石髄」は、『大漢和辞典』によれば鍾乳石のことで、仙人がよく服すのだという。「叔夜」は、竹林の七賢の一人と称えられた晋の嵆康《けいこう》の字である。「石髄」について河村訳注には、「仙教に云う。神仙五百年に一度石髄を開く。出でて之を食すれば長生すと。王烈、山に入りて石烈を見、髄を得て之を食ふ。因つて小許をとり嵇康に与ふ、化して青石となると」とある。私のようなぼんやりには、なんのことだかわからない。いろいろ調べていると、先の『神仙伝』の「王烈」の項目に納得のゆく記述があった。それによると、この王烈は仙人のような人で、三百三十八歳になっても肌がつやつやしていたという。この王烈があるときひとりで山に入ったら、大きな音がして山が崩れ、数百丈にわたって山が裂けた。両側は青い石で、その石の中の一尺くらいの孔から青い色の泥が髄のように流れ出ていた。その髄を丸めると、もち米のような感触で団子ができた。それをいくつか作ってもって帰り、王烈を敬愛している嵇康に見せたところが、もうすっかり青い石に変わっていた。それではというので山に見に行くと、もう元の通りに戻ってしまっていた、というのである。

これで「不老長生のくすりという石髄も、嵇康の前に出たときは、凝結して食べられなくなっていた」という訳文の意味もわかった。石髄を食べることができた王烈は、三百歳以上の寿命であったが、嵇康のほうは他人の政治的な罪に連座して四十を待たずに殺されてしまったのであった。『神仙伝』や『晋書』の紹介するもうひとつの逸話を勘案すれば、ようするに嵇康という人は、ついていない人であったようだ。

「雲房先生」は、訳文にもあるように鍾離権《しょうりけん》という人で、『大漢和辞典』にも、「唐、咸陽の人」とあるが、明の時代の王世貞が著した『有象列仙全伝』には、「漢に仕えて大将たり」とある。同書によると、生まれたときには数丈の「異光」がひかり、その顔や体の造作が偉大というか、異様であって、みんな驚いたという。「吐蕃《とばん》」（チベット）の平定に赴くが敗走、山中に逃れたところで、仙人に出会い、本人も仙人になったという経歴である。徂徠は目前の乞食に、雲房先生を見てしまったのだろう。ここのつながりもはっきりしないけれど、仙人になれる石髄が嵆康の眼前では石になってしまったように、雲房先生も自分たちの前では乞食になってしまっているのだ、とでもいうところなのだろうか。

漱石にはこの一段落が面白く感じられ、記憶に残っていたのだろう。そうして、大学での講義の何かの例文に使えそうだと、思い出したのではないだろうか。結局は使われなかったのだが、関係あるとすれば、どんな文脈においてであろうか。どこまでが徂徠の文飾であるのか、徂徠の文章など、このほかに読んだことがないからわからないけれども、要するに徂徠は夢を見ていたのと同じことであろう。そう考えると、『文学論』よりも『坊っちゃん』によく合いそうな場面がある。宿直の夜、バッタ事件や足踏み事件で「坊っちゃん」が手こずらされるところがある。騒ぎに驚いて跳びおきると、案に相違してしーんとしている。

どうも変だ、己《お》れは小供の時から、よく夢を見る癖があつて、夢中に跳ね起きて、わからぬ寝《ね》言《ごと》を云つて、人に笑はれた事がよくある。十六七の時ダイヤモンドを拾つた夢を見た晩なぞは、むくりと立ち上がつて、そばに居た兄に、今のダイヤモンドはどうしたと、非常な勢で尋ねた位だ。其時は三日ばかりうち中の笑ひ草になつて大《おおい》に弱つた。

本人は夢の続きの中にいて、現実とのつながりがまだ回復できていない。そのギャップが、他者の笑いを誘っているのである。

私ははじめ、この徂徠からの抜き書きは、仙人の話として、『文学論』のなかの超自然の材料かと思った。英文学では超自然といえば主流はキリスト教であるけれども、東洋ではかくのごとき仙人だ、というところかと考えたのである。しかしこのように『坊っちゃん』を媒介として考えるならば、むしろ滑稽のほうの例になっているのかもしれないと思いはじめた。

『文学論』では、滑稽は三箇所で論じられている。はじめは第二編第三章「ｆに伴ふ幻惑」で、漱石は、現実の世の中では物騒であったり、眉をひそめたくなるようなことでも、それが文学作品であれば、楽しんだり面白がったりすることができる理由を三つあげる。一つは、自分に実害が及ばないことで、これを「自己関係の抽出」という。二つ目は、道徳心に照らしてやましい感情をもたないで済むというので、これを「善悪の抽出」と名づける。そうして三つ目が、理性的判断からの解放であり、理屈に合わないことでも容認できるのは、「知的分子の除去」がなされるからだという。一言で言えば、物語世界の展開に対して、無責任になれる根拠を三つ挙げたのである。

そのうちの「善悪の抽出」の効果として、「崇高」「純美感」とともに「滑稽」が挙げられている。善悪を度外において、崇高な感にうたれたり、美しさに耽溺したり、滑稽で腹を抱えて笑えることができるのは、道徳観が一瞬麻痺し幻惑されるからだというわけである。たとえば嘘をついたり騙したりするような、生真面目な道徳的観点からは到底容認できない人物や行為を、道徳観念を棚上げすることによって、安心して笑って面白がることができる、というのである。漱石は、「沙翁の創造にかゝる幾多の劇人物中、最も滑稽の趣味に富み又一方に大に不徳の分子を兼有するものは、*Henry IV* (Part I and II) に彼が八面透徹の霊筆を馳せて生み出せる没義悖徳漢《はいとく》 Sir John Falstaff なりとす。彼は疑もなく一種の怪物にして、其言語動作は独特のfを喚起するが如し」という書き出しで、フォルスタッフにおける滑稽を分析する。ここには先の徂徠の出番はない。

二番目に滑稽を論ずるのは、第四編「文学的内容の相互関係」で、これは「投出語法」「投入語法」からはじまって「間隔論」にいたるものであるが、その第四章が「滑稽的聯想」となっている。これは「聯想」ということばからもわかるように、二つの材料をつなげ、そこに予期しない共通性を開示して面白がるやりかたの研究である。「善悪の抽出」が落語なら、こんどは川柳の面白さといえるかもしれない。駄洒落、頓智のたぐいであるけれども、漱石はかなり真面目に、シェイクスピアからさまざまな例を引き出している。これもやはり、徂徠の例文にはなじみそうにない。

もう一つは、滑稽そのものでなく、表面上は滑稽でも、そこに滑稽を配置することによってかえってその反対の、たとえば凄絶の感を起こさしめるやりかたで、これを漱石は「仮対法」と名づける。これはかなり高等な技術で、下手に滑稽感を配置したために、肝心のシリアスな核心が、ぶち壊しになる恐れがある。恐らく、円朝の怪談話などはその呼吸の優なるものだと想像するが、漱石は『マクベス』『ハムレット』、それにワーズワース、さらにはエインズワースの『ロンドン塔』などから例を引いてくわしく論じている。これも徂徠と切り結ぶ接点が見つからない。

こうしてみると、私の予想は当たらずに、『峡中紀行』の当該箇所にぴったりの文脈を捜すことはできなかった。漱石がせっかく書き抜いたのに使わなかったのだから、当たり前といえばそれまでだが、仕方がないのでここは、漱石が面白がった可能性のある例文に出会ったということだけで満足しておこう。

「皆川流」の虚実

私はこれでこの章を閉じてもよいように感じているが、安井息軒に関して、もう一つだけ余談を許していただきたい。安井息軒の名は、『吾輩は猫である』に思わぬかたちで出てくる。胃弱に悩む苦沙弥の日記に、その対策としていろいろな人の意見が紹介されるところがある。「猫」がその日記を盗み見るのである。

××に聞くとそれは按腹揉療治《あんぷくもみりょうじ》に限る。但し普通のではゆかぬ。皆川流といふ古風な揉み方で一二度やらせれば大抵の胃病は根治出来る。安井息軒も大変此《この》按摩術を愛して居た。坂本龍馬の様な豪傑でも時々は治療をうけたと云ふから、早速上根岸迄出掛けて揉まして見た。所が骨を揉まなければ癒らぬとか、臓腑の位置を一度顛倒しなければ根治がしにくいとかいつて、それは〳〵残酷な揉み方をやる。後で身体が綿の様になつて昏睡病にかゝつた様な心持ちがしたので、一度で閉口してやめにした。（一一）

問題は、この「皆川流」である。このことばは、小学館の『日本国語大辞典』にも麗々と、「按摩の流派の一つ」と掲げられている。二〇〇一年の第二版の記述だが、一九七二年の第一版の記述をそのまま引き継いでいる。出典は『吾輩は猫である』である。これを全集の注に借用することはできない。血で血を洗う、というと大げさだが、トートロジーであることは避けられない。こういうものは、調べるといっても、なかなかとっかかりが求められないものである。明治時代の生活百科のようなものをひっくり返したり、当時の雑誌・新聞をみるときには広告欄にも目を走らせるけれども、成果はあがらなかった。

そこで、坂本龍馬はしばらくおいて、安井息軒を調べることにした。按摩問題に触れた本人の文章が、あるいはあるのかもしれない。例の『息軒遺稿』をパラパラながめるけれど、漢文の難しい話ばかりで、身辺の雑記は見当たらない。また『酔余漫筆』という和文が復刻されているというので、図書館から借りてみた。物がのどにつかえたら、酢を飲ませるとよい、などというノウハウは出てきたが、按摩の話はないようであった。

私がなぜ「皆川流」にこだわるかというと、私はひそかに、これは漱石が読者を担いでいるのではないか、という臭いを感ずるからである。なぜ、と問い詰められると困るけれども、意味もなく臭いを感じるのである。

　だからこれから先は、妄想であったり単なる思い込みであったりするかもしれないので、そのつもりで読んでいただきたい。皆川正禧という英文学科の学生がいた。漱石が東京帝国大学で英文学を講じ始めたときの、最初の聴講生である。漱石が『猫』の第一回や、『倫敦塔』を発表した、明治三十八年（一九〇五）当時、もっとも頻繁に漱石の書斎を訪ねた学生の一人である皆川は、会津の出身という。『猫』では、例の迷亭の失恋話で、山奥で絶世の美人に出会ったところが、その家では蛇飯を常食としているせいで、女ながらに頭がすっかり禿げていて、それをあくる朝になって発見したことから、「とう〳〵失恋の果敢《はか》なき運命をかこつ身となつて仕舞つた」（「六」）、というわけであった。この失恋事件の起こった場所は、「越後の国は蒲原郡筍谷《かんばらごおりたけのこだに》を通つて、蛸壺峠へかゝつて、是から愈《いよいよ》会津領へ出様とする所」ということになっている。

　皆川は、東蒲原郡の生まれで、この東蒲原郡は、明治十九年（一八八六）に新潟県に含まれるようになったが、それまでは会津領だった。だから明治十年（一八七七）生まれの皆川は、会津出身とされる。ようするに、迷亭の失恋事件は皆川の出身地近くで起こったのである。こうしてさりげなく、『猫』のなかに皆川の存在を刷り込んでいる、とみてよいだろう。もちろん、寺田寅彦が寒月として刻印されているように、当時の漱石の身近なだれかれが、この作品の中で、それぞれ影を落としていることは、周知のことである。

近藤哲『漱石と会津っぽ・山嵐』（歴史春秋社、一九九五）という本がある。この本は、書名からも推測できるように、『坊っちゃん』のなかの山嵐のモデル探しの本である。明治のはじめに、講道館四天王の一人とうたわれた西郷四郎という柔道の達人がいて、その得意技は、嘉納治五郎によって「山嵐」と命名された（西郷は、富田常雄『姿三四郎』のモデルであるという）。著者の探索・推理は、いかにして漱石が西郷を認知したか、にそそがれるが、それはここでは省略する。

この西郷は、後に皆川が入学する津川小学校の代用教員をつとめていたことがある。ただ皆川が入学したときは、すでに講道館で勇名を馳せており、直接の接触はなかった。この本では、皆川が直接柔道や柔術とどう関係したのかは、語られていない。仕方がないから、私が勝手に想像をたくましくするのだけれど、皆川自身に、柔道・柔術の素養があったのではないだろうか、と思うのである。

『三四郎』において、三四郎が、広田先生が病気だというので見舞いに行くところがある（「十の一」）。するともう病気はよくて、先客と組討《くみうち》をしているところにぶつかる。しかも、広田先生は押さえ込まれている。相手は、柔術家で、学士でもある。私は、ここにも皆川正禧の臭いを嗅ぎつけている。私は、柔道のことも柔術のことについてもまったくの無知ではあるけれども、柔術をよくするものは、按摩とか整体にも通暁するものではないだろうか。『猫』に戻れば、皆川は実際に、漱石の揉み療治を試みたことがあるのではないだろうか。それが「皆川流」と名づけられたのではないか……。

徂徠ではないけれども、夢からは覚めなくてはいけない。以上は夢として、安井息軒に戻れば、息軒は、痘痕だけでなく、眼病や胃腸の障害など、漱石と重なるところの多い人だったようだ。息軒の詳細な伝記、若山甲蔵『安井息軒先生』（蔵六書房、一九一三）をみていたら、次のような記述に出合った。弘化二年（一八四五）、息軒四十七歳のとき、熱海に湯治に出掛ける。そこから出された書簡の一節である（私の不注意のせいか、宛名はわからない。また「賤恙《せんよう》」は自らの病気をへりくだって言う）。

賤恙も、築地揉療治にて、六七分快方御座候

第四章　三つの絵

漱石の絵画好きはよく知られていて、作品との関係を中心に、すでに多くのことが語られてきた。ここでは、漱石が言及している絵画のなかから、作品とはあまり関係なく、さりげなく語られている三つについて、その語られる文脈と私の探索とをからめて紹介してみたい。

(一) ホルマン・ハント作「イザベラとメボウキの鉢」

『文学論』成立まで

十九世紀イギリスの画家ホルマン・ハント (W. Holman Hunt, 1827-1910) が描いた「イザベラとメボウキの鉢」について、漱石は『文学論』のなかで蛇足のように括弧をつけて、

（序《ついで》ながら、かの英国“Pre-Raphaelite”派の画家 Holman Hunt の画に此可憐の Isabella が鉢によりかゝる様を描けるものあり）

と控えめに紹介している。私は、実際にその絵がどんなものであるのかを知りたいと思ったが、なかなか出会う（といっても実物でなく写真版で充分なのだけれど）ことができなかった。その出会う話の前に、漱石がこのように紹介するに至る文脈を、少し長くなるけれどもたどっておくことにしよう。

漱石の『文学論』は、冒頭にいきなり「凡そ文学的内容の形式は（F＋f）なることを要す」という、はなはだ「文学的」でない一文で始まるために、評判が悪いばかりでなく、敬遠されて、漱石の小説の読者からもあまり顧みられることがない。漱石自身は、この「形式」をもとに文学の諸相を検討するのだが、漱石以外の人が実際にこの形式に基づいて考究を進めているのを目にすることは、めったにない。

それはともかく、式に出てくるFは、「焦点的印象又は観念」を意味するというのだが、このことばも決してわかりやすいものではない。一方のfは、そのFに附着する「情緒」であると定義されているので、ますますわからなくなる。そもそも「文学的内容の形式云々」という言い方が悪いのだ。しかし、このことは後でもう一度考えることにして、ここではそこに至る過程をみておこう。

足掛け三年のイギリス留学から帰った漱石は、明治三十六年（一九〇三）の春から、東京帝国大学の英文学科の講師として教壇に立った。そこで開講した「英文学概説」と題する講義のはじめの論点は、英文学の形式論である。それは、文学の「内容」について検討する前の、いわば前座の役割をもつものであった。しかし、いきなり「形式」を論ずるわけにもゆかず、その前に、そもそも文学とは何か、を定義しようとする。そこで、イギリス本国諸家の見解を紹介するのだが、いずれも講義を続ける上でしっかりとした基盤を与えてくれるものではない。かといって自分で下そうにも、充分な定義を下すことはなかなか困難である。そこで次のように、自らの立場を定める。

唯私が抱いて居る文学と云ふものゝ思想を幾分諸君に伝へ得れば満足である。又私は文学なるものは科学の如く定義を下すべき性質のものでなく、下し得るものとも考へて居らない。唯私は此講義に於ては、吾々日本人が西洋文学を解釈するに当り、如何なる径路《プロセス》に拠り、如何なる根拠《グラウンド》より進むが宜しいか、かくして吾々日本人は如何なる程度まで西洋文学を理解することが出来、如何なる程度がその理解の範囲外であるかを、一個の夏目とか云ふ者を西洋文学に付いて普通の習得ある日本人の代表者と決めて、例を英国の文学中に取り、吟味して見たいと思ふのである。（『英文学形式論』「文学の一般概念」）

そうした上で、まず文学の形式についての検討を始めたのである。

文学の形式を論ずるときに、最初の拠りどころとしたのは、漱石より三十年以上前に生まれたアイルランド人のA・ブルックという、本来は聖職者だが文学についての著作もある人の、「文学の形式は読者に快楽を与へるやうに排列した言葉である」という定義である。これはブルックの言葉をつづめて述べたものであるが、日本語として「形式」が「言葉」であるという要領を得ない言い方になっている。

なぜそのような訳文になっているかということを漱石のために弁明すれば、この今日われわれのもとに残された『英文学形式論』は、漱石が亡くなって七年あまり経ってから、二十年以上前の聴講生のノートを復元したもので、諒解し難い表現があっても、必ずしも漱石の罪ではない（その聴講生こそ誰あろう、あの皆川正禧である）。そもそも、実際の講義では、漱石は英文をそのまま板書するか読み上げるだけで、日本語に訳していない。『英文学形式論』に引き続く講義をまとめた『文学論』が、著書として刊行されるときには、前にも述べたように、原稿の整理を英文学科で成績一番の中川芳太郎に依頼し、英文を必要に応じて訳出するよう指示した。しかし、その訳文の意に満たないことに驚いた漱石は次の『文学評論』では、本として出版するに際して、自分で訳文を用意した。私は、見てきたように勝手なことを言っているようだが、これらは聴講生たちの証言や、実際に復元された聴講ノートからの、私の判断ないしは想像である。

その聴講ノートは、前にもちょっと触れたが、平成十四年（二〇〇二）三月に自費出版として刊行された、金子健二のそれである。金子健二は、漱石好きには『人間漱石』の著者として知られるが、そのほかにも少なくない専門の著書を残した英文学者である。そのご遺族が丹念に筆記ノートを活字に直された『記録　東京帝大一学生の聴講ノート』（リーブ企画発行、限定百部）は、漱石の前任者ラフカディオ・ハーンと漱石の講義の克明な受講ノートで、その方面の専門家にとってきわめて貴重な記録と思うが、編者の金子三郎さんは、刊行後二年あまりで鬼籍に入られてしまった。そのノートを見ると、実際おびただしい英文の氾濫である。『文学論』は、文学を心理学・社会学などの方面からも捉えなおそうという意図があるので、引用される英文は、文学作品以外の著書からもたくさんとられている。その英文学作品以外の英文が、著書としての『文学論』では、日本語に直されているのである。このことから、本にするときに中川芳太郎に対して、文学以外の英文は英文のままでなく、翻訳して掲出するように指示したのではないかと、私は想像するのである。

形式論の講義

さて、ブルックの英語は、「文学とは、読者に喜びを与えるように配列され書かれた、聡明な男女の思想と感情である」（山内久明訳）というように理解されるべきものである。だから漱石のように、あくまでも「形式」を主語としたいなら、せめて「……を与えるように言葉を排列したものである」というべきなのだろう。

その上で漱石は、文学の形式を「快楽」ないし「喜び」の対象によって分ける。すなわち、「意味」に関する喜びをもたらす言葉の配列と、「音の結合」に関する喜びをもたらす配列、そして漢字のように文字の「形の組み合わせ」による面白味をもたらす配列、の三つに分けるのである。ようするに、文学に接することによって読者が感得する喜びの局面を、「意味」（理性）と「音」（聴覚）と「形」（視覚）に分類したのだ。そうして、それぞれの喜びに応える形式を考えようというのである。当然ながら、「形式」は「言葉」と「配列」の問題でなければならない。

最初の「意味」に関しては、さらに三つに分ける。一番目は、読者の知的な要求に応える形式、二番目は知的な要求に加えて連想を楽しませる形式、そして最後に歴史的背景の下に養成された趣味に応ずる形式、である。

知的要求を満足させるというのは、平たくいえば意味が通じるということである。だから使われる言葉が平易な文章は、「わかる」という点において読者を満足させることができる。また意味は同じでも、同義語のように言葉が違う場合、どちらの言葉を使うかによって満足のさせ方が変わってくる。しかし、易しい言葉を使っても、必ずしも理解しやすい文章であるとはかぎらない。言葉は易しくても難解な文章は、たしかに存在する。漱石は例として、「彼は彼女だ」（He is she.）という英文を挙げて、このような文章は了解が困難であるから、知的な要求に応えていない、と批判している。また語順（配列の仕方）によっても知的な満足（理解し易さ）は変化する。

ただし、これらは理論の上からの分類であり、実際にはこのように分けて考えることができない場合のほうが多いと断って、「例へば或文章が明晰で、善く理解力を満足させる時、その思想が明瞭なる為めに、さうなるのか、言葉の順序が宜《よろ》しいので、さうなるのか、判然しない場合が多い」と言っている。

二番目の、知的な要求を充たすとともに連想を引き起こす場合は、漱石の言葉では「雑のもの(Miscellaneous)」と呼ばれる。「雑のもの」というと、なんだか寄せ集めで本質からは遠ざかっているように思われるけれども、漱石に言わせれば、なかなか複雑で一言でまとめられないからそう呼ぶのだという。漱石自身が説明に苦慮しているのだから、取り上げられる具体例を見るしかない。はじめにスティーヴンソンの『バラントレーの若殿』の一節を引用して、その文章の特徴を列挙する。

・全体が平易な言葉からなっている――これははじめの知的満足を与える条件を充たしていることになる。
・単語に長いものがなく短い語で綴られている――これは文章にスピード感を与え、表現が直接的に響く効果を与える。
・複文が少なく単文が大部分である――これは、先の分類の「音」の喜びにも関係するところで、簡潔で力強い印象を与える。

という具合である。

つぎにカーライルの評論『過去と現在』を引用して、同じようにその特徴を検討する。その引用箇所では、語られる内容はそれほど難解ではないのだが、人名をあらわす固有名詞が、例えば「無内容饒舌卿」といった具合に、揶揄ないし皮肉を込めた言葉で表わされる。これがしかも次々に現われる。最初は実在の人名かと思って読み進むうちに、なんだ、あてつけか、と後から気づくのである。漱石は、「例へば物蔭にかくれて、出抜《だしぬ》けに人を驚かした時、それと分つてから可笑《おかし》さ面白さが続いて湧いて来ると同様である」とたとえている。これは、最初の、わかりやすいから知的要求が満たされるのとは逆で、わかりにくくしているところが面白いのだと分析する。

このスティーヴンソンとかカーライルの場合は、文体の特徴なり違いなりを感じたり説明したりすることが比較的容易だが、違うことはわかるがうまく説明できない場合もある。漱石は、「十年以前に出逢つたことのある人に会見して、其の顔が何となく変つては居るが、さて何処と説明の出来ないと一般である」と言っている。このような例えは、たんなる文章の妙味を感じるというより、人間心理の底にある琴線のようなものに訴えるという意味で、またそうであるがゆえに学生の実感に訴えやすいという意味において、すでにして創作家の片鱗が滲み出しているといえよう。

講義はその後、その説明しにくい例に入ってゆくのだが、ここでは省略して、三つ目の、歴史的に推移してきた趣味に基づく形式に移ろう。これは連想を起こす場合以上に、日本人にはわかりにくい問題であるという。ここではそのわかりにくさを、「田舎の村長と、村会議員と見分が付かん位に面倒である」と言っている（これはいうまでもないことだけれど、その村の人々には見分けはつくのである。けれども、東京人である漱石には区別がつかない、というのだ。要するに、田舎者の英国人には英文の文体の推移と変化が分明だが、東京人たる日本人の漱石には区別がつかない、という洒落である）。そうして実際に、英文における文体の推移を説くことになるのだが、ここも講義の中味は省略する。

ただ、この差異を日本語の場合に引きなおした例が挙げられているから、それを紹介しよう。「秋風《しゅうふう》」と「あきかぜ」では何がどう違うのだろう、「亡くなる」と「ごねる」（仏教での聖者の死「涅槃」の丁寧語「御涅槃」が活用して「御涅る」になったという、「死ぬ」の卑語）はどうか、「あゝわが夫《つま》」と「お前さん」、さらに「……たる可《べ》し」と「だんべい」というように例を挙げて――つまりこれらの言葉の語感なり用法なりの差異は、歴史的な文化・習慣に培われてきたものであるから論理的な説明ができない――、英文におけるこのような文章の「感情的要素《エモーショナル、エレメント》」は、日本人には了解することがなかなか大変である、というのである。

このようにして「意味」についての「形式」の検討を終えて、「音」に移る。ここでも、日本人でも味わうことのできるメロディーやリズムを例示しつつ、一方で本国人が口調のいいという詩句も、必ずしも日本人に同じように訴えるとは限らない、などと議論を展開している。さらに、英詩における韻律の説明に入るのだが、私はまったくの門外漢だから、省略につきたい。

最後の「形」は、中国の文学にあらわれるもので、英文学には事実上ない、とことわっている。だから検討項目には挙げられているが、論じられることはなかった。このような議論の進め方は、理科的なセンスによるものであると思う。科学的な推論においては、現実にはとうていありえないとみえることでも、理論としてはあらゆる場合を尽くしておく必要があるからである（「英国詩人の天地山川に対する観念」において、「天」と「人」の「意」というものの有無について場合別けしているのも同じ傾向に属する。七九頁参照)。このことはまた、先の講義を進める自らの立場を定めるときに、「吾々日本人は如何なる程度まで西洋文学を理解することが出来、如何なる程度がその理解の範囲外であるか」というように、「範囲外」を意識する姿勢にも通じている。「村長」と「村会議員」の見分けは、「範囲外」に限りなく近いというわけだ。

講義では触れられることがなかったけれども、英国留学中の「ノート」には、その英文学にはないという「形」についての考察が記されているから、紹介しておきたい。(断っておくと、ノートのこの部分は、書いた後で自身により消されている。漱石のノートは、このように抹消されることがしばしばで、それは講義で一度使ったから二度と使わないようにという、心覚えのしるしであることが多い。ただしこの部分に関しては、講義に使われた形跡がない。)

漱石は、このノートにおいて、人がある言葉に接してその意味に感興を覚えたとき、その感興がその言葉の「音」や「形」に付着・転移する結果、やがては意味を媒介することなく、音や形が直接に感興を引き起こすようになると考える。その例として、宝井其角の

あれきけと時雨来る夜の鐘の声

を持ち出す。「鐘」の意味(idea)なら西洋の bell でもよさそうなものだけれども、この句から得

られる「快感」は、「鐘」または「bell」の「idea ニアラズシテ」、「鐘の声」（漱石は「鐘の聲」と書くわけだが）という「form（視覚）ニ訴フルコト多キヲ断言セントス」という。正直に言って、断言されてもにわかには首肯しにくい。漱石も説得力の不足を感じたのであろう。「藻薈」とか「綺麗」という字面を示して、これらは意味がわからなくても面白い、という。それでもやはり、このような感興が起こるには「年期ノ入《い》ルコトナリ」と、いいわけらしいことを付け足している。（ただし、「藻薈」という言葉は、いくら漢和辞典を調べても出てこない。彩色とか文彩を意味する「藻絵（繪）」か、あるいは「くさむら」を意味する「叢薈」のつもりだったのかもしれない。）

さらに、西洋の詩は、音に感興を催すのが主であるが、日本・中国では音は少なく、もっぱら形が主であるという。そうしてここでも「秋風」「あきかぜ」の例を出して、「autumnal wind」との比較を試みる。日本語と英語はその形が poor であるのにたいして、「秋風」は音が poor であるという。モクレンについても、「木蓮」は「形マサル」であり、「magnolia」は「sound ヨシ」となる。

漱石自身の感性は、たしかにここに記されたとおりであったのだろうが、それを説得的に説明できなかったことが、ノート抹消の理由であったのだろうか。

この形という問題に関連して、ノートには「漢詩ハ朗読サレテハ面白カラズ見ザル可ラズ」という言葉も書き留められている。この場合の「朗読」は、いわゆる訓読のことだろう。漱石は、漢詩・漢文を訓読しなかったのだろうか。後に東京帝国大学の美学の教授となった大塚保治の「学生時代の夏目君」という回想談には、「漢詩は其頃から読んでゐた。自分で作つてもゐたらしかつた。私は夏目君が其頃、どんな場合だつたか忘れたが、《魂帰溟漠魄帰泉、只住人間十五年、昨日施僧裙帯上、断腸猶繋琵琶絃（魂《こん》は溟漠に帰し魄《はく》は泉《せん》に帰す、只《ただ》人間に住す十五年、昨日僧に施す裙帯《くんたい》の上、断腸は猶お繋ぐ琵琶の絃）》（原文は文字遣いが正確でないので正した）と云ふ三体詩にある哭亡妓（正しくは朱褒《しゅほう》の「悼亡妓」）といふ詩を、微吟愛唱してゐたのを今でも覚えてゐる」とあるから、私は、漢詩・漢文は訓み下して味わっていたのだと思っていた。

高島俊男『漱石の夏やすみ』（二〇〇〇年）には、漱石の作った漢文を実際に見た感想として、「漱石の文章をみると、これはだいぶ江戸時代式の訓練、すなわち文字言語、視覚言語として支那文をよみ、あやつる訓練をうけていると感じられる」とある。同書によれば、訓読という方法ができたのは江戸も末期のことであり、広まったのは明治になってかららしい。その前は、訓読ならぬ「音」読で、文字の順序どおりに読んで意味を了解していたのだという。（知人で、江戸時代の長崎の洋学事情にくわしい人に聞いたのだが、初期の阿蘭陀通詞の蘭語理解も、文法という概念がなく、単語の意味を並べて、後から文脈に都合のよい解釈を下していたそうだ。それは、オランダ文の構造が漢文と似ていたために可能であった、ということらしい。）

こうなってみると、漱石が談話や何かで漢文が好きだというのも、その訓み下しの口調を言っているのではなく、視覚的なあるいは音読的な調子を好んだのであるように思われてくる。そうしてさらに、日本人の漢文について、頼山陽は嫌いで、安井息軒とか林鶴梁を好んだというのも、そのようなレベルでの話と理解しなければならないのだろう。

話がだいぶ横道に逸れてしまった。いずれにしても、このような「形」は、英文学では鑑賞の対象にならないのだから、講義されるはずもなかったのである。そうしてこの形式論の講義は、明治三十六年（一九〇三）五月二十六日の火曜日に終わった。

「文学的内容の形式」

夏休み明けの、新しい学年からは、いよいよ文学の「内容」に関わる講義「英文学概説」を始める。これがいわゆる『文学論』である。その冒頭については、この文章のはじめに紹介したとおりである。そのとき問題にした「文学的内容の形式」という言葉は、文学の内容を形式として表わせば、の意味だろう。そうして、その形式は（F＋f）としてあらわされるというのだ。このうちのFは、「焦点的印象又は観念」とされたのだったが、講義が進むとそれは「文学の材料」と同じであることがわかってくる。要するに、享受するという読者中心の観点からみれば、読者の感得する印象であり観念（の焦点、すなわち focus＝F）だが、読者に与えるというように作品を主とした見方に従えば、それは材料（事実、すなわち fact＝F）ということになるのであろう。このFが、英語の何ということばの表徴であるのかは、漱石はひとことも説明していない（この着想を得たはじめのころの「ノート」では（A＋a）と記していた）。

漱石の考えによれば、人が感得する印象や観念、つまり意識は、時々刻々変化するので、はじめはぼんやりとしていたある意識が、だんだんはっきりしてくると同時に、また別の意識がぼんやりと生じてきて、はじめの意識が薄れてゆくと、今度はその新しい意識が中心を占めるようになる。つまり、意識は波形を形成しながら移ってゆくというのである。だからその一番はっきりしたところの意識を問題にしなければならず、その意味であえて「焦点（的）」（漱石は「焼点」という表記を好む）と断っているのだ。

この「焦点的意識」は、時間的ないし空間的にどんな様相を帯びているかというと、時間的には、正に焦点で、まず非常に短い時間単位を支配する意識がある。車から外をみていて、外の景色の変化に伴う意識変化を考えればよい。それに対して、もう少し長い時間間隔を支配する意識もある。たとえば、幼児期の子供にはおもちゃ、少年になると格闘や冒険、青年期では恋愛、大人では金銭・権勢、老年になれば衆生済度などと、漱石は具体的な例を挙げている。そのほかさまざまな対象が意識を支配することは、了解できるだろう。

これらは個人の意識であるが、集団の意識というものも当然問題になる。いわゆる「時代思潮」である。「近く例を我邦にとりて云へば攘夷、佐幕、勤王の三観念は四十余年前維新のFにして即ち当代意識の焦点なりしなり」という。そうしてこの集団の意識も、個人のそれのように時代とともに、推移してゆく。

漱石のいう「文学的内容」とは、このようなFすなわち意識（印象ないし観念）に、人間の情緒

（感情）ｆが付着したものだというのである。そのような形式が、文学としての要件を支えているというのだろう。先の「形式論」のところでもみたように、漱石は理科的なセンスに富んでいたから、Ｆだけとか、ｆだけでは文学が成立しないことにも、注意を喚起している。例えば、三角形を見ても、それが大きいからといって嬉しい気持ちはおこらないだろうし、小さくても悲しい気分になることもないだろうから、つまり情緒を伴わないから、三角形という数学的な観念だけでは文学は構成できない。

また、人間の感情には対象のはっきりしない恐怖や不安がある。すなわち、Ｆのないｆである。そういう恐怖や不安だけを文学として表現している例は確かにある。漱石はシェリーの「嘆き」という詩の

昼よりも夜よりも
悦びは立ち去り
瑞々《みずみず》しき春夏も、霜白い冬も
か弱きわが心を嘆きで痛ましむ。悦びはあらず
ああ、ふたたびあらず。（出淵博訳）

という一節を引用して、「此歌は悲の原因につき毫も云ふところなし、何故の悲か、そは審《つまびらか》なら

ず」という。「悲」というfはあるが、「原因」たるFがない、というのである。しかし、このような詩でも、鑑賞するときには読み手が自ら具体的な悲しみを補って味わったり、あるいは悲哀という観念を想起して味わったりしているのであって、その限りでFは存在するのだと言う。

かくして、「文学的内容の形式」は、あくまでも（F＋f）でなければならないことになった。それではその「文学的内容」は、具体的にはどのように分類されるのだろうか。漱石はそこで、人間が何かを感受するための「感覚」をもって分類することを試みる。つまり、触覚・温度・味覚・嗅覚・聴覚・視覚の六種であり、視覚はさらに、煇・色・形・運動に分けられる。これらそれぞれに対して、英文学、時には漢詩もまじえながら、作例をあげて説明している。

たとえば一番初めの「触覚」については、シェイクスピア『オセロウ』とテニソンの詩「砕けよ、砕けよ、砕けよ」から、次の部分が引用されている。

だが、彼女《あれ》の血は流すまい
また、あの肌も傷つけるまい
雪よりも白く、記念碑の雪花石膏《アラバスター》のように滑らかなあの肌も（出淵博訳）

ああ、消え去った手のぬくもり
沈黙した声の響きさえ戻ってくるなら（同訳）

「滑らか」とか「ぬくもり」は、触覚に属する感覚であり、それが文学として表現されると、このようにして興趣をもちきたす、というところなのだろう。もう漱石があまり俳句を作らなくなった、明治三十九年（一九〇六）の句に、

暮れなんとしてほのかに蓼《たで》の花を踏む

がある。松根東洋城と大森、池上あたりを散歩したときに得た句であるが、そのとき漱石は何を履いていたのだろう。靴ではあるまい。和服に下駄か、草履のようなものだろう。この句の焦点は、「踏む」にある。実際に、蓼の花を見て踏みつけているわけではあるまい。辺りの景色の一部として、蓼の花が咲いているということは、ぼんやりと了解している。そうして実際に踏んだとき、その感触から蓼を踏んだのだな、ということを意識した、ということではないだろうか。私はこの句を読むたびに、下駄だか草履だかを介した、漱石の足の裏の感覚を、追体験しているような気になる。そうして、この句を作った『文学論』の著者は、「触覚」を材料にするということを意識しながら作ったな、と思う。

このような例をそれぞれの感覚について挙げ、短評を加えた上で、実際の作品では、それらが複合的に作用して文学的感興をさらに高めているのだとする。

以上の感覚機能にかかわる分類の次に、今度は人間の心理作用についての分類に移ってゆく。先に紹介した感覚の分類では、ドイツの心理学者グロースの『人の遊戯』(一八九九年刊、漱石は一九〇一年に出た英訳本で読んでいる)を参考にしているが、今度はフランスの心理学者リボーの『情緒の心理』(一八九六年刊、漱石は一八九七年に出た英訳本で読んでいる)に倣おうとしている。

そこでは、情緒は単純なものと複雑なものとに分けられる。単純なものとは、恐怖・怒り・同情(同感)・自己の観念・男女が互いに求め合う心理(漱石は「男女的本能」「両性的本能」などと言っている)、などであり、複雑なものは善悪や宗教感情であるとされる。そのそれぞれについて、漱石は英文学の中からさまざまに例を引いて縦横に論じたてている。たとえば「自己の観念」といっても、そこには「意気」「慢心」「高振」「押強」などの積極面と、「忍耐」「謙譲」「小心」「控目」などの消極面とがあるというように、あくまでも分析的である。

ここで、第一章(四五頁)でも触れた漱石がいわゆる「男女的本能」についてどのように言っているかを、みておこう。ベルギーの心理学者デルブーフの「凡《およ》そ年若き男女が、慕ひ合ふは、彼等が自覚せずして、精子の意志に従ふものなり」とか、イギリスの心理学者ベインの「触は恋の始にして終なり」というような言葉を引用して、「随分如何《いかが》はしき言葉のやうなれど、赤裸々に云ひ放てば、真相はかくあるべきなり」という理解を示している(念のためにいうと、このデルブーフやベインの引用はリボーの本からの孫引きである)。そうしてさらに、いわゆるプラトニック・ラブのようなものがあるとすれば、それにはたしかに劣情は混入していないだろうが、そのかわり「劇烈の情緒」の存在し得ないことは明らかだとし、「所謂《いわゆる》恋情なるものより両性的本能即ち肉感を引き去るの難きは明かなりとす」と結論付けている。

漱石はここで、恋愛感情を無上とする例を、コールリッジ、ブラウニング、キーツなどから引いて、「文学もこゝに至りて多少の危険を伴ふに至るなり。真面目にかくの如き感情を世に吹き込むものあらば、そは世を毒する分子と云はざるべからず、文学亡国論の唱へらるゝは故なきにあらず」と論評を下しているところは、第一章でみた。そうしてそこでは、漱石はここで立ち止まらずに、現在の自分たちは、父子、君臣の関係においてそうであるように、恋愛感情についても完全に自由を獲得するに至っていない。だから自由を得たいとするものに対しては、わがままであるとか手前勝手だとかいって非難したくなる。目の前で自由に耽るものを見れば社会秩序を破るものと敵視し、描くものがいれば忌まわしいとばかりに憎む。という分析を経て、時代の推移に従おうとする漱石の精神のあり方を、確認したのであった。

つぎに複雑な情緒に移る。複雑な情緒とは、たとえば嫉妬のように、「一方にては或者を愛し、同時に一方にては此愛する目的物を得ざるより、思慕と憤怒と併発し一情緒を生ずる」ものである。賞歎と恐怖とを具有する「崇高」もその例となる。いちいち説明するのは煩瑣であるとして、漱石は嫉妬と忠義について論じている。忠義には、義務、尊敬、忠実、犠牲、面目などの情緒が合併しているというのだ。例として、嫉妬は『オセロウ』について見、忠義については同じくシェイクスピアの『リチャード二世』から、ヨーク公が、自分の息子のオーマール公が謀反を企てていることを、国王ヘンリー四世に告げるところを使って分析している。

さらに、こんどは抽象的な概念の検討に移る。一般に、抽象的な概念は情緒fを喚起する力が弱い。さきの三角形の例はその極端な例であった。しかしある種の条件を充たした場合は、相応の情緒を喚起するのであり、その代表的なものとしてキリスト教を挙げる。「聖書は此情緒の結晶にして万古の珍宝なり」というわけである。また、ことわざ、箴言のたぐいも、それが、ある種の普遍的かつ日常に応用可能な真理を含む場合には、やはり相当の情緒を引き出すという。第二章において、シェイクスピア『テンペスト』の、プロスペローのことばが、その例であることをみたが、漱石は、ミルトン、シェイクスピア、トマス・ア・ケンピス、セルバンテス、トマス・グレイ、メレディスなどから、あふれるように例を引いている。そのなかから、『ハムレット』第一幕第一場、「世渡りになれし老人」ポローニアスが、息子のレアーチーズつまりオフィーリアの兄に与える忠告を引用しておこう。これは、その老人が「其年来《そのねんらい》の経験を概括したるものとして、よく吾人の情緒を喚起するに足る」という。

喧嘩には巻き込まれないよう用心しなさい。
だが、一旦巻き込まれたら
相手が参ったと言うまでやるがよい。
誰の言うことにでも耳を貸せ。しかしあまり口は出すな。

どの批判も聴きなさい。だが、自分の判断は言わないほうがよい。
財布の許すかぎり、服装には金目を惜しまぬように。
だが、風変わりな格好はやめなさい。上等はいいが、派手はいけない。
出で立ちは人柄を顕わすものだ。（出淵博訳）

このようにして文学的内容になりうるものを列挙し、今度はその分類と評価に入る。情緒ｆこそが、文学を文学たらしめる「試金石」なのだから、ｆを惹起するものはすべて文学的内容（材料）すなわちＦとなりうる。それらは次の四つに分類されるという。
一、自然界から得られるもの――すなわち「感覚Ｆ」。
二、善悪喜怒哀楽など人間の感情からくるもの――すなわち「人事Ｆ」
三、宗教的なもののように人知を超えたもの――すなわち「超自然Ｆ」
四、人間の理性的活動から来るもの――すなわち「知識Ｆ」
である。これらのなかで抽象度が増せば増すほど、ｆを引き起こす力が弱くなる、というのがこの次の主張である。漱石は次のようにその根拠を語る。

千百の恋愛論は遂に若き男女の交《かわ》す一瞥の一刹那を叙したる小説の一頁に及ばざること明かなり。世に一美婦に悩殺せられ、苦悶の極、自殺を計るは珍しからねど、「愛」なる抽象的性質を熟考して狂へるものは古往今来未だ聞かざるところなり。

以下、抽象度が高くても「知識」にくらべれば強い情緒をひきおこす「超自然」や、それがいっそう弱い「知識」が、それぞれどのようなfをどのように惹起するかを具体的に検証し、いたずらに超自然を振り回す浪漫派文学を批判している。ただ、文学的内容としての「知識」は、弱いかもしれないが、人が生きるうえでは当然ながら重要な役割をになっている。漱石はこの章の最後の段落で、次のように述べざるを得なかった。

たゞ茲《ここ》に注意を要することあり。人生は文学にあらず少なくとも人生は浪漫派文学にあらず、実際は浪漫的詩歌にあらず。かの浪漫派文学の通弊は単に劇烈なる情緒を主とするの結果往々年少者を誤りて文学其儘を現世に実行せしめんとす。これ過《あやま》れり。人世其物は必ず情緒を主とするものにあらず、又これを主として送り得べきものにあらず。こゝに気がつかぬは憂ふべきことなり。

これは明治の個別の問題ではなく、二十一世紀現在のゲームやアニメ、ファンタジックな世界への異様な傾斜についても同じことがいえるにちがいない。過剰な刺激をこととするゲームやアニメは、たしかに「単に劇烈なる情緒を主と」しているといえないだろうか。「人世其物は必ず情緒を主とするものにあらず、又これを主として送り得べきものにあらず」は、文脈として「知能が吾人生存の目的に如何に欠くべからざるものなるかは、此世に於ける知能の発達の跡を尋ねて明《あきらか》なるべし」とつづく。これは漱石の、現代人へのメッセージとして読めるものだと思う。

メボウキへの「転置」

はじめにもったいらしくホルマン・ハントの絵を出しておきながら、随分の回り道であったけれども、その絵はようやく『文学論』の次の段落で紹介されることになる。私はこれまで『文学論』の記述の順を追って、漱石がどのように文学を論じようとしたかを紹介してきたつもりであるが、その本の構成やら章立てには言及してこなかった。これまでの部分は第一編で、「文学的内容の分類」と題されていたのである。そうしていよいよ第二編、「文学的内容の数量的変化」に入ってゆく。

最初は材料Fそのものの量的変化で、単純に言えば、個人レベルでは成長にしたがって増加するし、人類レベルでは文明の発達によって増進する。同じ緑であっても、夏草の緑と常磐木の緑を識別できるようになったり、日本国内の自然しか知らなかったものが、ヒマラヤ山脈やアフリカの砂漠を知るようになればFは増加したことになる。憤怒という感情にしても、人間関係の発達により怨恨、義憤、激怒というようにさまざまな怒りを感得するようになる。他も推して知るべし、というわけである。

問題はそれに伴う情緒のfである。漱石は、その増加には三つの法則があるという。一つは「感情転置法」、二つ目は「感情の拡大」、そして「感情の固執」、の三つである。「感情の拡大」というのは、Fの増大に連動して今までになかったfが生ずることである。漱石は、テニソンの『イン・メモリアル』から次のような二行を引用する。

自然は種の保存にはこんなにまで心を配るようでありながら、
個々の生命にはどうしてこうも冷たいのか。（出淵博訳）

この「種の保存」というのは、ダーウィンが進化論を唱えてはじめて生じた概念だから、それ以前には、その考えに触発されたこのような二行は表現されようがなかった、というのだ。また、「感情の固執」というのは、いわばfの一人歩きである。約束あるいは男女の契りにおいて、一方が死んでしまっても、つまりFがなくなった後になっても、fが依然として生き続けている場合である。漱石は、「貞女両夫に見《まみ》えずと云へど、凡《およ》そ夫死すれば妻の貞操の義務当然消滅すべきは明白ならん、然るを世は婦女をして両夫に見えしめず、女も見えざるを以て得意とし名誉となす、これ全く其情緒の持続するを証するものなり」と言い切っている。今の世には「君主」は居ないはずだけれども、「忠君」という情緒は二十一世紀にも健在で、その情緒が逆に「君主」を求めたがる、というやっかいな事情も、「固執」で説明できないだろうか。

では一番目に挙げられた「感情転置法」とはどのようなものなのだろう。漱石は、心理学でいうところの「情緒の転置」の卑近な例として、次のようなことをいっている。

雛鶏が毛虫を見てつゝき驚き逃ぐることありとせよ。其後此雛《このひな》は同様の場合に遭ふ時決して同様の径路をふむことなくして、しかも同一の終点に達するものなり。

『文学論』ではこの観察の出典は述べられていないが、これはイギリスの動物学者・心理学者ロイド・モーガンの『比較心理学』に紹介されているものである。漱石はこの本の熱心な読者であり、本章のはじめのところで述べた、意識が波形をなして推移してゆく、というところも実はモーガンに拠っているのである。漱石はロンドン留学中にその本に出会い、詳細なメモを残している。その「ノート」によれば、「本能と知性」と題した章で、モーガンは、鶏の雛がある種の虫を好みほかの虫を毛嫌いするのは、本能によるのかどうかを観察で確かめている。その観察の結果、その判定は本能によるのではなく、実際につついてみて嫌なものを学習しているという結論に至る。学習するということは、もういちいちつつかないでも、見ただけで判断できるということで、「かくて雛は啄《ついば》みと不快とを連絡せしむるのみならず、視ること丶不快とをも完全に連絡せしむるに至る」というわけである。ここにおいて、つついたことによって生じた不快という情緒が、見ることによって引き起こされるように「転置」したというのである（これは先に紹介した、文学の形式論において、意味・音・形の、形（つまり漢字）について漱石が展開しようとした考え方とよく似ている）。

そうして実際の文学作品の中に、その転置の実例を探そうとする。漱石の頭に真っ先に浮かんだのが、キーツの長詩「イザベラ、あるいはメボウキの鉢」（Isabella, or the Pot of Basil）である。これは、漱石も紹介しているように、もとはボッカチオの『デカメロン』第四日の第五話に出てくる話である（『文学論』には「第三日」とあるが誤りであろう）。キーツがそれを、詩の形式に作り直したので、筋そのものは、ほとんど変化がないようである。何はともあれ、漱石に従って、その物語を紹介しよう。

イザベラという「美人」と、その「薄命の恋人」ロレンゾが主人公である。イザベラは、もとは名のある家に生まれ、兄二人と何不自由なく楽しい日々を送っていた。その乙女にロレンゾという恋人ができた。「相思の両人は一日も早く居を共にせんと願ふ」。ロレンゾの心境は、

明日こそはわが歓びの人に跪《ひざまず》こう。
明日こそはわが思うひとの恵みを乞おう。（出淵博訳）

であり、女の方も、

　やがて美しいイザベラの汚れない頬は
　薔薇園にありながら、病に凋《しぼ》みはてた。（同訳）

というくらいに恋こがれていた（実はそこのところを漱石は紹介していないのだが、この二人の兄はフィレンツェで貿易業を営むledger-men（「帳簿のような兄弟」（出口保夫訳））であり、ロレンゾはその使用人である）。腹黒い兄弟は、ロレンゾごとき者に妹を嫁にやることは不承知であると、「百方離間の策を案ずれども、到底尋常一様にては二人の愛情を揉み消すこと難きを知り」、とうとうある計略を思いつく。男を林に誘い出して、殺してしまうのである。妹には、男は外国に渡ったとごまかしを言っていた。ところが不思議なことに死んだロレンゾが、夢の中でイザベラの枕辺に立って、

　わたしは今、影になってしまった。ああ、ああ。（出淵訳）

と告げる。

　こうしてイザベラは、兄たちに騙されていたことに気づく。翌朝さっそく年老いた乳母と二人、夢に出てきた林に分け入って、恋人の埋められたところを探り当てる。そこを掘り返して、恋人の死体から首を切り取り、わが家に持って帰る。「其髪を黄金の櫛にて梳《〔くしけず〕》り、そを香高き布に包みて

植木鉢に埋め」る。そうしてその上に、「羅勒《メバウキ》」を植えたという。

乙女は忘れた、星も月も太陽も。
また、木々のうえの青空も。
そして、小川の流れる谷間も。
さらに、冷ややかな秋の風も。
乙女は知らなかった、いつ日が暮れたかを。
新しい朝も目には映らなかった。ひっそりと
いつまでも愛しいメボウキのうえにうなだれ、
涙でその茎の芯まで濡らした。（出淵訳）

このようにして、イザベラにとっては、元来ロレンゾによってもたらされた情緒が、切り取られた首を媒介としつつ、メボウキに転置された、というわけである。

漱石はここで物語の紹介を終えてしまう。「転置」にたどり着いたからなのだろうが、それではあまりに不親切だから、続きを簡単に紹介しておこう。メボウキは、ロレンゾの首が肥やしになったせいもあって立派に成長するが、イザベラのほうはますます憔悴してゆく。兄弟は、こうして片時も鉢の傍を離れようとしないイザベラに不審を抱くようになり、隙を突いて植木鉢を盗みその秘

密を探ろうとする。そうしてロレンゾの首が埋められていたことをさとる。殺人が発覚することを恐れた兄弟は、フィレンツェを去る。イザベラはなお、鉢を求めてやまないが、取り戻せるはずもなくとうとう亡くなってしまう。「おお、むごいこと、わたしからめぼうきの鉢を奪い去るなんて！」（出口保夫訳）という彼女の嘆きは、その死後もフィレンツェの人々に歌い続けられた、というのである。

さて、話はここからはじまる。この物語の紹介を中断したところで漱石は、この文章のはじめに引用しておいた、

（序《ついで》ながら、かの英国 “Pre-Raphaelite” 派の画家 Holman Hunt の画に此可憐の Isabella が鉢によりかゝる様を描けるものあり）

を挿入しているのである。私は、何とかしてその絵を見てみたいものだと思った。

この「メボウキ」というのは、あまり耳慣れない植物である。漱石は、「羅勒《メバウキ》の樹」と記しているから、おそらくその実態をわきまえていなかったのだろう。現代のわれわれには「バジル」といったほうが判りやすいように、それは「樹」ではなく「草」である。ついでにいえば、羅勒といういいかたは中国流で、『和漢三才図会』などにはその名で出ている。日本には、江戸時代にもたらされたとのことだが、和名の「メボウキ（目箒）」は、「目にその種子を入れると寒天様物質が出て

目のごみをぬぐいかすみ目に効く」ことからつけられた名であるという（平凡社『大百科事典』の浅山英一解説による）。

それにしても、イザベラはなぜ、首を埋めた鉢にバジルを植えたのだろう。加藤憲市著『英米文学植物民俗誌』という本によれば、バジルには不気味な迷信がいろいろあり、その元をたどると古代ギリシアまでさかのぼるらしい。先の『大百科事典』の解説にも、「メボウキはヨーロッパでは墓の象徴とされる」（荒俣宏）とある。しかしこれは、むしろボッカチオやキーツを典拠としていわれるようになったことではないだろうか。『英米文学植物民俗誌』には、バジルはイタリアでは、「女の草としてエロティックなニュアンスを持つ」とあり、さらに「女が窓際に飾ったこの草を引っ込めるのは男を待ち焦がれているとの意志表示」だとか、「人妻は好んでこの草を髪にさし、未婚の女も胸やバンドにこの草を着ける」、「香りには催淫性があるとされ」、「恋人に会いに出かける乙女でこの草を身に着けない者はない」などと書かれているところをみると、少なくともボッカチオの時代にあっては、なぜイザベラが鉢にバジルを植えたのかは、かなり自明の行為であったのだろうと思う。キーツはともかく漱石は、そこまではバジルそのものに意味を見出してはいなかったかもしれない。

週末の古書市にて

ホルマン・ハントの「イザベラとメボウキの鉢」の絵には、なかなか出会うことができなかった。ラファエル前派の画集はいろいろ見たけれども、ロセッティ、ミレー、バーン゠ジョーンズなどの見慣れた絵が出てくるばかりで、ホルマン・ハントの絵はそもそもそんなに出てこない。漱石の『薤露行』の「鏡」という章に関係するとされる「シャロットの女」や、椅子に坐った男の膝に女がこっちむきに腰掛けている「良心の目覚め」などはよくみかけるが、「イザベラ」を目にすることはできなかった。

私事にわたって恐縮だけれども、私が勤めていた出版社には、小さな社員食堂があって、昼は大抵そこで済ませていた。社員も少ないから、メニューは二種類から選ぶようになっており、金曜日の片っ方の定番は、ラーメンであった。金曜日はラーメンと決めて、そそくさとすすり終わると、毎週末に開かれる古書市をのぞくのが習慣になっていた。駿河台下の古書会館で開かれていたが、そこが改築になるので一時は竹橋の教育会館で開かれていたこともあった。今は、新築なった古書会館で週末以外にも開かれているようだ。かなりの量の古本を、昼休みの残りの三十分ほどで見るのだから、一冊一冊の背をていねいに見てゆくことはできない。ざーっと目をさらしながら、ピンと来る物を待つのである。

埃だらけの和本の山から、『滄溟尺牘』というのを掘り出したこともある。未だにどんな本だか、ろくすっぽ開いてもみないのだが、その書名が「漱石山房蔵書目録」にあることだけは承知していた。もっとも完全に同じエディションというわけではない。蔵書のほうは『李滄溟尺牘』であって、三巻一冊、宝暦元年重刻とある。みつけたのは「李」がなくて、二巻一冊、出版元は同じ嵩山房だけれども、宝暦元年新刻である。でもこのくらいのことには目をつぶらないと、漱石先生の身辺にはなかなか近づくことができない。

その日も、例によって目をさらしていた。実に雑多な本が出品されているから、ぼんやり漫然と見ているようで、実は神経はかなりの刺激を受けることになる。見るからに卑猥かつ猥雑な本の隣に、謹厳居士の愛読書になりそうな書名が並んでいるのだから、その落差に耐えるのは、食後の胃腸には案外過酷な試練だったかもしれない。それは、背がローマ字でつづられている洋書であった。長い書名のはじめに、Pre-Raphaelite という文字が見えたのが、足を止めた理由である。主タイトルは、*A Pre-Raphaelite Friendship* で、副題は、The Correspondence of William Holman Hunt and John Lucas Tupper と読めた。ラファエル前派の仲間同士の友情がどういうものであったかを、ハントとタッパーという人の往復書簡のなかに探ろうという本なのだろう。ハントは画家として今日に伝わるが、タッパーなる人はいわば無名である。ラファエル前派の一員として、彫刻作品を制作したり、その芸術運動に関する論文を発表したらしいが、人名事典などにも登場することはない。

私は、その往復書簡集に図版が掲載されているとは思わなかった。しかし、せっかく手に取ったのだからと、ぱらぱらめくってみた。どうせ読みもしないし、将来役に立ちそうにも見えなかった。ところが本の終わりのほうに、二人の作品や関係者のポートレイトが載っていたのである。おや、と思って捜すともなく頁を繰ると、もしかしたらという絵柄にぶつかった。タイトルに、'Isabella and the pot of Basil' とあった。私は食い入るように、そのモノクロの写真に見入った。女は、漱石がよく作品に登場させる、目の大きな立派な顔をした女性である。やつれたり、しぼんだりは全くしていない。たしかにある種、意志は強そうだが、鉢にしがみつくというより、優しくもたれるという風情である。キーツの作品から受ける激しい印象よりは、随分やさしい。また、当分死にそうにもみえない。

説明によればこの絵は、ニューカッスル＝アポン＝タインのレイング美術館に所蔵されているらしい。ロンドンの北方四百キロのその都市に、漱石が訪れた形跡はまったくないから、写真・複製のたぐいで目にしたのだろう。私の探索もこれで終わり、なんとなくある秘密を漱石と共有しているような仕合せな時間が過ぎた。

ところが不思議なもので、いったん出会ってしまうと、その後はちょくちょくその絵を目にするようになった。もともと私が迂闊であっただけで、世の中には案外知られている有名な絵なのかもしれない。しかし、私が昼休みに邂逅したときの喜びは、いまもはっきりとよみがえってくるのである。

ホルマン・ハント作「イザベラとメボウキの鉢」

（二）ジョシュア・レノルズ作「悲劇のミューズに扮したシドンズ夫人」

十八世紀イギリスの肖像画

二つ目の絵は、『文学評論』に出てくる、ジョシュア・レノルズ作「悲劇のミューズに扮したシドンズ夫人」である。『文学評論』（一九〇九）は、もともと東京帝国大学で「十八世紀英文学」という名の下に行なわれた講義をまとめたものである。こちらは話が具体的で、鑑賞的側面の多い内容であるから、『文学論』にくらべると読みやすいし、評判は悪くない。日本で刊行された十八世紀の英文学を概説した著書として、今日でも充分に通用するどころか、今日まででもっとも優れたもののひとつ、などという評語もあるくらいである。

取り上げられた個々の文学者についての評論が優れている、という評があるのはもちろんとして、そのもっとも評判がよいのは、当時の社会一般に関する記述である。当時のイギリス社会の有様が、実に生き生きと描かれている。これは一つには、漱石がすでに作家としてデビューしていたことが関係していると思うが、筆がのびのびとしていて、その点でも『文学論』とは対照的である。講義を始めたのは、明治三十八年（一九〇五）九月（始まりの一部は、前学期にすでに話していたらしい）で、その年の正月に『吾輩は猫である』を発表して以来、連載が「五」まで進んでおり、漱石にとってはじめての著書となるその上編が準備されつつあった。また、後に『漾虚集』としてまとめられる諸短篇のうち、正月の『倫敦塔』以来すでに五作が発表されていた。創作と講義とを同じように考えることはできないかもしれないが、自分の表現に手ごたえを感じ、自信をもっていたらしいことが、表現そのものににじみ出ているように思われる。

十八世紀のイギリスの状況については、「哲学」「政治」「芸術」「咖啡店《コーヒー》、酒肆《しゆし》及び倶楽部」「倫敦」「倫敦の住民」「娯楽」「文学者の地位」「倫敦以外地方の状況」の九項目にわたって概説されるのだが、その「芸術」の項ではもっぱら絵画が扱われる。はじめにハンデル（ヘンデルの英語読み）の名が出るが、「私は音楽に就て不案内だから何も話す事が出来ない」といって、すぐに画家の話に移る。

そうしてまず、ホガース（William Hogarth, 1697-1764）を取り上げる。「鋭い観察による諷刺的風俗画や版画を描いた」（広辞苑）といわれるように、彼は、ギリシアの神々や古代の勇者を描く、「気取つた上品振つた高尚がつた画風を唾棄した」。そうしてもっぱら同時代の、「汚苦《むさくる》しい貧乏町や、俗塵の充満して居る市街を択ん」で描いた。それも尋常一様の風俗ではなく、滑稽的・諷刺的味付けを忘れなかった。情事の前後における男女の姿態の変容を、あからさまな版画（油彩もあるらしい）にして発禁処分を受けたこともある。また、富貴な貴族の結婚前から結婚後に至る凋落の人生を、六枚続きの版画にした。

第一は結婚の約束の場、第二は朝飯の場で亭主は宿酔、女房は欠伸《あくび》の体《てい》、両人共冷淡で無頓著で何《ど》う見ても夫婦の情合らしいものが現はれて居らない所。第三は既に財産を蕩尽した亭主が健康を害し医者に見て貰つてる図。第四は女房が自宅で大勢を聚《あつ》めて放埒を尽して遊んで居る所。第五は女房の不義をして居る処を見付けて、亭主が剣を抜いて飛び込むと、却つて姦夫の為めに刺されて無惨な最後を遂げる。第六即ち一番仕舞の一枚には女房が毒を仰いで死ぬ処が描いてある。そこへ阿爺《おやじ》が来て娘の手から金剛石の指環をはづすと云ふた様な皮肉がある。

そのほかにも、放蕩児や娼婦の一生といったものが描かれるというわけで、漱石は、「ホーガースの画は疑もなく卑猥である」と結論づける。そうしてこれは、『トム・ジョウンズ』や『ジョゼフ・アンドルーズ』で知られる十八世紀イギリスの作家フィールディングの、滑稽的で、無遠慮で、諷刺的で、それでいて倫理的である点において、大いに共通するという。

この「倫理的」というのが、ホガースとどうつながるのかは、説明がいるかもしれない。それはおそらく、ホガースの絵が、「故意に、もしくは無理無体に、露骨を衒《てら》ひ過ぎるから、一種の意味の理想画で又一種の意味の写実画及び風俗画である」ということに関係している。ゆがめるほどに描くのは、そこに真実の誇張があるわけで、それがあくまでも真実から発しているところが、倫理的である、ということなのだろうと思う。漱石、いや近代においては、倫理的とは、教義や戒律の定めるものではなく、第一章でみた『それから』の代助がいうように、現実という今ある事実に発するものであるのだからである（第一章（三八頁）でのべた、自然主義が道徳的である、というのも同じ文脈に属する）。――念のためにいうと、その「誇張」を批判精神と結びつけるとかえって話がわかりにくくなる。批判精神がはたらいているのはたしかであろうが、そちらに重心を置きすぎると、その「倫理的」は、教義・戒律によって定められる倫理に、限りなく近づいてしまうだろう。

漱石はこのようにして、ホガースを紹介しつつ、十八世紀イギリスの一面を鮮やかに切り取ってみせる。ホガースの次に登場するのは、レノルズ（Sir Joshua Reynolds, 1723-92）である。肖像画家として、日本でもその名は知られているが、漱石は彼が、なぜ肖像画の開拓者、その技術の「開山」とされるかを以下のように解説する。それまでの肖像画は、「肉でも衣服でも性格でも態度でも、筆に任せて在来の約束に従つて描き上げた者」であったのを、一変させた。すなわち、画には落ち着きがある、驚くほどの緻密な観察がある、捉えにくいような情を巧みに捉えている、描かれた人物が画面の中で躍動している、という。これらの評は、漱石がその作品を見て直接感得したものでは必ずしもなく、当時流布していた評価を敷衍したものだろう。

レノルズの当時にあって、肖像画は画家たちの大切な収入源であった。しかしその絵は、実際のところ似顔絵と評されても仕方ないものだったというから、漱石のいう「在来の約束」も、いわば似顔絵のテクニックくらいの意味かもしれない。レノルズは、教養のある野心家で、そのテクニックを師匠から学んだ後、当時のいわゆるグランド・ツアーに出てイタリアに滞在する。そこでミケランジェロ、ラファエロ、さらに古代の作品から熱心に学んだ。そうして、歴史画と肖像画は融合しうるという結論に至ったらしい。つまり似顔絵に、由緒正しい歴史画あるいは古代の彫刻などの構図、モチーフ、ポーズなどを持ち込んで、モデルの個性を際立たせ、肖像画としての力強さをもたらすことに成功した。イギリスに帰ってからは、その肖像画が広く認められるところとなり、身分や教養のある人々の注文が増え、在来の似顔絵師の地位を脱却し、社交界で高い名声を獲得するところとなる。その勢いは、ロイヤル・アカデミーが創設されたときに、その初代会長に選ばれたほどである。

レノルズは、十八世紀も終わりに近づいた一七九二年に六十九歳で亡くなるが、晩年は耳も聞こえず眼も見えずという状態であった（耳はイタリア滞在中の無理がたたったもので、若いころから悩まされていたのだという）。それでも最後までアカデミーの会長を務めていた。二十数年に及ぶ会長在任中には、十五回の会長講演を行ない、それは『講演集』（*Discourses*）として刊行され、高い評価を得た。漱石の蔵書目録にもこの『講演集』を認めることはできるが、読んだ形跡はなさそうである。しかし、ロンドン留学時代に漱石が熱心に読んだ、コータプ（コートホープ）著『詩の命、趣味の法則』から、孫引きのようにして、『講演集』に言及している「ノート」があるので、それをちょっと紹介しておこう。

一箇所は、芸術上のスタンダードが何によって設定されるか、についての考え方で、コータプの引用によれば、レノルズは、いわゆる巨匠（old masters）が巨匠として存在する継続期間が長くかつ安定性をたもつことがスタンダードを産む、とするのに対し、コータプ自身は、巨匠そのものがスタンダードの代表者となる、と主張しているらしい。漱石はその対照に注目している。

もう一箇所は、普遍（universal）に関するノートに出てくる。漱石の留学時代の一番大きな格闘は、この普遍というものの呪縛からの解放ないし脱却であった。イギリスあるいは西洋が、自分たちの世界の中でさかんに普遍なるものを定立し、それをもって人類世界全体を統《す》べようとすることへの抵抗である。今問題にしようとする『講演集』の引用の四項目ほど前には、コータプが韻律を用いなければ（つまり散文 prose では）表現できない思想・観念があり、そこに韻律の必要性を認めようとしてある詩の一節を引用しているのに対して、漱石は「余云フ prose デ云ヒ得ルナリ日本ノ prose ニハカカル idea 多シ」と反論する。これも明らかに、西洋の韻律に普遍的な価値を置こうとすることへの抵抗である。

その二つ後の項目には、漱石自身の考えが記されている。これは本章の（一）で紹介した「英文学形式論」の「音」に関係している。漱石は詩の要素を、思想と音とに分け、そのいずれもが情緒と結びつくことによって、詩が形成されるとする。その思想のほうは普遍的（universal）なものと、個別（private）のものがある。音のほうは「local」であって、こちらの普遍的には疑問符をつけている。「idea ニハ universal ノ者アラン。universal ニ近キ者アラン。sound ハ如何ニ余ハ之ヲ知ルニ苦シム」というわけである。次の項には、コータプは普遍的なものに重きを置いて、現代の個人主義を非難している、とあり、さらに次の項にいたって、『講演集』が引かれている。

前後の文脈はわからないが、『講演集』の第五講からとして、コータプから孫引きされているのは、「卓越の極致では、正反対の性質が一つのまとまりをなしているように見える」という意味の文章である。漱石はこのような不用意な発言には、必ず嚙みつく。まず、こんなことは可能だろうか、と疑義をさしはさむ。そうして反証を挙げる。黒といえば、それはもう白ではないし、白といえばもう黒ではない。鼠（色）といえばそれは黒でも白でもないではないか、と。白と黒は正反対の極致だろうが、そこにはひとまとめにくくれるようなものは見出せない、というつもりなのだろうか。原文の文脈はわからなくても、このような漱石と著者とのやり取りをたどるのは、なかなか面白い。漱石の肉声を聞いているような気分になる。

さて、理論家でロイヤル・アカデミーでの教育にも熱心であったレノルズは、「天才は伝授可能であり、霊感と公言されるものすべては嘘と欺瞞である」という立場であったという。これは、ロマン主義のウイリアム・ブレイクにひどく非難され、ブレイクに「この男は芸術を抑圧するために雇われたのだ」とまでいわれたそうである。またラファエル前派の画家たちは、アカデミーでの教授法に不満をもち、レノルズのことを「ペンキ塗り先生」とあだ名をつけていたという。一方では、すでにして巨匠であるという評価すら受けていたのだから、絵画に対する評価というものも、なかなかむずかしい。

これは時代的には『文学評論』よりずっと後のことだけれど、漱石も同じような述懐をもらしているから、ちょっと紹介しておきたい。大正元年（一九一二）の文部省美術展覧会（文展）の批評を、漱石は「文展と芸術」（十二回連載）として朝日新聞に発表する。その第六回で、絵画・彫刻・音楽などの芸術の鑑賞力には、人により「随分な差等」があって、しかもそれなりの眼のある人でも、場合によって評価が異なることがあるという。それに引き換え、とやくだけて、「異性に対する美醜の判断」は、だれでもすぐに好き嫌いの判断を下すことができて、しかも揺るがないという。漱石はその後、展覧会に出品された個々の作品に対して、好悪をかなりあからさまに表明し、優劣の断を下してゆくのだが、最後にいたって、次のように批評を締めくくっている。「審査の結果によると、自分の口を極めて罵つた日本画が二等賞を得てゐる。自分の大いに賞めた西洋画も亦《また》二等賞を取つてゐる。して見ると、自分は画が解るやうでもある。又解らないやうでもある。それを逆にいふと、審査員は画が解らない様でもある。又解るやうでもある」。

話を元に戻して、レノルズについて漱石の紹介するところを追ってみよう。漱石がレノルズを持ち出したのは、あくまでも十八世紀のイギリスの人と社会についての特徴づけのためであるから、話は、なぜ肖像画がもてはやされたのか、へと移って行く。ある本で読んだことだが、と断って、その頃に農業上また牧畜上に大きな改良が行なわれ、その結果として「百姓の黄金時代」ともいいうる物質的膨張があった。そうして誰もが競うように肖像画を求めたのだという。しかし漱石は、待てよ、と立ち止まる。壁にかけて眺めるのだったら、肖像画でなくとも、風景画でも歴史画でもよいはずではないかと。

そうして、ここからは自分で考えたことであるとして、その見解を開陳する。漱石は肖像画とは文学にたとえれば、どんなジャンルに相当するだろうかと考える。写実小説かといえば、それはむしろホガースの絵に対応するだろう。歴史的ロマンスは歴史画で、古代の神話に材を得た詩ならクラシカルな題目の絵画、というように考えを進め、肖像画は性格描写に相当するのではないかという結論を得る。文学における性格描写は正にこの時代に始まったものであるからして、これは同根の現象ではないかという。つまり、十七世紀におこった文学における人物の描写は、僧侶なら僧侶、教師なら教師というようにそれらをそれらしく描写するのであったのが〔漱石の言葉で言えば、それは「類型以上に漠たるもの」〕、十八世紀になると登場人物の性格を描き出すようになった、というのである。

一方肖像画は、目の前の人物をそのまま描写するのであって、モデルをある目的の方便とはしていない。憂い顔はそのまま描けばよいし、笑顔も同様である。この場合もう少し真面目な顔をしてくれと、モデルに頼む必要がない。「描かるべき人物が、偽はらざる自己の表情即ち性格の符徴を持つてくるのを画家の方では随時に摸写する」のだから、性格描写そのものではないかというわけだ。漱石は「甚《はなは》だ浅薄の思付《おもいつき》であるとは〔自分でも〕気が付いてゐる」と謙遜しているけれど、本心はどうであったろうか。

レノルズの絵について、実はもう一つ十八世紀の特色を帯びていることがある、と漱石は続けている。それは十八世紀が、「クラシカルな世」であったということに関係する。フィールディングやホガースのように、身も蓋もないような人間性の現実を直視するのも、たしかに十八世紀だけれど、「約束的」な世の中でもあった。「クラシカル」とは古典主義のことであろう。ギリシア・ローマの古典の中にある種の規範をみとめ、その規範の中で、その約束を守って芸術的表現をなすというのが、「約束的」の意味するところだろう。肖像画はそれ自体、さきほどの性格描写のように、クラシカルなものではない。そこに、レノルズが歴史画の要素を持ち込んだことは、前にも書いたとおりである。「レノルズは此中間に立って巧みに此二者を調和して彼の画を時勢に応ずる程のクラシカルなものにしたのである」。同時代の肖像画のモデルに古代の服装を着せたり、モデルそのものを上代の神に見立てたりした、と述べた後で、その具体例を漱石は挙げている。

かの有名なるシドンス夫人が悲劇の女神として此画家の手に不朽の芳名を垂れつゝあるは洽《あま》ねく人の知る所である。

これは実際有名な絵だから、レノルズを取り上げている画集を開けば大抵は掲載されている。そうしてその絵は、アメリカに渡って、現在もカリフォルニア州サン・マリノのハンティントン美術館に所蔵されているのだという。

この絵は一七八四年に制作されたから、それから百年以上経って漱石がロンドンに滞在したころは、すでにイギリスにはなかった。漱石は、その絵をどうやって見ることができたのだろうか。もちろん漱石は絵画好きで、漱石山房の蔵書目録を見ると、ニューンズ・アート・ライブラリーという絵画シリーズがあって、その中の一冊がたしかにレノルズに充てられているから、それで見ることができただろう。私は、それで半ば納得したようなものの、どこかに引っかかるものを感じていた。

ちなみに、このニューンズというのは、ジョージ・ニューンズという人が起こした出版社で、一八九一年に創刊した『ストランド・マガジン』は、シャーロック・ホームズの一連の物語を掲載したことで知られる。私は例の週末の古書市で、同じ絵画シリーズで漱石の蔵書にもある、『ティントレット』の巻を掘り出したことがある。アート紙にモノクロで印刷された、ちょっと持ち重りのする立派な造本である。

「シドンス夫人」すなわちセアラ・シドンズは、一七五五年に両親とも俳優のケンブル家に生まれ、小さいときから親と同じ一座に属して旅回りをしていた。セアラは長女で、兄弟姉妹十二人がすべて俳優、なかでもフィリップ、チャールズの二人の弟は、それぞれ悲劇、喜劇を得意として名を成したという。セアラは二十歳になるかならないかのころに、同じく俳優のシドンズと結婚、シドンズ夫人の名で知られるようになる。

彼女は、同じ『文学評論』のなかで、「十八世紀の舞台と離すべからざる関係を有してゐる」とされる劇場・演劇の一大改革者、ガリックに認められてデビューするが、一度目は失敗、七年後の再デビューで大成功を収め、以来大女優の地位を譲ることがなかったという。肖像画の紹介で漱石が「悲劇の女神」といっているのは、レノルズが与えた画題 "Sarah Siddons as the Tragic Muse" からとったものである。なぜそう呼ばれるのかというと、彼女の最大の当たり役が、シェイクスピア『マクベス』のマクベス夫人役であったことに象徴される悲劇役者であり、当時の批評家に「彼女は人格化された悲劇だ」(She was tragedy personified.) と評されるほど、高い評価を得ていたからである。

「fに伴ふ幻惑」をめぐって

(一) で述べたホルマン・ハントのイザベラの絵の話は、『文学論』において、情緒fの変化の一形態である「転置」の説明のときに、持ち出されたのであった。「fの変化」の次の章は、「fに伴ふ幻惑」と名づけられている。この章の中に、シドンズ夫人のことが出てくるので、そのことを紹介したい。「fに伴ふ幻惑」という言葉は、第一章で『それから』の主人公代助とその父の描写に触れたときに出てきたが、いま少しくその内容に立ち入ってみることにする。

はじめに、fにはどのようなものがあるかの説明から入る。それには二通りの分け方があって、一つは「読者のf」「作者のf」「登場人物のf」というわけ方である。文学作品に接したときにおこる感情の動きがすなわち、読者のfである。同じように、作品を制作する作者も、何らかの情緒に動かされてそれを表現しようとするのだから、作者にも固有のfがあるべきはずである。そうして作者のｆは、必ずしも読者のｆと一致するとは限らないから、別物としておく必要があるだろう。また、登場人物は、必ずしも作者と同一の情緒を持っているわけではないから、これも分けておく必要があろう。しかし漱石はこの三つがあるという指摘だけで、「今論ぜず」と通り過ぎてしまう。

もう一つのｆの分け方は、直接経験によって引き起こされる情緒と、間接経験によって引き起こされる情緒の違いである。実際に登山をして山頂から四囲を眺望するのと、写真やテレビの画像で居ながらにして眺めるのとでは、それぞれにおこる情緒は、たがいに異なるというわけである。実際の人生を生きていて病苦に悩まされるのは、誰にとっても苦痛だが、他人が悩まされているのを文字を通して追体験するときは、甘美な情緒にさえいざなわれることがある、という問題である。なぜそういうことがおこるのか、この間の事情を、漱石は解明しようとする。

一つは作者の腕である。それを漱石は「表出の方法」と名づける。作品を作る側における、どう取り扱うか、どう解釈するか、どう表現するか、の問題である。もう一つは享受する読者がどのように幻惑されるか、の問題である。二つに分かれるけれど、同じ問題の表裏に過ぎない。漱石は、それを分けて考えようというのである。

作者の側の問題では、作者自身の人生観や世界観が大きく影響するのは当然である。しかし漱石は、混雑を避けるためと称して、「暫く此種の大袈裟なるものを措」いてしまう。そうして、もっぱら醜く劣っていて不快感をもよおすものを描いて、どうして読者の幻惑を引き起こすことができるのか、について考究する。まず感覚的な、美醜の問題に着手する。漱石は四つに分けて論じているけれども、実質的には三つのゆき方に整理できそうである。
その一番目は、たとえ醜く不愉快なものでも、それが美しく快適な物を連想できるように描けば、読者はその連想の力で幻惑されるだろうという。その例として、ポープの「バースの女房」と、その元となっているチョーサーの『カンタベリー物語』の中の「バースの女房」の一節を比較する。もちろん英文で比較するのだが、ここでは訳文を掲げて漱石の言わんとするところを窺うことにしよう。はじめにポープの方。

彼はこんな話を読んだことがある。――アリアスが友に嘆くには、
彼の庭に不吉な木が一本生えていて、
その上で妻が三人つぎつぎに
輪縄をからませ、風にゆらゆらと揺れていた。(出淵博訳)

チョーサーの方は次のようである。

それから彼がわたしに語るには、ラテュミアスという男が
友人のアリアスに嘆いて言った。
――彼の庭に一本の木が生えていて、

その上で三人の妻が嫉妬に燃えて
首を括ったと。（同訳）

ポープのほうは、首を括るというようなおぞましい言葉を使わずに「輪縄をからませ」と「比較的間接にして且滑《かつ》かな感じを聯想せしむる言語を用」いているし、「ゆらゆらと揺れ」というように、「藤の花、かづら抔《など》の風裏に揺曳する様を聯想せしむる字句を使ひたるが為め、意味は首を縊りたるなりと合点せらるゝにも関せず、首縊りに関する醜悪なる光景は眼前に浮び来らぬなり」、という。

連想の次は、表現があまりにいきいきしすぎているために、そちらに気をとられてしまう場合である。これこそが詩人の技であり、その躍如たる奇警かつ非凡な表現に読者は幻惑されてしまうのであるという。漱石はこの「躍如たる」と「奇警にして非凡」を分けているけれど、その違いがどこにあるのか私にはわからず、同じことであるように読める（二七四―二七五頁参照）。例は、「躍如たる」のほうは、スペンサーの『妖精女王』のデュエッサ（これは「欺瞞」と「恥辱」から生まれた「虚偽」を象徴している妖女）の醜さを描き出した部分である。長い引用なので省略するが、たとえば、「歯は腐った歯茎から抜け落ちて、／すえた息が堪え難い悪臭を放ち、／干涸びた乳房は、気の抜けた浮袋さながら、／垂れ下って、穢らしいものがそこから涌いていた」（出淵博訳）といったあんばいである。

「奇警」のほうは、『マクベス』の妖婆三人が、まじないのために鍋でいかがわしいものを煮る場面の描写をあげている。マクベスの妖婆が怪しげな物を煮るところは、『虞美人草』において、「謎の女」とされる甲野の継母が他人の心をもてあそぶのを、「近づく人を鍋の中へ入れて、方寸の杉箸に交ぜ繰り返す」と、比喩的に表現しているところにも使われている。すなわち、「悲劇マクベスの妖婆は鍋の中に天下の雑物を攫《さら》ひ込んだ。石の影に三十日《みそか》の毒を人知れず吹く夜の蟇《ひき》と、燃ゆる腹を黒き脊に蔵《かく》す蠑螈《ゐもり》の胆と、蛇の眼と蝙蝠《かはほり》の爪と、――」（『虞美人草』「十」）とつづく。これはたしかにシェイクスピアの、奇警にして非凡なる技であろう。

これは余談で、脱線であるけれど、私は『虞美人草』のここに出てきた「方寸の杉箸」にこだわったことがあった。「方寸」は一寸四方、すなわちわずかな大きさを意味する。人間の心は胸中の方寸の大きさの中にあると考えられたことから、心、心中などを意味するようになったという。漱石も好きな言葉で、作品にも、ときどき顔を出す。だからここも「心の箸」を意味すると考えやすい。実際、しばらく先には、「攪《〔か〕》き淆《〔ま〕》ぜるのは親切の箸と名づける」ともある。親切ごかしで、人を自分の意のままに動かそうという意味であるにちがいない。それを鍋の中の芋をかきまぜるように、大鍋の中で人体をかきまぜることに喩えようとし、それだから「方寸の箸」でなく、「方寸の杉箸」と言う必要があったのだろう。だからここでは、芋を煮るのに使えるような普通の箸ではなく、断面が一寸四方の大きな杉の箸でかきまわす、という具体的な物体と動作を表現しているのではないかと思ったのである。方寸は小さいが、それでもそれだけの断面のある箸は、かなり大きいといえるだろう。もちろんそこに心を含意させた、とは言えるかもしれないが、「心の杉箸」では、対象が相手の気持ちではなくあくまでも人体なのだから、表現がつながらないように思うのだが、いかがだろうか。

閑話休題。作者のもう一つの「表出の方法」は、除去とか抽出と呼ばれる方法で、表現すべき対象の醜怪なところから、醜くないある一部分だけを引き出して表現するという方法である。漱石はシェリーの「ロザリンドとヘレン」のなかの蛇の描写を例として示す。

蛇、
青白い蛇は息をはずませながら、
真昼の渇きを癒そうと這いよってきて、
彼方の空の円天井の永遠の蒼みから放たれた
混じりあった色調に輝き、
暗く、澄んだ流れに浮かび、
自らの美しさに照らし出されている。（出淵博訳）

この表現は、蛇に具わっている「特点」のうちからその「美なるものゝみを列挙し」、その美のためにすべてその他の「醜なるものを隠蔽し去」ったものであるという。

以上は美醜の感覚的問題についてのことだが、善悪のような人事の問題についても同じように考えることができる。ただ、この人事の問題は、感覚の場合のように、善悪がはっきりと固定的に存在するわけではない（もちろん感覚の美醜だって、個人により、時代により相違・変遷はまぬかれないが、人事にくらべれば固定的側面が強く、そのために「連想」などによって「鷺を烏」といいくるめる手品のようなものが必要とされた）。そもそも道徳の徳目には、対立して互いに相反するものがある。たとえば、意気は謙譲、大胆は内気、独立は服従、勇気は温厚、主張は恭順といった具合である。だからキリストその人を描くとして、右の頬を撃たれれば左の頬を出すというような修養を具え虚懐謙譲で、抵抗するということのない無上有徳の人物として描くことが可能である反面、気魄なく熱情なく卑屈優柔であって死ぬまで愚痴をこぼし、何かあると神に救いを求める「軟骨漢」として描くことも可能である。

元来、紳士とか君子というのは表面的な評語であって、裏面には野呂間、馬鹿などの意味が含まれている。利口な人はずるい人でもあり、俊英な人は生き馬の目を抜く人でもある。だからその対象をどう表現するかは、「作家の腕」に帰するのだ、というわけである。これが感覚の場合の「連想」に相当するのかどうか、私にはよくわからない。

以上の連想の力を借りて幻惑をひきおこすゆき方につづく、二つ目の躍如たる叙述、というのはわかりやすい。悪徳漢を描いても、躍如たる描写により文学的感興を引き出すことができるというのである。ここでは例が示されるだけで、具体的な作品からの引用はなされていない。

最後は、除去による方法で、都合の悪いところは書かないというゆき方である。これは見方によれば、一番目とつながっているともみることができそうだ。漱石は自分でも、この三つの分け方がくっきりしているとは思わなかったのだろう。三つの区別に気をとられて、本質を見失わないように、と注意している。

この三つ目の除去の例を紹介しよう。小さいときから叔父に育てられ、今なおその監督下にある少女がいる。いずれ相続すべき莫大な財産がある。その少女には貧しい青年の家庭教師がついている。この二人が、しだいに惹かれるようになって、叔父に内緒で夫婦になる約束を交わしてしまう。そうしてその次第を叔父に告げる場面を、長く引用する。作品は、シャーロット・ブロンテの『シャーリー』である。

しかし引用するその前に、漱石は、この場合を常識で判断すればとして、叔父への同情と若者への反発を記している。ところが実際にその場面を読んでみると、不埒な若者にどうしても同情してしまうように、分からず屋の叔父に反感をおぼえるように、作者に連れてゆかれてしまう、というのである。その会話は長いのでここでは紹介できないが、そこに除去の方法が巧まれているというのである。つまり、叔父は本来、分別があり、姪が人生を過たないための利害得失を思量する人物であるが、そういう一面は描写から「除去」されて、恋の妨害者としてのみ登場させられている、というのである。

感覚、人事以外の超自然や、知的つまり抽象的な事柄に関しても同じように考えることができる。

漱石はごく簡単に述べているだけなので、ここでは省略する。

こんどは、読者におこる幻惑についてである。そもそもこの幻惑に関する考察の端緒は、直接経験と間接経験との差異への着目に発していた。文学的作品に読者が接するのは、間接経験そのものだが、直接経験が間接のそれへと変化するときに、二つの重要な現象が生ずるという。作品によって読者にある情緒が引き起こされるとき、それは直接経験のばあいの情緒とどこが違うのだろうか。たとえば直接に月を見たときの情緒と、月を詠んだ詩歌から情緒を得た場合では何が違うのか。これは、読者の性状と作者の表出法の巧拙によってまちまちであるけれど、百聞は一見にしかずの言葉通り、直接経験のほうが強い情緒を引き起こすにちがいないとして、My heart thumped upon my ribs.（心臓がどきんと肋骨を打った）という英文を引く。日本でも驚いたときに、心臓が飛び出しそうになった、などというけれど、それに対応する表現なのだろう。漱石は、「誠に適切の語法にして如何にも活動せる様躍如たり、されども如何に活動すればとて其結果は依然として知的再起にして到底実地の経験に伴ふ感に近づき得ざること明《あきらか》なり」という。

「知的再起」とは、文章を理解するという知的な作業によって、情緒が引き起こされるという意味であろう。「情緒の再発」という言い方もしている。これは前に紹介した、金子健二の講義聴講ノートでは、「emotion の revival」もしくは ‘revival of emotion’ という形で筆記されており、講義ではそういっていたのを、本にするときに、原稿を整理した中川芳太郎が日本語に訳したものなのだろう。少し後のところでは、「情緒の復起」ともあり、いずれにしても現実の直接経験によって得た情緒を、書かれたものを読むことによって再び喚起することを、表現する言葉と考えられる。

本を読んで、実際にびっくりする以上の驚愕の情緒を引き起こされるようでは、安心して本を読むことはできない。漱石は、心霊現象のような気味の悪い文章をA・ラング『夢と幽霊の本』から引用したり、スティーヴンソンの『ジョン・ニコルソンの災難』からいかにも寒い情景を描写した文章を引いて、その間の事情を説明している。寒さのほうを、訳文で紹介しよう。


地面は鉄のように堅く、寒気はまだ凍《い》てついていた。彼が柊《ひいらぎ》の木立のあいだを縫っていくと、氷柱《つらら》が音を立てて、煌めき落ちた。彼が行くところ、空腹で餌を待ち侘びる雀の群がつき纏った。（出淵博訳）

漱石は、「語数は少けれども其印象の頗る明瞭なるは誠に直接経験に似たり、如何にも寒げなり。されども「寒げ」なる感は「寒」なる感と其間に判然たる区別を有することを忘るべからざるなり。若〔も〕しこれを読みて実際寒さを覚え胴震〔どうぶるい〕する人あらば読書とは先づ防寒の用意して後に始めて着手すべきものならん」と、冗談めかした論評を加えている。

そうして、前にも紹介したリボー『情緒の心理』から、情緒と記憶に関する見解を紹介する。間接経験によって、かつての直接経験で得た情緒を復起するためには、情緒が記憶されていなければならない。ところが、去年の夏の暑さと今年の暑さを比較できないように、情緒とは一般に記憶に残されない。もしそれを云々できる人がいるとすれば、それは知的な記憶を援用しているにちがいないのであって、情緒そのものの比較はできないものであるとする。そうしてリボーが、情緒と記憶との関係を三つのタイプに分けているのを紹介する。すなわち、「情緒の記憶は大部分の人々にありては虚無なり」、お産で非常に苦しい目にあった婦人が、ひとたび産んでしまえばけろりとしている、という例が引かれる。次は「或人々は半ば知的、半ば情緒的記憶を有す、即ち其情緒的分子は知的状態の聯想力をかり、たゞ其一部分を想起し得るに止まる」。そして三番目は、「極めて少数の人々は真正の完全なる情緒の記憶を有す」である。

漱石は、一番目では「情緒の復起」がないから、文学を味わうことが不可能になってしまうし、三番目では、たとえば「防寒の用意」が必要になるので、文学を享受できるのは二番目の状況を措いてほかにない、という。しかし、一番目は「大部分の人々」がその対象となるというのだから、大部分の人は文学とは無縁ということになる。

漱石はロンドン留学時代に、九カ月ほど、クレイグというシェイクスピア学者のもとに通ったことがあった。クレイグの話は「規則正しい講義」などではなく、「文学上の座談」であったと、『永日小品』のなかの「クレイグ先生」というエッセイの中で語っている。そのおなじエッセイに、「ある時窓から首を出して、遥かの下界を忙しさうに通る人を見下《みおろ》しながら、君あんなに人間が通るが、あの内で詩の分るものは百人に一人もゐない、可愛相なものだ。(中略)——実際詩を味ふ事の出来る君だの僕だのは幸福と云はなければならない。と云はれた」という一節がある。文学が分かるという射程の取り方は、おそらくいろいろあって、詩は分からなくても、ホームズは面白いという同時代人はたくさんいただろう。ここではそのことに深入りはせず、情緒の復起がなくても、またそれが強すぎても、文学を味わうのが難しくなる、というくらいのところで話を先に進めよう。漱石はその間の事情を、次のように総括する。

一口に云へば吾人が文学書を読み面白く感ずる主因は元の情緒が幾分か稀薄になつて出現し来るにありて、即ち其刺激の堪へられぬ程に強くもなく、さりとて又蠟を嚼《か》み冷水を飲む底の興奮なき腑抜けにあらず、此中間に位するぬる過ぎもせず熱過ぎもせぬ、謂はゞ情緒の上々燗を吾人に与ふるが文学書の文学書たる所以《ゆえん》なるべし。

ところが、世の中には、いわゆる三番目の、情緒の復起のきわめて強い者がいる。シェリーが、コールリッジの「クリスタベル」の朗読を聴いていて、そのもっとも恐ろしく物凄い段落に差しかかったら、「突然卒倒して人事不省に陥」ったという話や、作品上の出来事と実際との区別がつかなくなった人々の例をあげて、シドンズ夫人の場合の紹介に入る。長いけれど、その一段落を引用しておこう。

又名優 Mrs. Siddons が Lady Macbeth の役を研究して感じたる恐怖の念は彼女自身之《これ》を書

き伝へたり。「妾《わたし》は其日々の家事を全く片附けて後、劇中人物の稽古をなすを習慣とせり。Macbeth 夫人の初役の前夜、妾は平常の如く一室に閉ぢ籠り此大役の練習に取り掛りしが、長からぬ役なれば雑作もあるまじく、加之《しかのみならず》妾は其頃二十才の妙齢なりしかば、科白《せりふ》さへ呑み込めば其他の方面には左《さ》したる用意も要《いる》まじと、其人格の発展等に関する微妙の工夫に就ては殆ど予期するところあらざりき。其夜四隣鎮まりかへりし深更に、妾は心を落ちつけ、一場又一場と練習を進めしが、やがてかの殺しの場に至りし時恐怖の念俄《にわか》に湧き来り、最早其先き一歩もふみ出し難くなりしかば、急ぎ燈をとり、恐しさに魂も消えんばかりにわが室を出て階段を登るにも己が衣の音に、何者か追ひ来るが如く覚え、漸くに寝室に帰りぬ、其室には夫熟睡し居たりしが、燈を消す勇気もなく、衣服さへ其儘に床にまろび入りぬ」。

こうしてようやく、シドンズ夫人にもどることができた。しかし、このまま『文学論』を離れるのはあまりに中途半端だから、絵の話に戻る前に、もう少しだけ「幻惑」の話を続けよう。このシドンズ夫人の例で、直接経験と間接経験の量的な、つまり直接のほうが間接より情緒を引き起こす力が強いことの例証は終わり、次は両経験の質の差に移る。

質的には何が違うかというと、既に出てきたことに関係するが、間接経験、つまり文学作品を通じて経験するときは、それがすでに作者というフィルターによって取捨選択が行なわれているということである。つまり都合の悪いところが除去されている経験であるところが、直接経験とは異なるというわけである。

そこで除去ということが読者にどのような幻惑を与えるかが、つぎの問題になる。除去の効果は、三つに分けられる。はじめは、これは作者とは直接関係なく、作品が本質的に抱えている問題である。たとえばどんなに嫌な男が出てきても、その男によって実生活が煩わされることがない。漱石はこれを「自己関係の抽出」と称している。

二つ目は、「善悪の抽出」。これらの場合、漱石は「除去」ということばと「抽出」ということばを、ほぼ同じ意味、文脈で使っている。善悪の抽出というのも、わかりにくい言い回しで、実際は道徳観念に煩わされずに文学が楽しめる、ということである。自殺しようとする人物が出てきても、自殺は悪いことだから止めさせなければ、と思い悩む必要がない。そのゆき方には、「非人情」と「不道徳」がある。「非人情」は、道徳的分子を含まないゆき方で、漢詩の「李白一斗詩百篇、長安市上酒家に眠る」という例が上がっている。また「不道徳」の方は、『シャーリー』の例のように、本来同情されるべき登場人物が、描き方によって邪魔者あつかいされるような場合。それから、同じ不道徳でもあまりに崇高であったり、滑稽であったり、美しかったりするので、つい道徳方面のことを忘れてしまう場合である。火事のみごとさについ見とれて、その悲惨を忘却するのは崇高の例。滑稽はたとえば落語、美しさに惑わされるのは裸体画、などと例示して、それぞれについて説明している。

三つ目は知的なセンスの除去。これは『聖書』やミルトンの『失楽園』などで、それが知的には荒唐無稽であっても、それで通用してしまう。漱石は、「かの俳文学の如きは誠に個中の消息を伝へて遺憾なきものといふべし。俗人は知的に意味が解し難きが故に面白からずと云ふ。されどある俳句に至つては分らぬが故に文学的価値ありとさへ云ひ得べし」とも言っている。

「ダリッチ美術館展」のカタログ

以上で、「f に伴ふ幻惑」の章は終わる。いよいよレノルズの絵に戻って、この文章に落着をつけなければならない。

レノルズが描いたシドンズ夫人の肖像画は、大変に大きなものである。縦が二メートル四十センチ、横が一メートル五十センチに及ぼうという大作である。大きな椅子にゆったりと腰を下ろした夫人は、右斜め上方に眼をやり、右腕は伸ばしてぐるりと身を包んでいる肘掛けにあずけ、左腕はあずけた肘を上に上げ手指をゆるく閉じている。放心して何も考えてはいないように見える。これは大女優の堂々としたポーズで、それはミケランジェロの「システィーナ礼拝堂天井画」のなかの、一人の予言者のポーズにヒントを得たものだとされる。

その天井画は、ミケランジェロが一五〇八年から四年以上の歳月をかけて、聖書の『創世記』の物語を描いたもので、千平方メートルのなかに約三千人の人物を登場させているという、気の遠くなるような作品である。その天井画を写真で見ると、細長い天井の長いほうを縦にとり、縦長の枠

ジョシュア・レノルズ作「悲劇のミューズに扮したシドンズ夫人」（ダリッチ美術館所蔵）

を作ってその中に九つの画面が描かれている。その真中が「イヴの創造」で、その上が「アダムとイヴの原罪」と「楽園追放」である。これは有名なもので、画集によく採録されている。その画面の右上に、椅子に腰掛けた人物が見える。前八世紀イスラエルの大予言者イザヤである。この予言者のポーズは確かに、シドンズ夫人のそれに似ている。ただ、シドンズ夫人が右腕をゆったり右のほうに伸ばしているのに対して、イザヤは右手の先をゆるやかに左腕の肘のあたりに回している。先に、レノルズが肖像画を歴史画と融合させようとしたこと、そしてルネサンスの巨匠や古代の作品から構図やポーズを借用したことを述べたが、この肖像画もまさに、その方法が取られていたことになる。

ところがあるとき、何の気なしに読んでいた本に、このポーズについての全く異なる説が紹介されていた。日本でも人気のあるイギリスのウェッジウッド製陶磁器は、その起源を十八世紀に持つ。漱石は触れていないことだけれども、その当時の肖像画趣味は、絵画ばかりでなく陶磁器製の人物レリーフにも現われていた。ウェッジウッドが作り出したその様式は、ジャスパーウェアと呼ばれ、青、藤紫、薄緑などの地色のうえに白色の絵柄を浮き出させるものである。人物肖像シリーズは、その多くがフラックスマンのデザインによるもので、縦十二センチ弱、横九センチくらいの長円形の中に、著名人士の肖像を描き出している。これをストッキング一足が二シリングの時代に、一個一シリングで売り出して大いに流布したという。肖像は王、皇帝、教皇にはじまって、哲学者、科学者、政治家から時の人まで広い範囲にわたり、顧客は好みの肖像画を買うことができた。ヨーロッパ全体を通しても、この企画の成功は類をみないものだった。

その肖像に、シドンズ夫人も選ばれ、彼女が成功したという二度目のデビューの年、一七八二年に売り出された。私が目にしたその本は、「岩波 世界の美術」という翻訳書のシリーズの一冊で、デーヴィッド・アーウィン著『新古典主義』（二〇〇一年）というものである。その一節を引用しておこう。

高名な女優の円形肖像は、彼女がロンドンのドルアリー・レイン劇場に戻ってきた直後の一七八二年に発売された。このあと彼女の女優歴は開花し、悲劇の女神として表されたフラックスマンの円形肖像に彼女の名声は凝縮された。彼女はのちにこのポーズを、ジョシュア・レノルズ卿作のドラマティックな肖像画に用いている。この円形肖像では、シリーズの他の肖像と同じように、彼女は古代ローマのカメオを模した浅浮彫の横顔で表現されている。（鈴木杜幾子訳）

その絵柄では、左腕は描かれず右腕は胸のところでV字型に折れて、左の肩に至っている。私には、レノルズの採用したポーズの出所について、どちらとも判断する力はないが、もしかすると、フラックスマンが、ミケランジェロからヒントを得たのかもしれない。

私は、漱石が、レノルズの絵を実物でなく、画集のような複製の図録で見たと推測したときに、何か引っかかるものがあるように思った、と書いた。漱石は、『手紙』という短篇の中で、親戚の若い男の結婚を媒介しながら、男の優柔不断でなかなかはっきりとした結論に至らない状態を、「何だか紙鳶《たこ》が木の枝へ引懸つてゐながら、途中で揚がつてる様な気がして不可《いけ》ません」と表現しているが、ちょうどそんな気分でいた。

神保町の古本屋街では、道路に面した出店のところで、いわゆる安売りをしている店が多い。百円均一とか三冊で五百円とかの値が付いている。本が欲しいというより、本が哀れになって、もちろん安いこともあるのだが、つい入用でない本にも手を伸ばしてしまいがちである。その出店に並ぶ本には、それぞれの古書店の個性があって、そこに美術展のカタログ類を並べる店もある。そういうカタログには、正統的な画集と違って、超一流でなく無名であっても、その展覧会に出品された絵が収められているので、ぱらぱら見ていると意外な発見に出会うことがある。

話が横道に逸れるけれど、私が『漱石全集』の「総索引」の項目選定をしていたときのことである。漱石は、明治三十七年（一九〇四）十二月一日付で、五高での教え子である橋口貢に自筆の水彩絵葉書を出している。橋口から送られた自筆の絵葉書に対する礼状で、それに自分の絵についての説明がついている。「是はミレの尼の鸚鵡を勝手に写したらこんな頓ちんかんなものになつたのです」。絵をみると、ぼんやりとした輪郭の、ぼんやりした表情の男が、鳥籠らしいものをささげるようにしている。籠の中は正直に言って何がいるのかわからない。日本語で「ミレ」または「ミレー」と表記される画家には、「晩鐘」や「落穂ひろい」で有名な、十九世紀フランスのジャン・

フランソワ・ミレーと、ラファエル前派のジョン・エヴァレット・ミレーがいる。漱石は両方ともに言及しているから、絵葉書で模写したという「ミレ」がどちらを指すかは、すぐには決められない。

前の『漱石全集』の「総索引」（一九七六年刊）では、フランスのミレーとして項目が採取されているけれど、たしかな証拠が欲しいと思い、機会あるごとに二人のミレーの画集を開いて、鸚鵡の絵がないかどうか捜していた。ある昼休み、古書店の出店の棚にフランスのミレーの展覧会のカタログを見つけた。一九九一年の八月から九月にかけて、東京渋谷の東急文化村で開かれた展覧会の図録である。手に取ってみたら、図版の第一番が「ヴェル・ヴェル」という作品で、絵の中央右に帽子をかぶった男がオウムの入っている籠をささげ持つようにしているところが描かれていた。おや、これかなと思ってよくみると、中央付近では尼さんが何人も妙なしぐさをしている。まさに「ミレの尼の鸚鵡」ではないか。さっそく購入して、調べてみることにした。

画題は、'Parrot Vert-Vert' とあり、ヴェル・ヴェルはオウムの名前なのだ。カタログ巻末の解説によると、フランスの詩人ルイ・グレッセという人の小話を絵にしたものであるという。尼僧院で飼われていたこのオウムが、祈禱の文句をよく覚えて評判になり、奇跡だというのでフランス西部のナントの尼僧院に送られた。ところが道中で下品なことばばかりを聞かされて、ナントに着いたときは、ありがたい文句はすっかり忘れてしまっていた、というのである。絵のなかで尼さんたちが妙な格好をしているのは、ナントに着いたときのオウムのことばにびっくりしている姿なのだ

明治 37 年 12 月 1 日付、橋口貢宛葉書

フランソワ・ミレー作「ヴェル・ヴェル」

ろう。ちなみにこれは一八三九年の作で、絵の所蔵者は日本人ということである。漱石はその絵の一部だけを模写しているが、きっとその絵の背景を知って、それを面白がる気持ちが、絵葉書を描かせたにちがいない。

さて、また別の日に目に飛び込んできたカタログは、「ダリッチ美術館展」というものだった。ロンドン南方郊外の「ダリッチ」は、漱石のロンドン滞在日記を読んだことのある者には印象深い地名である。その名を冠した美術館に、漱石は確かに足を運んだはずでもある。ロンドン到着後三カ月あまりの、明治三十四年（一九〇一）二月一日の日記には、次のようにある。この日は金曜日であったようだ。

朝 Dulwich ニ至リ Picture Gallery ヲ見ル此辺ニ至レバサスガノ英国モ風流閑雅ノ趣ナキニアラズ

絵所を栗焼く人に尋ねけり

ダリッチ・パークに栗を売る屋台でも出ていて、そこからほど遠くない美術館の場所を尋ねたのだろう。ロンドン到着直後に手帳に書きとめた「空狭き都に住むや神無月」という句、年末に子規に送った手紙に記した「柊を幸多かれと飾りけり」「屠蘇なくて酔はざる春や覚束《おぼつか》な」の二句、などにくらべるとロンドン到着以来四句目となるこの句は、どこかくつろいでいるように読める。印象深いというゆえんは、ここにある。われ知らず、ほっとするのである。

だからその名を目にすれば、すぐに手が伸びる。よくこんな知名度の低そうな展覧会が開かれたものだと感心する一方で、これはいつか役に立つかもしれないと、抜け目のない考えもよぎって、買い求めた。そうして私にとっては、思わぬ発見があった。ダリッチ美術館が、レノルズの「シドンズ夫人」を所蔵していたのである。

この展覧会は、東京では一九八六年十月に伊勢丹美術館で開かれた。そのカタログの解説によると、この美術館の創設にかかわったのは二人のコレクターだが、二人とも美術に関係することを社会的昇進の道具とするような人物で、評判はあまり芳しくなかったという。その一人を、ノエル・ジョセフ・デセンファンといい、この男が、当時の最高傑作とされていたレノルズの「シドンズ夫人」を是非欲しいと願ったのだが、結局かなわず、一七八九年に同じ物を描いてもらい、七三八ポンドを支払ったというのである。

やはり漱石は、レノルズの絵そのものをみていたのだ。凧の糸が、引っかかっていた木から外れて、空高く舞い上がったような気がした。

（三）ターナー作「ポリュフェモスを愚弄するユリシーズ」

留学中の読書

漱石は、ロンドン留学中に正岡子規に送った「倫敦消息」という書簡の形を借りた写生文の中で、少ない留学費を切り詰めて本をたくさん買って、日本へ持って帰りたいという希望を述べていた。実際、漱石がロンドンでもっともよく足を運んだのは、公園や劇場・美術館よりも、むしろ古本屋であった。漱石の蔵書を瞥見して、専門書が少なく、解説書や日本でいう新書レベルの本ばかりと批評したある研究者は、貧しくみすぼらしい背の低い黄色い顔の東洋の男が、場末の古本をあさるという姿に、漱石の原型を求めていたように記憶する。繁華なロンドンにおける漱石のその姿は、そのまま当時の西洋文明の中における日本の象徴であったかもしれない。

留学費は、古本をあさるより社交に使うべきだったという批判は、たとえば吉田健一のような人たちによって、しばしば語られてきた。しかし漱石が、古本を買ってそれを精一杯読む、という方針であったのであれば、私はそれをそれとして尊重したいと思う。その読んだ本が、後世まで伝わる立派な専門書であったか否かはどうでもよいことだ。手に取った本と正面から格闘することが、漱石には意味があったのではないか。ここでは、その読書に、よくつきあってみたい。

話は横道に逸れるが、漱石の買った本がいわゆる新書レベルで、漱石には、本を見る目も読書力も、専門書をこなすレベルになかった、という批判とともに持ち出されるのが、当時大流行のシャーロック・ホームズへの言及のないことである。ようするにセンスが悪い、というのだ。ないものねだりで批判されては、あまりに気の毒である。

レノルズの『講演集』のところでも触れた、漱石の留学時代のいわゆる「ノート」には、かなりまとまりのある文明論のようなものもあるが、たいていは読んだ本からの要約的な抜き書きと、それがなぜ書き取られたかを想像させる短いコメントである。

それらのノートの中に、同じ英文が異なった用紙に二度にわたって筆記されているのがあった。一つは見出しが「小キ眼」で、もうひとつの見出しは「小眼」である。短いからその英文を引いておこう（引用中、片方では〈 〉内が省略されている）。

I have seen some strange faces in my time, but never one more brutal than that, with its small, vicious, blue eyes, its white, crumpled cheeks, and the thick, hanging lip which protruded over his monstrous beard. 〈Description 〔of〕 Baron〉 . . . Brigadier Gerard ノ Baron Straubenthal ノ評

二箇所とも 'Taste, Custom etc.' という表題の、比較的分量の多いノートの中にみえる。このノートは、漱石がいろいろな本を読んでいて、趣味や習慣が自分と、つまり日本人と違うものを、つぎつぎにメモしたものである。短い心覚えのメモであるから、真意の測りがたいものも少なくない。たとえばこの「小キ眼」の一つ前の項目では、若者が大声で笑うことが英国では行儀作法にかなわないと判断されている例文が二つあり、一つ後の項目はイギリス人の体面、あるいは紳士についての感じ方に関する引用である。こちらは、「小キ眼」が前後とどのように関係するのかがよくわからない。また、「小眼」のほうでは、前の項目が「小足」で、後ろが「半月眉」についての引用だから、こちらは身体的特徴という関連で書き写されたと考えることができる。

ここに示した英文のように、登場人物の名前だけでは、よほど有名な作品でないかぎり作品名を探し当てることは、われわれのような素人には不可能である。あまり期待せずに、オックスフォードの『英文学辞典』の 'Gerard' のところを開いて、びっくりした。Brigadier Gerard は、コナン・ドイルの歴史物語のヒーローだと出ていたのである。A. C. Doyle とあったが、はじめはそれがコナン・ドイルとは思わなかったほど驚いた。それほど、漱石はドイルを知らなかった、という通説に負けていたのである。その辞典のドイルの扱いは冷淡で、半頁にも満たない記述である。ジェラールという武将を主人公とするたくさんの物語を書いたこと、その第一作（the first of many 'Gerard' tales）が一八九六年の *The Exploits of Brigadier Gerard* である、ということしかわからなかった。

いろいろ調べてみると、創元社の推理文庫に『勇将ジェラールの回想』と『勇将ジェラールの冒険』の二冊が入っていることがわかったが、いずれも品切れで、当分再版しそうもないという応答であった。それを古書店で何とか探し出し、拾い読みしてみると、先の引用は、第一作にあたる『回想』の第一章にあることがわかった。その訳文には、「わたしもそれまで奇妙な顔を幾つか見てはきたが、この顔よりも残忍なものにはまだお目にかかったことがなかった。小さな悪意に満ちた青いまなざし。皺くちゃの白い頬。奇怪な顎鬚の上に突き出した厚い、でれっとした下唇」（上野景福訳）とあった。

私は、漱石にドイルを読んでいてほしかったわけではさらさらないけれども、胸の痞《つか》えが少し下りたような気がした。ドイルの本は、漱石の蔵書目録にないから、知らなかったのではないかという臆測が生れたのだが、おなじようなアンソニー・ホープの『ゼンダ城の虜』は蔵書にはある。しかし、それを漱石が読んだかどうかはわからなかった。これもドイルと同じような経緯で、その会話のわずかな引用から、読んでいることを確認することができた。

レッシング『ラオコーン』への書き込み

さて、私がこれから漱石の読書に付き合ってみようというのは、レッシングの『ラオコーン』に対する書き込みを見てみようということである。ラオコーンといえば誰でも、あの蛇にからみつかれて苦しみもだえる男の彫刻を思い出すにちがいない。この彫刻がいわば再発見されたのは、一五〇六年のローマでのことであった。地中から掘り起こされる発見現場に立ち会ったミケランジェロは、強い印象を受けたとされる。時を経て、十八世紀ドイツのヴィンケルマンが、その処女作『ギリシア美術模倣論』(一七五五年)で、ギリシアの代表的な彫刻であると高く評価すると、それに触発されるように、レッシングが『ラオコーン』(一七六六年)を著したのであった。

漱石が読んだのは、その英訳版で、ロンドンのウォルター・スコット社から刊行されていたスコット・ライブラリーの一冊である。これは日本でいえば岩波文庫のような叢書で、古典やある程度評価の定まった、イギリス内外の小説や人文書を集めたものである。漱石の蔵書目録には三十二点を数えることができる。今手元にあるこの叢書の一冊『モンテーニュのエッセイ』(これも漱石蔵書中の三十二点に含まれる)の巻末の同叢書のリストを見ると、既刊として百十六点の書目が掲載されている。漱石はおそらく、このようなリストを参考に、買い揃えていったのだろう。ちなみに、このモンテーニュのエッセイは抄訳であり、しかも漱石の読んだ形跡はほとんどない。先の批評家には、こんな文庫クラスの書物に依拠する読書が大いに軽蔑されたのだった。

しかし、『吾輩は猫である』で苦沙弥が広げている「エピクテタス」も、『虞美人草』の甲野さんが読む「レオパルヂ」も、タネはこのシリーズにあった。そうして『ラオコーン』は、後にも見るように、『草枕』にわずかに顔をのぞかせている。

ここで、いきなり書き込みに取り付くより、周知のことではあろうが、やはりなぜラオコーンは蛇にからみつかれていたのか、から話をはじめることにしよう。ここはまず専門家による要約を引用したい。小学館の『日本大百科全書』に掲載されている、中務哲郎氏署名の一文である。

ラオコーン Laokoon ギリシア神話でトロヤのアポロン（またはポセイドン）の神官。神の戒めを無視して妻帯したため、あるいは神像の前で妻と交わったため、アポロンの怒りを買う。トロヤ戦争の一〇年目、ギリシア軍は勇士たちを内部に潜ませた巨大な木馬を残し、トロヤから撤退すると見せかけた。そのときトロヤ人のある者は、城壁を壊してでもこれを城内に運び入れてアテネ神に奉献するべきであると主張し、ある者は木馬の内部には奸計が隠されているので、焼き捨てるか断崖から海に投じるべきだと主張した。ラオコーンは後者の説で、彼は木馬の腹に槍を突き刺したため、これを怒ったアテネ、あるいはかつての瀆神行為を罰しようとしたアポロンにより、二匹の海蛇が送り込まれて、息子たちが、ついでラオコーン自身が絞め殺された。これを見てラオコーンの説が偽りだと信じたトロヤ人は、木馬を城内に引き入れたため滅ぼされた。

バチカン美術館にある有名な『ラオコーン群像』の彫刻は、紀元前一世紀のロドスの彫刻家、アゲサンドロス、ポリドロス、アテノドロスの合作である。またレッシングの評論『ラオコーン』（一七六六）は、この群像から出発して造形芸術と言語芸術の特性と限界を論じ尽くしたものである。

このラオコーンの悲劇は、トロイア陥落からローマ建国までの伝説を描いた、紀元前一世紀のローマの詩人ウェルギリウスの叙事詩、『アエネーイス』（第二巻四〇—二三〇行）に印象的に語られている。一方、「群像」の三人の作者の名を伝えるのは、紀元七九—八一年にローマ皇帝の地位にあったティトゥス帝の館で、実際にその彫刻を見たという大プリニウスである。ちなみにこのティトゥス帝は、あのポンペイの悲劇のときに、よく罹災者に援護を施し「人類の寵児」と称えられた皇帝である。また、当のプリニウスは、その噴火のガスにあたって一命を落としている。紀元七九年のことであった。

プリニウスの『博物誌』は、一九八六年に、英訳からの重訳ではあるけれど全訳が雄松堂から刊行された。『博物誌』は全三十七巻で、その終わりから二つ目の第三十六巻「石の性質」のはじめのほうは、大理石についての記述が続いている。その第四章「最初の彫刻家たち」に、大理石彫刻の作品と作者がいろいろ紹介されている。『博物誌』の各巻には、巻を通して段落が番号付けされており、その三十六巻の三十七段落は「共同でつくられた作品その他」で、そこに「群像」が出てくる。それまでに述べてきた個人の作品と異なって、共同制作ではなかなか名前が伝わらないことを述べ、その例として登場する。

その例はティトゥス帝の宮殿にある『ラオコオン』だ。これはどんな絵画にも、どんな青銅作品にも勝る作品である。ラオコオン、その子供たち、そしてすばらしいヘビの絡みつき、これらはいずれもロドス人であるハゲサンドロス、ポリュドロス、そしてアテノドロスの卓越した工芸家たちが、一致したプランに従って、一個の石塊から刻んだものである。（中野定雄・中野里美・中野美代訳）

最後のところには注がついていて、「一個の石塊」ではなく、本当は「五つの石塊」であるとある。これについては、もっと多く七、八個の石塊からなるという説もある。

一九〇四年にこの三人の名前の記された神殿記録がみつかって、三人とも紀元前八〇―七五年頃の生まれということがわかり、上記の年代が確定されたようであるが、その後のヘレニズムの彫刻様式の研究で、制作年代は前二世紀までさかのぼる可能性も示されている（福部信敏氏による）。

また最近の文献には、こんな記述もある。「われわれが今日見ているこの群像は、青銅であったに相違ない原作の完璧な大理石による模刻である。この模刻はおそらくアウグストゥスないしその後継者ティベリウスの時代にイタリアの大理石によって作られたものである。これの制作依頼はローマがトロイアにその起源をもつことを称揚した叙事詩、ウェルギリウスの『アイネイス』の人気の結果が直接の引き金になっていると考えられる」（『岩波 世界の美術』の一冊、ナイジェル・スパイヴィ著（福部信敏訳）『ギリシア美術』二〇〇〇年。原著は一九九七年刊）。

『アエネーイス』は、ウェルギリウス晩年の作で、前一九年に歿するまでには、「一応の」というカッコつきで完成していたらしい。また、アウグストゥスとティベリウスが二代にわたってローマ皇帝の地位にあったのは、前二七年から後三七年の間だから、この推測は大いにうなずけるように思う。

そもそも、古代文明の栄えたトロイアが崩壊したのは、前十二、三世紀ごろのこととされる。その時代にギリシアの地で発達していたのはミュケナイを中心とする文明であり、後のアッティカを中心とするギリシア文明と区別する意味でミュケナイ文明と呼ばれる。そのミュケナイとトロイアの間に戦争があったらしいのだが、トロイア崩壊がその戦争の直接の結果であるかどうかは、あまりはっきりしないらしい。なにしろトロイア崩壊の後、ミュケナイも滅んでしまうのだ。こうして文明が衰え、ある種の暗黒時代を経た後、ふたたびギリシアに文明が起こった。それがホメロスの生きたとされる前八世紀ころのことで、四百年もの空白があったためでもあるのだろう、過去の伝承が神話としてよみがえったのである。

ラオコーンの悲劇も、このときに生まれた物語にちがいないのだが、ホメロスの『イーリアス』や『オデュッセイア』には出てこない。『オイディプス王』で知られる前五世紀の悲劇作家ソフォクレスには、『ラオコーン』という作品（今はわずかな断片しか伝わらない）があったし、それ以前の前六世紀ころには、『キュプリア』『小イーリアス』など、トロイア戦争をめぐるたくさんの叙事詩が作られ、そのほとんどは散逸したが、ラオコーンの物語の骨格は伝えられてきたのだという。だから、『アエネーイス』に描かれたラオコーンの悲劇は、ウェルギリウスの創作ではなく、それらさまざまな伝承や作品からつむぎだされた物語なのだろう。

「群像」は、発掘されたそのままではなく、ルネサンス時代に、失われていたラオコーン親子三人の右腕などが修復された。しかしその後発見された破片を元に、一九六〇年になってかつての修復をはぎ落とし、今日の姿になったのだそうである。ヴィンケルマンやレッシングの時代のイメージという意味合いからであろうが、岩波文庫版『ラオコオン』の口絵には、修復された像が使われている。

もっとも、ヴィンケルマンもレッシングも本物に接することなく論評していたらしい。ヴィンケルマンは、十八世紀当時のドイツ王室の苑庭に、装飾として置かれていた石膏の模像を見ただけだったというのである（後にヴィンケルマンはローマに行って実物と対面するが、意見を変える必要をまったく認めなかったという）。レッシングにいたっては、その模像さえ見ておらず、文献と論理だけで一著を物したというのだから、空恐ろしい気がする。

さて、前置きが大分長くなったけれど、これから漱石の書き込みをみてゆくことにしよう。漱石は本を読みながら、アンダーラインを引いたり、欄外に感想を書き付けたりするのが一つの癖であった。帰国後間もなく、ロンドン時代を回想した「自転車日記」を、『ホトトギス』に発表したが、その一節に、自転車の稽古の日本人監督官の質問に答えるところがある。

「……御調べになる時はブリチッシユ、ミユジーアムへ御出掛になりますか」「あすこへは余り参りません、本へ矢鱈にノートを書き付けたり棒を引いたりする癖があるものですから」「左様、自分の本の方が自由に使へて善《いい》ですね、然し私抔《など》は著作を仕様と思ふとあすこへ出掛ます……」

それから十年以上たった大正四年（一九一五）九月、東大の英文学の助教授であった植松安が、ウィンチェスター『文芸批評論』の訳書を刊行したとき、漱石は序文を寄せ、そこには、

ヰンチエスターの文芸批評論も実はその時分眼を通したのである。それは今から殆んど十年も前で、丁度出版当時の事と記憶するが、大学の図書館に入つて、貪るやうな勢で、頁から頁、章から章へと眼を移して行つた私は、大変な愉快を感じた。私はそれが大学の書物である事を忘れて無暗にペンで棒を引いた。あとで自分が新らしいのを買つて、さうして取り換へれば構はないといふ気も交つてゐた。

とある。この本が、今日でも東大の駒場図書館に残っていることは、岡三郎氏によって発見された。このような次第であるので、東北大学「漱石文庫」の旧蔵書にはさまざまな書き込みが残されている。その書き込みは、「蔵書の余白に記入されたる短評並《ならび》に雑感」として、漱石没後すぐの最初の全集から収録されてきた。この書き込みは長いことあまり顧みられなかったけれど、比較的最近、

すなわち一九七〇―八〇年代以降になって、東北大学で直接それを調べようという研究者が出てきた。実際に本を手に取ると、全集で収録されている以外の書き込みがたくさんあるので、まずびっくりして、次に全集への不信感を起こす。

私たちが新しい全集を編むということが知られたとき、ある研究者は会社を訪れ、従来の書き込みの編集がいかにいい加減であるかを、実例をもって教示された。このようなことは、新しい全集では絶対に許されるものではない、というのだ。たとえば、ある本のある頁の余白に「Hegel」と書き込まれているのが、全集には出ていない、という非難である。イギリスで刊行中のシェリー全集を範とせよ、何年もかかって原文とすべての書き込みが誰にでもたどれるように編集・刊行されつつある、イギリスにおけるシェリーと日本における漱石では、どちらの比重が大きいかはわかるだろう、というわけである。

私たちの会社には、そのようなことを実行するプロジェクトを立ち上げる、意欲も力量も財力もないことは明らかなので、私は本当に困惑した。最初の全集は八十年も前の事業だから、その当時のことを誰からも聞き出すことはできない。しかし、要は「短評並に雑感」である。先の「Hegel」という書き込みは、原著のそのパラグラフにヘーゲルのことが書いてある、という心覚えのメモではないのか。実際にその部分に目を走らせると、たしかにヘーゲルに言及していた。また同じように、たんなるキーワードや、要約的な書き込みは、いずれも全集には採録されていなかった。これはようするに、最初に取捨の判断を下した当時の編集者――その中には漱石山脈と称された錚々たる人々が直接間接に関与していたかもしれない——が、これらは「短評」でも「雑感」でもないとして除外した結果なのだろう。
内心忸怩たるものがあったけれども、その大先輩たちの判断を点検する能力も時間もないので、仕方なしに、原則として書き込みの取捨は旧全集を踏襲する、ということにせざるを得なかった。ただ、従来はその書き込みのある頁・行数を掲げるだけだったのを、書き込みに対応する原文を手短に紹介するようにした。実際、漱石がある作品のある部分に、「愉快々々」と書いていることを紹介しても、その同じ本を見ないかぎり、漱石が何を面白がったのかはわからなかったのだ。それをせめて、たとえ不充分ではあっても、わかってもらえれば、と思ったのである。

クライマックスをめぐって

だから、これから見ようという『ラオコーン』への書き込みもおなじことで、全集にない書き込みは取り上げないことを、あらかじめ断っておきたい。さて、その最初の書き込みは、次のようなものである。

コハ Lessing 一家ノ解釈ニ過ギザルベシ

『ラオコーン』は、全部で二十九章からなる。それが第一部で、さらに書き継ぐ構想であったらしいが、第二部は書かれなかった。第一章の前に「序説」があって、そこでは同じ芸術でも、絵画において言えることを文学に適用できるとは限らないし、その逆も成り立つ、そういう問題についてこの論文では考えるのだ、という宣言がなされている。そうして第一章においてレッシングは、ヴィンケルマンがラオコーンの表情について、苦痛の表現ではあるが激越な恐ろしい叫喚を発する表情ではない、といっているのを認め、それはなぜかと問いかける。

ヴィンケルマンは、先の『ギリシア美術模倣論』のなかで、「ギリシア彫刻に於ける表情は如何なる激情に際してもある大いなる端正な精魂を示してゐる」(沢柳大五郎訳)という断定の根拠に、この「群像」を持ち出しているのだ。どんなに苦しい状況の表現においても、ギリシアの人間の精神的端正さを損なうようなことはしない、というのである。この二者に共通し、ゲーテをはじめその後長いこと一般に認められてきたこの見方も、「現在では一変して、ラオコオンの顔は激痛のために歪んでいると見られ、その自然主義的写実の見事さが強調され」ているのだそうだ(岩波文庫『ラオコオン』の訳者である斎藤栄治氏による巻末解説)。レノルズへの評価のところでも述べたが、まことに人間の見る目は当てにはできないようだ。漱石は、ロンドン留学時代に「自己本位」という立場を獲得したことを、「私の個人主義」という学習院での講演で述べている。その立場は、漱石の好きな言葉でいえば「冷暖を自知する」ということだろう。水が冷たいか暖かいかは、他人に尋ねて知るものではなく、自分で味わって決める問題だ、という禅から来たことばである。ラオコーンの表情をどうみるかは、ヴィンケルマンやレッシングの問題でも、現在の専門家の問題でもなく、われわれ一人ひとりがどう見るかの問題なのだろう。おおいに自戒せねばならない。

それはさておき、レッシングの疑問は、造形芸術と違って、同じギリシアでもホメロスの『イーリアス』やギリシア悲劇では、英雄がしばしば前後もなく泣き叫ぶのはなぜだろう、というところにあった。そこで、言語芸術とくにホメロスにおいては、開明のギリシアと未開のトロイアの対照を描き出すことが目的であったのではないか、ということに気づく。そうして、「開化の民ギリシア人のみが泣きながらも士気を失わないのにたいして、未開の民トロイア人は、士気を失わないためには、あらかじめあらゆる人間性をおし殺さなければならないのだ、ということを彼（ホメロス）は教えようとするのである」（斎藤栄治訳。以下の『ラオコーン』の訳文引用も同じ）とのべる。漱石はここに反応したのである。これは、著者レッシングの勝手な思い込みないしは決めつけに過ぎないのではないか、という異議申し立てである。

ここは、必ずしも、ギリシアとトロイアの対照を、レッシングすなわち開化の西欧と漱石すなわち未開の日本、というように重ね合わせた上での反発ないし反応ではないかもしれない。しかし、そういうお前に都合のいい解釈に、おれは不同意であるという、なかば生理的な反発であったことはたしかだろう。

レッシングの議論は、それではなぜ、言語芸術では認められたものが、造形芸術では認められないのかへと進む。そこには彫刻の作者の、何か別の意図が潜んでいたのではないか、というわけである。こうして一章を閉じて、二章へと移る。

第二章では、ギリシアでは美というものに特別の価値が見出されていて、芸術家は美の法則に強く捉えられていたので、悲嘆にくれ顔をゆがめ苦痛のために大口を開けて絶叫するのは、その法則に反するがゆえに、「ラオコーン群像」のような表現になったのだ、という結論に至る。

続く第三章には、漱石の書き込みが集中している。レッシングは、ギリシア時代の美の法則は今日では効力を発揮できない、現代では、美は表現の一部分で、真実を描くことの重要性がつよく認識されるようになった、という。その真実というのは、さまざまに変化する自然のある瞬間の表現によってもたらされる。だからその瞬間はよく選び抜かれなければならず、その瞬間によって思いが深まり想像力が働くようでなければ、表現の意味がなくなってしまう。「ところが、ある感情の全体の流れのなかで、その最高段階ほど、こうした利益を持つことの少ない瞬間はないのである。この段階の上には、もう何もない。目に極端なものを示すということは、空想の翼をしばることである」と続ける。漱石はここに書きつける。

climax ノ不可 representation ニ　能、俳句（永き日や、長き夜）ニ極端ヲ避クルハ是ト同一理ナリ去レドモ一歩進ムルヲ得ベシ　不安ノ念是ナリ

表現においては、クライマックスは不可である、とレッシングに同意し、自分の側の例として能と

俳句を挙げている。漱石には「永き日や」や、「長き夜」ではじまる俳句がいくつかある。そのなかから二つ挙げよう。

永き日やあくびうつして分れ行く（明治二十九年）
長き夜を平気な人と合宿す（明治三十年）

これらの俳句が、このとき漱石の脳裏をかすめたかどうかは、無論わからない。ただ「別れ」とか「物思う秋の夜長」という感傷的な情緒に、「あくび」や「平気」を対置したところが、俳句の俳句たるゆえんであるのだろう。別れのクライマックスや、秋思のきわまる所を外して、かえってその思いを深からしめている。

漱石は、表現においてクライマックスを避けることの意義を認めつつ、この議論をさらに一歩進めることが可能で、たとえば「不安の念」の表現においては、一歩進めた議論が妥当すると言っている。「不安の念」のクライマックスとは、いろいろな心配事が重なって、居ても立ってもいられないという極点のことであるだろう。その恐れていた事態が現実のものになったときは、事態としてはクライマックスだけれども、もう「不安」では済まされなくなってしまっている。だから、事態としてのクライマックスの直接的な表現を避けるためには、そこに至る「不安の念」を不安そのもののクライマックスまで引っ張って行く必要がある、ということを漱石は言っているのではないだろうか。不安については、極点を避けてはいけない、というのだろう。

漱石の初期の短篇に『琴のそら音』がある。主人公には許婚があり、インフルエンザで臥せっている。友人のところで不吉な話を聞かされたり、帰り道で子供の葬列に出会ったり、下宿の婆さんに犬の遠吠えのしきりであることを訴えられたりするうちに、不安の念は極点に達する。露子というそのお嬢さんが、重篤な状態に陥っているのではないかと、翌朝急いで駆けつけるのだ。ところが家に行ってみると、露子は全快していて、不安は見事に打ち消される。

これは『文学論』において、「緩勢法」または「緩和法」と名づけられるところの表現法を応用したものである。『文学論』の第四編の第六章「対置法」、その第一節で述べられる。人事の世界でも自然界でも、勢いを緩めることが必要である、覚醒に対する睡眠であり、蒲焼に対する漬物、西洋料理のあとのデザートと、ちょっとふざけた例を出している。文学でも同じであるとして、次のように述べている。

長へに泣き、長へに怒るは吾人の堪ふる能はざる所、わが能力を緊張して適宜の度を超え、苦痛漸く意識の頂点に達せんとする時、作家時に一服の清涼剤を投じて人をして苦悶裏に蘇生せしむ。

クライマックスを避けるのではなく、極点まで連れて行って、それを緩和してあげるという方法である。この呼吸のわからないものは、「是世《これ》に迂なるものにして、兼て文に迂なるものなり」という。

レッシングはラオコーンにもどり、彼がうめいているから叫びを想像できるのであって、叫んでいる像を見たのではもはや想像の余地がない、ラオコーンは余地を残した瞬間が描写されているのだという。そうしてさらに、そのように芸術によってとらえられた瞬間は、像として固定されることによって、不変の持続を与えられることになるから、一過的の瞬間を表現してはいけない、と続く。その、「唯一の瞬間が芸術によって不変の持続を与えられる」という文章に漱石はアンダーラインを施し、

加之《しかのみならず》

と書き込む。「しかのみならず」ということは、「芸術は瞬間を固定し不変の持続を与えるばかりではなく……」と続くのだろう。あるいは、アンダーラインでなく、文脈として考えると、「一過的の瞬間を表現してはいけないばかりでなく……」であったかもしれない。しかしどちらにしても、漱石がどのように続けるつもりだったかは、私にはわからない。

レッシングは、一瞬が固定された場合の悪い例として、銅版画に描かれたラ・メトリの表情を挙げる。ラ・メトリは十八世紀フランスの医学者・哲学者だが、「第二のデモクリトス」として唯物

論の立場から論述を行ない、宗教家などから迫害を受けた人物である。私はその版画を見たことはないが、岩波文庫の注によれば、口を開けて笑っているのだそうである。レッシングは、その笑い顔が笑っているように見えるのは、はじめの二、三回だけで、ずっと見ていると、哲学者の顔が愚物の顔へと変わってしまう、と述べている。ここに、漱石は反応する。

笑、寒山拾得ノ画ハ如何

寒山も拾得も、奇行・奇癖の人とされる中国唐代の伝説的禅僧である。禅画には、一人は経巻を開き、もう一人は箒を持っている二人を取り合わせた図柄が、好んで描かれる。そうして二人はたいてい笑っている。経巻は寒山が、箒は拾得が手にするのが約束事らしいが、なかなか見分けはつかない。漱石には、「寒山か拾得か蜂に螫《さ》されしは」（明治三十年）という句があるが、画を見ただけでは、二人は笑っているのか泣きっ面なのか、またどちらがどちらなのかもわからない、という事態を詠んだものだろう。いずれにしても、寒山や拾得の笑いは、いくら見ていても愚物のそれにはなりえない、という反発であるにちがいない。

笑いに対してと同じように、叫びの場合もそれがいつまでも続くということはない、とレッシングは続ける。「どんなに我慢づよいしっかりした男でも悲鳴をあげることはあるが、しかし、たえまなくそれをつづけるということはない」。漱石はここに下線を引いて、次のように書き込む。

Circe ガ人ヲ豚ニ化シタル画ヨリモ豚ニ化セザル前ガヨキカ

（1） incessant ニ shriek セザル故画ニスベカラズトハ何ノ意ゾ （2） incessant ニ見ユレバ其表ハサレタル moment ノ感ヲ強クスルナリ　何ノ故ニ effeminate weakness トナスや、カヽル effect ヲ生ズルハ時間ヲ含ム representation ニアツテ同一ノ変化ナキ態度ノトキニノミ限ル

いきなりキルケー（Circe）が出てくるのは、あまりにも唐突であって、どのような連想に基づくのか理解に苦しむ。キルケーは、ホメロスの『オデュッセイア』（第十巻）に出てくる魔女で、男を豚に変えてしまう力を持っている。レッシングの記述では、この後から子殺しのメデイアの画の話が出てくるので、漱石はそこを読んで、ここに戻って書き込みを施したのかもしれない。いずれにしても、毒酒を飲ませて人を豚に化すという一連の出来事の中で、どの段階を（たとえば画として）表現するのが適切であり、また必要なのか、ということを問題にしているのだろう。豚に変えられたところしか画題とはなりえないのではないか、と漱石は言いたいのであろう。

それに続く書き込みでは、「incessant ニ」、つまり絶え間なく shriek する（鋭い叫び声をあげる）ことが不可能であるからといって、それを絵に描いてはいけないとはどういうことか、と反問し、つぎに反論する。絶え間なく続くように見えれば、かえってその叫んでいる瞬間の印象は強くなる

のではないか、と。レッシングは、我慢強い男がいつまでも泣いているのでは、女のような弱々しさ（effeminate weakness）になってしまうといっているが、それは、時間の経過を含む言語による描写において、変化に乏しい場合のことであって、絵画には当てはまらない、というのであろう。

レッシングは続ける。古代の画家ティモマコスの描いた「幼児殺しのメデイア」は、メデイアが幼子を殺める寸前の、母親としての愛情と嫉妬の気持ちとが争っているところを描いているという。見るものは恐ろしい結末を予期しつつも、この不決断の状態が続いてくれればよかったのに、と願う気持ちをもつことになる。それがこの画の賞賛されるゆえんである、と。このメデイアは、一つの説によれば、先ほどのキルケーの姪とされるやはり恐ろしい女で、イアソンという男に恋をして子供を二人もうけるが、イアソンが王クレオンの娘に気を移したために、その女と王、さらには二人の子供をも殺してしまうのである。

一方、もう一人の無名の画家の方は、狂乱の絶頂にあるメデイアを描いてしまったために、見るものに不快感を与えるという。漱石は、この一段にひどく反応する。

火事抔《など》ハクライマツクスヲ写ス方可ナリ、美人ノ二十五六ハクライマツクスナリ然シ十五六ノ方必ズシモ可《よ》シト限ラズ、花一輪ヲ画クトキハ莟《つぼみ》ヨリモ開キタル方ヲ選ブベシ是complete-ness ノ感アル為ナリ

moment ノ perpetuation ハ何レノ moment ヲトルモ同ジ事ナリ、climax モ其前モ異ナル所

ナシ、momentary phase ヲ perpetuate スルガ為ニアシトナラバ其前ノ phase ヲトルモアシキ訳ナリ、

前後ヲ妄〔忘〕却シテ絵画彫刻又詩文ニ同化スルトキ尤モ愉快ナリ　左ラバ representation 以後又ハ以前ノ phases ヲ imagine スルトキハカ、ル余裕アルダケ夫丈《〔それだけ〕》拙作カ？　曰ク unstable ナル phases 即チドウシテモソコニトドマリ能ハザル phase ヲ写ストキハ常ニ此 imagination ヲ起ス、（如何ニ representation ガウマクトモ）lion ノ将《〔まさ〕》ニ飛ビカ、ラントスルガ如シ　是ハ representation 中ニ時ヲ含ムナリ one section ニテハ complete ナラザル故ナリ

火事を描写するときは、そのもっとも燃え盛るときが一番適切であろう。美人だって、女性として完成する二十台半ばこそであって、将来の美しさを予感させる十五、六歳にはそれなりの美しさがあったとしても、そちらを描くほうがすぐれているとは言えまい。花もツボミより、開いたところがよい。それは完成しているということ、すなわち欠けることのないことを喜びとする心性による、という。

次にこれを一般化して述べる。ある瞬間の動作を永続的なものに固定するということについては、どの瞬間を取っても同じことである。クライマックスでも、その前でも、その後でも変わりはない。一方、絵でも彫刻でも詩や文章でも、前後を忘れてそれと一体になって没頭しているときが一番楽しい。そうであるとするなら、想像力を楽しむというのは、没頭できていないことになるから、想

像力で勝負する作品は拙作ということになるか、と自問する。不安定で永続不能の一瞬を写して固定化するときは、ライオンがまさに獲物に飛びかかろうとする場面のように、その次はどうなるかという想像力を喚起せずにはおかない。それは物事がその場面において完結していないからであって、表現自体の中に「時」が含まれているのだ、と結論づける。つまりクライマックスを描いてはいけない、というのとは別の問題である、というのであろう。

漱石の死後一年を経て刊行が開始された最初の『漱石全集』は、いろいろな意味においてきわめて貴重である。たとえば、死後ほとんど手つかずの状態であった蔵書を、はじめて整理したときの情報がそれである。蔵書は、昭和の戦争が激しくなって、空襲のために失われることを恐れた遺族と関係者が、東北大学の図書館に疎開させるまでは、早稲田の漱石山房にあった。最初の全集のときに整理されてから、三十年近くの年月が経過していた。現在でも、東北大学の漱石文庫には、かつての蔵書の大部分が保管されているが、失われてしまったものがないわけではない。そのような亡失図書についての情報も貴重であるが、この『ラオコーン』についても、一つの情報が残されている。

それは、この今紹介した書き込みのある頁に、一枚の紙片が挟まれていたというものである。その紙片には、次のような文章が記されていた。その内容が、レッシングの記述と関係があるかどうかはしばらくおいて、それをここに紹介しよう。

胸ヲ打チ髪ヲ乱シ号泣慟哭　愁ニ堪ザル状ヲ写シテ神ニ入ルトト〔ママ〕センニ　単ニ representation ヲ見バ大ニ同情ヲ生ズベシ　去レドモ一度ビ其源因ヲ探リテ　ソレガ己ガ家ノ飼鳥ガ隣ノ犬ノ為ニ食殺サレタルカ　又ハ国元ヨリ来リシ五円ノ為替ガナクナリシニアルヲ発見スルトキハ　此同情ハ一変シテ可笑ノ感トナルヲ免カレズ　representation 其物ハ同情ヲ牽クニ足ル者ト雖ドモ　其源因ノ智識如何ニヨリテハ　却ツテ反対ノ結果ヲ生ズル以上ハ　若シ其源因ニシテ適当ノモノナラ〔ン〕ニハ　此 representation ニ対スル感ジヲ一層深クスルヲ得ベシ（字アキは筆者）

一読すれば、レッシングの記述とは関係がないように思われる。内実と表出のアンバランスに関する注意である。きわめて当然のことを言っているように読める。ただ、はじめは観察者として、あるいは読者としての立場で「可笑ノ感」を受けると言いながら、結びに至っては実作者の注意となっているところが面白い。このメモの当時は、もう創作に手を染めていたのかもしれない。

絵画と文芸

書き込みに戻ろう。レッシングは、こうしてクライマックスの描写の不適切なことを例証しながら、第四章ではいよいよ絵画・彫刻と文芸の違いに入ってゆく。すなわち、ラオコーンの像では絶叫は不可であるけれども、文芸作品ではそれが許されるのはなぜか、という問題である。詩人の描写は必ずしも視覚に訴える必要がないから、いくらラオコーンが絶叫しても、その歪んだ醜い姿を想像する必要がない、というのが第一点である。

そしてさらに、詩人はある一つの描写に集中する必要がないというのである。「苦痛のあまりのはげしさに、大の男が絶叫するというのは、実際みっともないことであるにしても、すでにその人の身にそなわる他の美徳に魅せられているわれわれにとっては、こうしたささやかな、つかのまのみっともなさなどは、すこしも苦にならないのである」。当然のように、漱石は反駁する。

必ズシモ然ラズ　momentary impropriety ハ全局ヲ破壊スルコトアリ　淑女ガ一日密夫ヲ作ルガ如シ

淑女がある一日だけ男と密会するというのが、momentary impropriety（つかのまのみっともなさ）に過ぎないかどうかは、議論の分かれるところであろう。しかし、淑女としての描写を一貫させようとすれば、そのエピソードは不適切であるにちがいない（第一章でみた、森田草平『煤煙』の要吉がお種の手を握ったことへの批判も、要吉という人物の造形という面でつながっているだろう。手を握るという些細なことが、作品全体を台無しにしてしまったように、漱石には感じられたのだ）。ラオコーンにおいて、慎重な愛国者で心のあたたかい父親と、苦痛に身をよじり絶叫する男が両立するのかどうかという議論と、かみ合っているようでもあるけれど、いないようにも読める。

ここから書き込みはしばらく行なわれない。レッシングは、演劇の場合はともかく、文芸では、絶叫することはマイナスになるどころか必要でさえあるといって、ラオコーン群像は、ウェルギリウスの『アエネーイス』に触発されて作られたものか、あるいは逆に、『アエネーイス』のラオコーンの描写が、群像から導き出されたものかを考える。そうしてさまざまに考察を重ねつつ、詩人が造形作家を模倣することは難しい、という結論に至る。

それからさらに、絵画の対象は人格化された抽象物であるのに、文芸では行為する現実の実在者が描かれる。だから文芸では、怒ったり取り乱したりするヴィーナスを表現できるが、造形美術ではできにくいといったり、天球をつかさどる神を描くのに、絵画ではその神であることを悟らせるために、天球を添えたりする必要があるが、それは寓意的付加物で、文芸における付加物は詩的な付加物である、などと議論を進める。詩では着想が重んじられるが、造形美術では出来栄えそのものが重要であるのは、ペンを持つより大理石を彫るほうが大変だからである、などともある。

そうして第十二章にいたって、絵画の困難の一つとして、文芸では見えない物を描写できるが、絵画では描いてしまえば、本来見えるものなのか見えないものなのか区別がなくなってしまう、と指摘する。レッシングは、ホメロスの『イーリアス』から例を取る。これは周知のように、古代のトロイア戦争末期のある時期を描いた叙事詩であるが、この戦争はそもそも、人間が増えすぎた結果、それを支えるのが大変になった大地母神を哀れんで、大神ゼウスが人減らしのためにたくらんだものである。ところが戦争が長引き、数々の英雄をはじめ人々がどんどん死んでゆくので、ゼウスは諸神を呼び集め、みなそれぞれにギリシア側でもトロイア側でも勝手に応援して、早く戦争を終結させてほしいと頼む。こうして今度は、神々同士の間で喧嘩が始まることになる。

この神々の喧嘩は、すべて目に見えないものとして描かれており、それが想像力にとってとても大切であると、レッシングはいう。まずトロイアに味方するマルス（アレース）が、ギリシア方のミネルヴァ（アテーナー）に攻撃をかける。するとミネルヴァは、後退しつつ大きな石をつかんで相手に投げつける。問題はこの石の大きさである。そしてその石の大きさから想像される、女神ミネルヴァの大きさである。巨石を投げつけられたマルスは、「手足の力が抜けて、ぐったりとなった。それで二町ほどもの長さにわたって倒れ伏し、髪の毛は砂まみれになって、物の具があたりに鳴りとどろく」（呉茂一訳）という結果になる。一町は一〇九メートルとちょっとだから、マルスは二〇〇メートル以上にわたる大きさである。

レッシングはすかさず、「画家はマルス神に、この途方もない大きさを与えることはとてもできない。それを与えることができないとすれば、地面に倒れているのはマルスではない。ホメロスのマルスではなくて、普通の戦士である」と論評する。漱石のコメント——

Turner ノ Ulysses ト Polyphemus ヲ見ズヤ

私の三つ目の絵がこれである。もっともこの「ポリュフェモスを愚弄するユリシーズ」は、ターナーの画集にはよく出てくる。だから、その探索にはあまり苦労はしなかった。一八二九年、ターナー五十四歳のこの作品は、ターナーの画業の中心をなす作品であると、ラスキンに評されたという。ロンドンのナショナル・ギャラリーに収蔵されているというから、漱石も実物を見た印象をもって、ここに書きつけているにちがいない。縦一・三メートル、横二メートル余りという堂々たる油彩である。

この絵は、ホメロスの『オデュッセイア』から題材をとっている。ギリシア側の英雄ユリシーズすなわちオデュッセウスは、木馬の計でトロイア戦争に勝利した後、故郷に帰り着くまでの十年間にさまざまな苦難に遭遇する。人を豚に化す魔女キルケーも、その苦難をもたらした一人であった。ポリュフェモス（ポリュペーモス）は、一つ目の巨人族であるキュクロープスの一員である。オデュッセウスは、キュクロープスの棲む島にたどり着き、十二人の部下を連れて上陸する。船から見えたポリュペーモスの洞窟を訪ね当てて、一夜の宿りとする。洞窟といっても、普通の人間のサイズで考えてはいけない。ポリュペーモスは、「まことに驚くべき大怪物《おおばけもの》だ。穀物を食う人間とはとても思えず、高い山々の、ただひとり他をぬきん出てそびえ立つ、木々に蔽われた峰のようだった」（高津春繁訳）というのだから、それを容れることのできる洞窟なのである。

ポリュペーモスは、昼の間ヤギやヒツジを放牧していたのであるが、日暮れとともにそれらを連れて帰ってくる。家畜をそれぞれ洞窟の中に収めると、入り口を大きな石でふさぐ。そこで見知らぬ一行を認め、いろいろ聞きとがめるが、あっという間に部下の二人を屠り、食べてしまう。オデュッセウスらは、キュクロープスがどのような種族であるかを確かめに来たのであったが、それはとんでもない怪物であったのだ。ここにおいてオデュッセウスたちは、進退窮まってしまう。満腹になって寝ているポリュペーモスを一思いに殺そうと思うが、そうしてしまうと、自分たちでは入り口をふさぐ石をどかすことができないので、やむをえず朝を待つことにする。朝になるとポリュペーモスは、また部下二人を喰い、何事もなかったかのように家畜を連れて出かけて行く。もちろん石の戸締りをして。

ここにおいてオデュッセウスは、一計を案ずる。ポリュペーモスの一つしかない目を潰そうというのだ。夕方になって帰ってくると、また二人食べられてしまう。オデュッセウスは、ことばたくみに持参の酒を飲ませ、自分の名前は「ウーティス」（タレモナシ）つまり「誰でもない」であると告げる。ポリュペーモスが寝入ったところを、部下と力を合わせて、先を尖らせて火で焼いた棍棒を一つ目にねじりこんで、潰すことに成功する。ポリュペーモスがそれこそ大騒ぎすると、仲間がかけつけて、ふさいだ石の外から安否を尋ねる。誰かがお前を殺そうとしているのかと問うと、「タレモナシだ」と答えるので、仲間は去って行く。

目の見えなくなったポリュペーモスは、オデュッセウスたちを捕まえるために、石の扉を開け、そこを通り抜けようとするところをつかまえようと油断なく身構えている。そこでオデュッセウスたちは、ヒツジの腹に自分たちを縛り付けて、脱出を試みる。ポリュペーモスは、すり抜けようとするものには手で触って警戒するが、触れるのはヒツジばかりで、ついに人間を見つけ出すことはできなかった。こうして危機を脱したオデュッセウスたちは、船に戻り沖へと逃げのびようとする。沖へ出ることに成功すると、思い切りポリュペーモスにののしりのことばを投げつける。ポリュペーモスは悔しがって、山の頂をちぎっては投げつけるが、後の祭りであった。

ターナーの絵では、画面右手奥の海から燦然たる太陽が上がろうとしている。画面中央やや左手に、朝日を帆に受けた大きな船が描かれる。船体も乗っている人間も櫂も、朝の光の中で赤く染まっている。船には、帆柱に登っている者などを含め、ざっと四、五十人が描かれている。一段高いところに両手を上げて旗を振っているように見える人物が、オデュッセウスなのだろう。船の背後には大きな岩山が見え、その上に雲だか人影だかわからないものがみえる。頭と首と肩らしいものがぼんやりとみえ、どうやら左腕を上に伸ばしてもいるようだ。これがポリュペーモスなのだろう。大きさは遠近法を考慮すれば、船よりもかなり大きそうである。

レッシングが、マルスの巨大さを絵画では描けないといったのに対して、ターナーはポリュペーモスをちゃんと描いているではないか、というのが、漱石の反論であるにちがいない。子供っぽいといえばそれまでだが、私には漱石が何かと格闘しているように思える。それが何であるかは、気安くいえないけれど、冷やかし半分の感想でないことはたしかだろう。レッシングと、その背後にある西洋文化の伝統に、精一杯比肩してゆこうとする意志のようなものを感じるのだ。私は、この書き込みに出会ったとき、おかしさよりも何か粛然としたものを感じたことを、今でも記憶している。

——森鷗外に『大発見』という文章があったと記憶する。鼻くそを掘るというのは日本ないし東洋のことで、西洋にはないようであると、引け目のような気持ちを抱いていたのだが、ある日ある本で鼻くそをほじる西洋の描写に出会うのだ。それを「大発見」というのには、いろいろな思いが込められているにちがいない。ターナーをもちだす漱石と、この鷗外は、驚くほど互いの近くに立っていたのではないだろうか。

後になって知ったのだが、ターナーのこの絵には習作があった。ロンドンのテート・ギャラリーに所蔵されるその絵は、六十センチ×八十九センチという小さな油彩画で、すべてが一層ぼんやりしている中にあって、崖の上のポリュペーモスだけは、いかにものたうっているような動きが見て取れるように描かれている。それはまた、船との比較において、より一層大きく描かれている。

ズ」（ナショナル・ギャラリー所蔵）

三つ目の絵がすでに出たけれども、書き込みを最後までたどって、この文章を閉じることにしたい。レッシングは、絵画と文芸の比較を続ける。第十三章では、『イーリアス』のなかから二つの場面を選び、絵画にした場合の効果について考える。疫病

ターナー作「ポリュフェモスを愚弄するユリシー

の場面は、絵画として表現しても詩には及ばないだろうが、酒盛りの場面では逆になるだろう、とする。そうして第十四章の冒頭で、詩人の優劣は画家に提供できる絵の数による、というケーリュス（十八世紀フランスの考古学者で美術家）の意見を否定する。漱石もここはレッシングと同意見である。

絵ニナルガ故ニ必ズシモ善詩ナラズ　絵ニナラヌカラトテ悪詩ニモアラズ

レッシングはつづけて、実際に絵になりうるかというより、絵にならないものを絵画的に表現できるのが詩の特質であるという。そうして第十五章では、時間的に継起する場面は絵画では表現できず、逆に絵画は、空間の中に並存して展開するものを描くことができる、と説き、時間的に展開する事象は、時間的であるがゆえに絵画の材料とはなりえないのだ、と結論づける。

第十六章では、絵画の対象は物体であり、文芸のそれは行為である、とする。ただし、物体といっても単に空間の中だけに存在するのではなく、時間の中にも存在する。文芸では、行為は何らかの存在と結びついているものだから、行為を描くときに物体をも描くことが可能になる。それにたいして、「絵画は、その共存的な構図においては、行為のただ一つの瞬間しか利用することができない。したがって、先行するものと後続するものとが最も明白となるところの、最も含蓄ある瞬間を選ばなくてはならない」。漱石はその suggestive（含蓄ある）にアンダーラインを引いて、

必ズシモ然ラズ

という。あるドイツ語を、英訳者は suggestive と訳し、日本語訳者は「含蓄ある」と訳したのだろう。ことばのニュアンスがいくらか違うようだけれども、ようするに先のクライマックスをよしとするか否か、とつながる議論であるように思われる。何かを連想させたり含蓄があったりするより、極点の状況を選んだ方がよい場合もあると漱石は言いたいのだろう。

言語作品が絵画に材料を提供するという問題について、レッシングはホメロスを例に持ち出す。「私の見るところでは、ホメロスは継起的な行為しか描いていない。物体も個々の事物も、すべてはただそのような行為への関与を通して、しかも一般にひと筆で描いている。したがって、ホメロスが描いているところでは、画家が腕を揮う余地は、ほとんどあるいは全くないということ、画家がホメロスから何か得るものがあるとすれば、たくさんの美しい物体を、美しい配置において、し

かも美術に有利な空間の中に集めている個所にしかない、ということに何の不思議もない」。漱石はまず、この「ホメロスは継起的な行為しか描いていない」に対して次のように書き込む。

progressive action ノ single moment ハ立派ナル画ニナルナリ、action ヲアラハス画トシテハ詩ニ及バザルベケレドモ state ヲアラハス画トシテハ詩ヨリモ優ルベキナリ、state トハ single moment ノ state ナリ、

継起的な行為の切り取られた一瞬でも、それを絵として描けば、行為の描写としてはともかく、一瞬の状態を描いた絵として通用する、といいたいのだろう。そうしてさらに、後半の、画家がホメロスから恩恵を受ける領域が狭いという議論に対しては、

此議論要領ヲ得ルガ如クニシテ要領ヲ得ザルニ似タリ

と疑義を呈している。状態を描く絵としては、充分に材料を得ることができる、といいたいのだろう。

レッシングは、弓の名手パンダロスの弓を描写するときに、画家は完成した見事な姿しか描くことができないが、ホメロスは『イーリアス』において、その弓ができあがるまでを表現することが

できる、というのである。そうして第十七章では、絵画には文芸の及ばないところがあることを注意する。詩人の有利な面を見てきたが、すべて成功するわけではなく、一目見た印象では詩は絵画に負ける、というのだ。スイスのある詩人（ハラー）の花の描写を引用し、これは実際にその花を手にしていれば美しい表現といえるかもしれないが、その花を知らないものには、何の感興も呼び覚まさないという。ここに対する、漱石の書き込みは、

然リ

である。結局、文芸は並存的部分を描写して全体を想起させることは苦手である、とする。

第十八、十九、二十、二十一章には書き込みがない。この四つの章では、次のようなことが論じられる。詩人の領域が時間的経過で、画家の領域は空間であるけれども、たがいに侵犯しあうこともあるとして、ラファエロは衣の襞の描写にその前後の動きを示そうとし、ホメロスは物体である楯を描くに際して、それが作られるまでの時間経過を盛り込むことによって、空間描写を詩人の領域に持ち込むことに成功している。物体の美しさを表現できるのは絵画だけで、並存的に存在する物体的な美をいくら時間的に引きなおそうとしても効果は得られないとして、美人の造作をいくら精彩に述べたところで、眼に見えるような美女を髣髴させることはできないと指摘する。だから、文芸は物体的なまた形態的な美を羅列的に直接表現するのではなく、美女の場合も、動きのある魅

力として表現するのだという。

第二十二章では、その美人の描き方の具体的な比較の話になる。ギリシア第一の美人で、トロイア戦争の原因を作ったヘレネーは、『イーリアス』の中で、トロイアの長老から「いかにもトロイアの人たちと、脛当てをよろしく着けたアカイア人〔ギリシア人のこと〕とが、長い年月のあいだ、苦難をあえてなめてきたのも、このような女人のためとならば、けしからぬことともいえない。恐ろしいほどその顔形が、不死である女神たちとそっくりである」（呉茂一訳）と評されている。古代ギリシアの画家ゼウクシスは、ヘレネーを描いたとき、その姿にこのホメロスのことばを添えたという（この画家の絵は一つも残っていない）。

レッシングはそのことを称揚し、それとの対照で、ケーリュスが当時の大家に提案したヘレネーの描写の構図を批判する。その構図は、ホメロスが描くところの場面を用い、さらに「画家が特に意を用いなければならないのは、枯れきった老人たちの情欲に燃えたまなざしと、その顔に浮かぶ驚嘆のあらゆる表情とによって、美の勝利を感じさせることである」というものであった。老人の色恋はいとわしいもので、これでは老人の顔は滑稽でいやらしいものになってしまうだろう、というのである。それにたいしてホメロスのほうは、先のことばの後に、「だが、どれほど美しいにしても、やはり船に乗せて〔ギリシアに〕帰すがいい。／わしらと、わしらの子供らにとって禍とならないうちに」と続けることによって、彼ら長老たちの英知を示している。これでなくてはいけないというのだ。この比較の議論に対する漱石の書き込みは次のようである。

Lessing ノ Caylus ノ図案ヲ攻撃スル所必ズシモ然ラズ

ケーリュスの図案は、それはそれで絵になるという意見なのだろう。

美と醜の描き方

第二十三章では、美ではなくて醜の描写の話に移る。ホメロスは、美については並列的な描写を避けているが、醜い男の描写では厭わずにそれをやっているのはなぜか、という問題を設定する。醜い物をあからさまに表現すれば、読者はついてこない。だからそれを表現するときは、「いりまじった感情」を利用するのだという。そこで醜さを、「無害の醜さ」と「有害の醜さ」に分ける。無害のほうは、醜さを滑稽に転化し、有害のほうは恐怖に結びつけるのだという。つまり醜さ単独ではなく、滑稽を混ぜ合わせたり、恐怖と結びつけたりして、いりまじった感情の表現にするというのだろう。（ホメロスの場合は滑稽化のための表現であったと結論づけている。）

その恐怖のほうの例として、レッシングは、シェイクスピアの『リア王』におけるエドマンドと、『リチャード三世』におけるリチャードという、代表的な悪漢二人を出してくる。二人はそれぞれ作品のはじめのほうで、独白という形を借りて、自らが悪者であり、何か悪い事をたくらむ人間であることを宣言する。その独白を並列して、レッシングは、エドマンドのほうは「いかにもこれは悪魔の声ではあるが、私の目にうかぶ姿は光明の天使である」のにたいし、リチャードのほうは「悪魔の声がきこえるばかりか、悪魔の姿が見えてくる」という。漱石の書き込みは、

　此《この》二 passage ヲ引クモ別段ノ illustration ニナラヌナリ双方共同様ノ感ヲ起スニ過ギズ只《ただ》異ナル点アリトスレバ単ニ強弱ノ度ノミ

というものである。極悪非道の行ないによって王座への道を開くエドマンドのほうは、いわゆる妾腹の子で、嫡出子のようには厚遇されないことへの恨みからひねくれているだけで、姿そのものは格別に醜いわけではない。現に「大自然よ、お前こそはわしの女神、／お前の掟だけにおれは従う」ともいっているのだ。それにくらべると、リチャード（この独白の時点ではまだ王位にはなくグロスター公）は、容貌魁偉なことがひねくれの原動力であるような、まことにおぞましい人物として、その名を馳せている。だからふつうなら、レッシングの意見に賛成したいところなのだが、漱石は二つ並べたところで、なにかの例証（illustration）になるものではないというのだ。

　そのことを考えるのに、『文学論』に戻ることは意味がありそうである。というのは、このリチャードの独白が、二つ目の絵のところでのべた「fに伴ふ幻惑」の、直接経験と間接経験の質の差のところに出てくるからである。はじめは量の差で、その例としてシドンズ夫人の回想談が出てき

たのであったが、それにつづく質の差として、「自己関係の抽出」「善悪の抽出」「知的なセンスの除去」の三つを、漱石は考えていることを紹介した。そのはじめの自己関係の抽出の例として、レッシングの引用と同じところが、より長く引かれているのである。その部分の漱石による要約と、その論評を見てみよう。

以上は Duke of Gloster の感慨なり。読者これを読んで如何の感あるかを思へ。彼は先づ天下太平に四海波静なる今日自己の腕を振ふの余地なきことを慨し、又己れの容姿矮醜にして婦女子と共に太平の遊戯をなすに適せざるを嘆じ、恰《あたか》も日中に孤立して形影相憐むの不甲斐なさを悲み、遂には路傍の犬にまで吠えらるゝを喞《かこ》ち、かゝる治平の世が到底自己と調和し難きを悟り、こゝに一大騒動を案出して天下を反覆せんと志したるなり。其字句の妙、譬諭の巧、反映照応の明快等は余が今論ぜんとするところにあらず、只《ただ》余は此感慨、此男子、此怪物の容貌、意志、情緒に対し如何なる感あるかを読者に問はんと欲するのみ。読者中或はこは悪漢なり、厭ふべき男なりと感ずる人々もあらん、されども如斯《かくのごとき》人物を目して、無意味なり、愚なるものなり、毫も吾人の感興を動かすに足らずとなす人は少かるべし。否一方に於ては油断のならぬ曲者《くせもの》に対する不快の感あると同時に、かゝる剛情なる毅然たる不屈の眇《びょう》たる小丈夫の呑天の胆を賞嘆する念湧き出でゝ先の不快の感は其為に弱められ後景に引き下げらるゝこと疑なし。

単に戦慄と恐怖を呼びおこす悪魔をしか認めえなかったレッシングに対して、ずいぶんいろいろなことを私たちに考えさせてくれる評である。漱石の力点が、その理由づけにあるのはもちろんである。グロスターはわれわれの日常の隣人ではないから、つまり自己関係が抽出されているから、こんなふうに感じる余地が生まれ、それこそが文学の功徳であるというわけである。このような観点に立てば、エドマンドもグロスターも強弱の差しか認められないのも、もっともというべきであろう。

以上は、醜いものに対する文芸家の対処であるが、第二十四章では同じ問題に対する画家の対応を考える。まずは、そういうものは描かない、ということもあるだろう。そもそも、不快な感情を絵画的に表現して快適なものにすることができるのだろうか。その余地があるとすれば、画家の技巧を見て楽しむというところだろう。文芸の場合は、滑稽や恐怖に転化することができたが、絵画ではそれができないという。絵画の場合はそのような転化を計ったとしても、「無害な醜さは、いつまでも滑稽味を失わずにいることはできない。不快感が優勢となってきて、はじめはおかしかったものも、やがては単にいとわしいものになってしまう。有害な醜さも同じことである。怖ろしさはしだいに消えていって、ぶざまさだけが変わらずに残るのである」。これに対する漱石の書き込みは次の通り。

説得《〔ときえ〕》テ未ダ精緻ナラズ

論は間違っていないが、ちゃんとした理屈になっていない、というのであろう。前に出たラ・メトリの笑っている銅版画に対するものと同じことで、漱石の胸中には寒山拾得図のような反証があって、それをも含んだ議論になるべきだ、との思いがあったのではないだろうか。

以上で漱石の書き込みは終わりである。レッシングの『ラオコーン』は、この後、生理的な不快感の表現と嫌悪感の表現との相違と類似について論を進め、第二十六章から終章にいたる部分では、ふたたびラオコーン群像に戻って、その制作年代やヴィンケルマンとの見解の相違などについて述べているが、それをここでたどる必要はないだろう。

『ラオコーン』に対する書き込みをみてくると、漱石は著書全体の流れや議論の展開よりも、本文の一部の比較的短い記述に反応することが多いようにみえる。蔵書への書き込みを全体的に見ると、本の見返しや扉に全体の批評を書き込んでいるものもあるが、頁の余白のそれは、読んでいてほとんど反射的、ないしは生理的に反応したようなものが多い。もちろん、漱石の読み方がそうなのではなく、あくまでも書き込みというものの特徴として、そのように言えると思う。

読書の影響

それでは最後に、この『ラオコーン』の読書が、漱石の書いたものの中にどんな形で登場しているかを概観しておこう。前にも述べたように、明らかな形では『草枕』に出てくる。『草枕』の主人公は画工であるから、絵を描きたいのだが、なかなかその対象が見つからない。見つからないのは、画工が描きたいと考えているのが、具体的な物ではなく気分だからである。その気分を描くのに都合のよい対象を探しているのだけれども、これが見つからないのである。ではその気分はどんなものかといえば、言葉で表現するのはなかなか難しい。さすがに漱石は、豊富な言葉を使ってその気分の描写に努めるが、さいごに「沖融とか澹蕩とか云ふ詩人の語は尤も此《この》境を切実に言ひ了《おお》せたものだらう」と締めくくる（「六」）。「沖融《ちゆうゆう》」も「澹蕩《たんとう》」もむずかしいことばである。漢和辞典を引くと、「沖融」は「やわらぐ、とろける」意だというし、「澹蕩」は「ゆったりとしてのどかなこと」とある。物語の季節が春だから、春の大自然の中に自らが溶け込んで、ゆったりとのどかにその一体感を味わっている気分で、それを絵にしたいというのだろう。

画工は、絵を三つに分ける。「普通の画は感じはなくても物さへあれば出来る。第二の画は物と感じと両立すれば出来る。第三に至つては存するものは只心持ち丈であるから、画にするには是非共此心持ちに恰好なる対象を択ばなければならん。然るに此対象は容易に出て来ない」（同）というわけである。そのような絵が過去に実際にあったかどうか、中国、日本、西洋と思い浮かべるが、どうもぴったりくるものがない。絵が駄目なら、どんな表現方法がよいかと思案して、すぐ音楽と思うが、これは「不案内」な領域なので手が出ない。次に、詩ではどうかと思う。ここにレッシングが登場する。

レッシングと云ふ男は、時間の経過を条件として起る出来事を、詩の本領である如く論じて、詩画は不一にして両様なりとの根本義を立てた様に記憶するが、さう詩を見ると、今余の発表しやうとあせつて居る境界も到底物になりさうにない。（同）

画工が描こうとしている気分には、継起的な事象の変化がないというのである。しかし、時間の経過にしたがって事態が動かないからといって、言語表現できないということはない、と反論する。絵画と同じように、「空間的に景物を配置したのみ」の言語表現が可能であるだろう、というのである。

もし詩が一種のムードをあらはすに適して居るとすれば、此ムードは時間の制限を受けて、順次に進捗する出来事の助けを藉らずとも、単純に空間的なる絵画上の要件を充たしさへすれば、言語を以て描き得るものと思ふ。（同）

このあとで、ラオコーンはもう忘れたので、読み返すとこっちが怪しくなるかもしれないとはいうが、書き込みにおいて、継起的な行為を切り取るような絵画は成立しないとするレッシングに対して、それも立派な絵だと切り返した批判を、言語表現のほうで裏返して示したものだろう。つまり、言語と絵画の差異をいいつのる結果、ややもすると議論のための議論に傾きやすいレッシングに対して、反証を挙げながらもう少し広いところで議論しようとしているようにみえる。画工は、その実例として自作の漢詩を掲げるのだが、これも西洋の詩とは違って、という隠れた矜持であるにちがいない。

以上は直接的な言及であるが、その名が出ないところにも、その影を見ることはできる。『三四郎』「十二」で、三四郎が広田先生のところを訪ねると、先生は昼寝をしていた。仕方がないので、借りていてそれを返しにきた「ハイドリオタフヒア」をまた読み出していると、先生が起きてくる。女の夢をみていたという。二人で銭湯に行って帰ってきてから夢の話を聞く。夢の中の広田先生は、宇宙の法則は変わらないがその法則に支配される宇宙のすべてのものは変化する、だとすると「法則」はもの以外でなければならなくなる、というようなことを考えていたのだという。

覚めて見ると詰らないが、夢の中だから真面目にそんな事を考へて森の下を通つて行くと、突然其女に逢つた。行き逢つたのではない。向《むかふ》は凝《〔じつ〕》と立つてゐた。見ると、昔の通りの顔をしてゐる。昔の通りの服装《なり》をしてゐる。髪も昔しの髪である。黒子《ほくろ》も無論あつた。つまり二十年前見た時と少しも変らない十二三の女である。僕が其女に、あなたは少しも変らないといふと、其女は僕に大変年を御取りなすつたと云ふ。次に僕が、あなたは何《〔ど〕》うして、さう変らずに居るのかと聞くと、此顔の年、此服装の月、此髪の日が一番好きだから、かうして居ると云ふ。それは何時《いつ》の事かと聞くと、二十年前、あなたに御目にかゝつた時だといふ。それなら僕は何故斯う年を取つたんだらうと、自分で不思議がると、女が、あなたは、其時よりも、もつと美しい方へ方へと御移りなさりたがるからだと教へて呉れた。其時僕が女に、あなたは画だと云ふと、女が僕に、あなたは詩だと云つた。（「十一の七」）

二十年前のある瞬間を固定・定着したものは絵でなくてはならない、時間の経過に伴って美しいものへ美しいものへと変わって行くものは詩である、とはレッシングそのままの定義に属するだろう。

また、（二）のシドンズ夫人の肖像画のところで、『文学論』の中の「ｆに伴ふ幻惑」について紹介したときに、醜い物を文学として表現するとき、いかにして不快の感情を呼び覚まさないようにするかをみた。そこでは、漱石はレッシングの名前を出していないけれども、その醜を芸術として表現するという問題意識は、すでにみたように『ラオコーン』のなかで取り上げられているものであった。漱石はこの部分の講義をすすめている時にも、『ラオコーン』のことをまったく思わなかったのだろうか。不審に思って私は、例の金子健二の聴講ノートを開いてみた。するとそこには、Lessing も “Laokoon” もたしかに筆記されていたのである。

『文学論』のこの条《くだり》を紹介したときに、漱石が「躍如たる」と「奇警にして非凡」とを分けていることに、私は疑問を差しはさんだ（二〇九頁参照）。漱石は、「躍如」の方は、「描き方如何にも巧妙にして思はずその躍如たる様子にうたるゝ場合」であり、「奇警にして非凡」の方は、「描かれたるF其物は醜なる故に実際これを見れば直ちに嫌悪の念を生ずるにもせよ、其Fの奇警にして非凡なるに感心」する場合と述べている。後者も結局は「描かれたるF」なのだから、そこに前者で言うところの「巧妙」なる「描き方」が介在していることは避けられないのではないか、と私は思ったのである。もしそうなら、どちらも描写力によって幻惑が生ずるのだから、漱石の場合分けには、それほど大きな意味がないのではないだろうか。

この場合分けは、聴講ノートでも同じだが、表現が少し異なっているので、そこをみてみよう（『文学論』では、場合分けが(2)、(3)だが、講義では(b)、(c)であったようだ）。

(b)物自身は醜ケレドモ realistic 及 vivid ニ現ハサレタル場合　技術ノ巧ニ由テ物其自身ノ醜ヲ忘レテ技術ノミヲ見ルノ余リ一種ノ emotion ヲ生スルコト〔アリ〕

(c)Fガ非凡ナルガ為ニ実際目撃スルトキハ odious ナレドモ技術ノ為ニ面白ク感ズル場合アリ

これを読むと、(b)は技術そのものを嘆賞する場合で、(c)は技術の結果提示された対象を讃嘆するつもりであったのかもしれない。しかし、例として挙げられたスペンサーとシェイクスピアを読みくらべればわかるように、実地にはなかなか区別ができそうにない。

レッシングと『ラオコーン』の名は、この(c)の方に出てくる。

Lessing ガ "Laokoon" ノ中ニ ugly ヲ用フル場合ヲ述ヘテ曰ク一ハ怖レノ念ヲ起サセンガ為ニ一ハ ridiculous ノ念ヲ起サセンガ為ニ用フト今此(c)ノ場合ヲ之ニ比ベンニ恐怖ノ念ヲオコサシムル場合ニ適合ス

レッシングの言う「恐怖ノ念ヲオコサシムル」例として、『リア王』のエドマンドと、『リチャード三世』のリチャードが取り上げられているのは、すでにみたとおりである。これを平たく言えば、恐ろしさに気をとられて、醜さを忘れるというところだろう。講義ではともかく、『文学論』としてまとめられたときには、この部分は使われなかったのだから、最終的に漱石がどう考えていたのかは、わからない。ただここに、『ラオコーン』の読書の血肉化の一端をうかがうことができるのは、たしかだろう。

第五章　晩年のこと

遺愛の書画

人は誰でも、生涯変わることのない何かに支えられつつも、時の経過にともなって、自ら選択し、あるいは強いられて、それまでとはどこかちがった自分を生きてゆくことになるのは避けられないことだろう。漱石だって例外ではありえないと思う。ここではその晩年の心事をたずね、そこに変わることのなかった面と、変わらざるを得なかった面とをさぐってみたい。ある古書市でたまたま入手した、書画骨董の入札目録を紹介しながら、話を進めてゆきたい。

昭和九年（一九三四）九月、東京美術倶楽部において、伊藤平山堂、小林信次郎、本山豊美を札《ふだ》元《もと》とする入札会が行なわれた。入札の対象となったのは、「後藤墨泉、夏目漱石両氏遺愛品」である。私が入手したのはその「もくろく」で、それを開くと漱石が自ら揮毫した書画や、愛蔵してい

た と考えられる良寛の書など、いくつかの品々を目にすることができる。それらは事実として、没後に漱石の身近くに残されたのではあるが、もし永らえることができたならば、他者に譲られる運命にあったものも含まれているにちがいない。漱石には、揮毫した作品について、これは残したいという意思をかため、確認する時間的余裕がなかった。なぜならば、死は突然にやってきたからである。

明治四十年（一九〇七）に朝日新聞社に入社して以来、ちょうど十作目となる新聞連載小説『明暗』を起稿したのは、大正五年（一九一六）五月十八日木曜日のことであった。その日から一日として休むことなく毎日、新聞連載一回分を日課として執筆し、一八八日目にあたる十一月二十一日に一八八回を書き、これも習慣として、翌日執筆分の第一紙となる原稿用紙の右肩に、回数の覚書として「189」の数字を記入して擱筆、これが文字通りの絶筆となってしまった。翌朝は、机には向かったものの、胃潰瘍の発作のために一字として書くことができなかったのである。十二月九日午後六時四十五分に亡くなるまで、三週間足らずであった。

さて、目録に載せられた品々には、漱石関連のものだけでなく、後藤墨泉という人の遺愛品も含まれている。目録への掲出の形式として、出自の断り書きがないので、なかにはどちらの遺愛の品なのか判断のつかないものもある。とくにこの後藤墨泉を知る手がかりがまったくつかめなかったので、よけいである。それでも、目録をみてゆくと、その第一番が岩倉公の自筆物六点、すなわち「叢中有鳴虫」「万里風信」「長閑玉章」「書簡三巻」「書簡台帳幅」「和歌張交幅」であり、これは漱石とは無関係で、おそらく墨泉遺愛の品だったのだろうという想像はつく。ついでにもう少し紹介すると、第二番は「水戸藤田家遺品」で、以下「光圀公書一行」「烈公書一行」「東湖書」「小四郎筑波山詩」「桜田十七士尺牘台帳双幅」とつづくところをみると、これらも漱石とは関係がなさそうで、墨泉なる人物は水戸学に連なる人かもしれないなどと思うけれど、単なるコレクターかもしれず、わからないとして諦めるほかない。

ここではまず、あきらかに漱石の遺愛の品だというものを、そう判断する根拠にも触れながら、紹介してゆくことにしよう。

1　明月和尚、書三行（目録三六）

これは「漱石箱」と記されているので、漱石の遺愛の品であることに間違いはない。箱の写真は

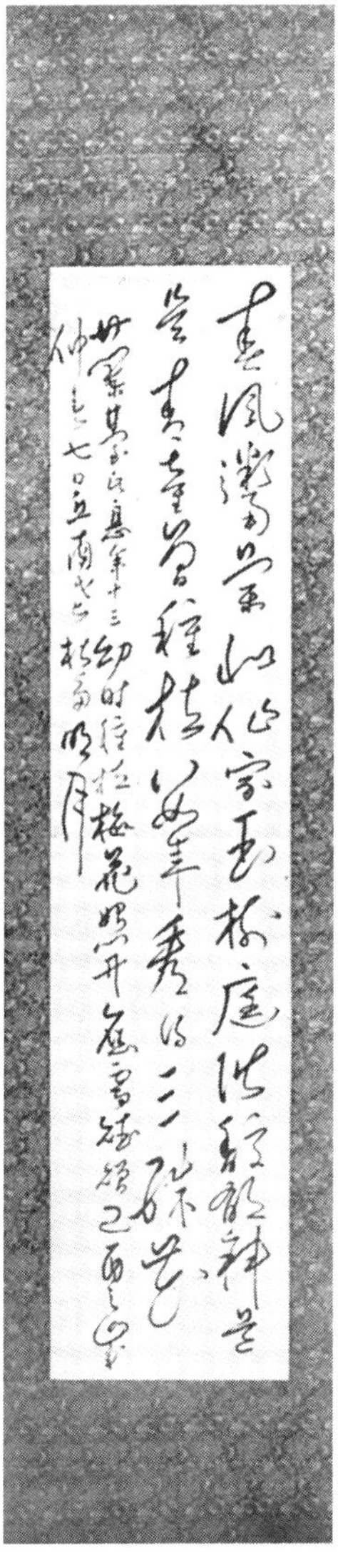

1　明月和尚、書三行

ないので、想像するしかないが、漱石自身が軸を収める箱に「明月和尚、書三行」と書いているのかもしれない。「書三行」とあるが、写真を見ると七言絶句二行に題辞二行を添えたものである。

明月の書は、もう一つある。

2　明月和尚、七絶（目録五三）

こちらも「漱石箱」とある。

2　明月和尚、七絶

『漱石全集』に最初に明月の名がみえるのは、大正二年（一九一三）十月二日付の村上霽月宛書簡である。

文面には、

明月和尚の書御探し被下《くだされ》候由御好意奉謝《しやしたてまつり》候　何分よろしく願上候　早くて不出来のものを入手致すよりもゆつくり好《よ》きものを取るが望みには候へども　悪しきは悪きで存しよきは好《よ》きで其上に蔵し置くも一興に候　如何様《いかよう》にても構はず御心掛願上候（字アキは筆者。以下同じ）

とあり、懇望することしきりである。村上霽月は、明治二年（一八六九）に松山の素封家の長男として生まれ、昭和二十一年（一九四六）に七十八歳で亡くなった。若くして家業を継ぎ、のちに愛媛銀行頭取などをつとめた銀行家だが、初期の子規門に入った俳人でもあり、漱石とは松山時代から交渉のあった人物である。慶応三年（一八六七）生まれの漱石より、二年後輩ということになる。

この書簡から二た月あまり経った、十二月十四日付のやはり霽月宛の書簡には、

拝啓　明月和尚の書正に入手　ことの外美事に候　どうかしてあのやうな書がかけるやうになりたいと思ひ候　珍らしきもの故さがし出すのに定めて御骨の折れた事と存候　幾重にも難有《ありがたく》候　向後も大幅御見当りの節はどうぞ御買求め被下度《くだされたく》　代金は小生払ひ可申《もうすべく》候　今度は別に何とも仰《おおせ》なき故《ゆえ》故人の贈として感謝の意を表し頂戴致候　先御礼迄

とあり、とうとう入手できたことがわかる。

この間の事情を霽月は次のように述べている。「〔漱石は〕潰瘍にかゝつて後、病余遣鬱といふ心持で画を描き書を書て居たが、一度書の話の序に、伊予松山の僧明月上人の書は大変甘《うま》い、越後の僧良寛禅師の書と天下の双璧である是非明月の書があつたら買つて送つてくれとの熱心な懇嘱であつたから、其後気にかけて居つたが、某家の蔵品入札払の時、明月のものがあつたら買つて置いて呉れと友人に頼んで置いたら、其時は生憎《あいにく》明月は小幅而《しか》も楷書で正月の詩か何か書いたもので例の

蚯蚓《みみず》の這ふたやうな面白い草体ではなかつたが、早速君に贈つたら大に喜んで書は甘いもので感賞《ママ》措《お》かずぢやが詩は余り上手ではないと云つて来た」（「漱石君を偲ふ」、『渋柿』大正六年二月。『霽月句文集』（昭和五十三年）に収録）。この時に送られてきたのはすなわち先の「2」の方であった。「丙午元日」と題されており、まさに「正月の詩」である。

漱石は、「詩は余り上手ではない」と霽月に言ったそうだが、写真を頼りにその詩を読めば次のようであるらしい。素人の私の勝手な読みだから頼りないけれども、活字に置き換えてみよう。

六十年来爰幻身　麻衣滞弌懶迎春　烟霞仍□《?》頭何白　池上経行照水新

六十歳になった新年の感慨であることは伝わってくるが、漢詩としてどうであるのかは、もとより私の云々すべきところではない。明月は享保十二年（一七二七）、「丁未」の生まれだから、「丙午」すなわち一七八六年（天明六年）に数え年六十を迎えるので、事実関係も間違いない。

この小幅を得て年が明けた一月三十日付の、漱石の森円月宛の書簡に、「霽月は清水老人から明月の書をもらつてくれました私は代りに野田笛浦の書を送りました明月はうまいものです」とみえる。これが最初に紹介した「1」らしい。というのも、霽月の「漱石君を偲ふ」の先の部分のつづきに、「而《そ》して今少し大作が欲しいとの希望であつた。此話を予の心安き清水翁に話したら、そんなに御所望なら自分の一幅を割愛しようとて半切に梅を植うる詩か何かを草体面白く書いたものを譲られたから、早速君に送つた所君は非常に喜んで、其返礼として春台か金陵かの書幅を送られたから清水翁に贈つたら、翁も非常に満足であつた」とみえるからである。

第一章で、漱石が幼な友達の島崎友輔が主宰する回覧雑誌に「正成論」を書いたことを紹介したが、森円月（本名、次太郎）もその頃の同じ遊び仲間であった。年は三つほど漱石より下である。この人は、生まれは松山だということだが、子供時代は東京で過ごしたのであろう。同志社を出た後、漱石が松山の尋常中学を去ってから同じ学校の英語教師になっている。のち、アメリカのエール大学に入学したというが、東京に落ち着いてからは、『東洋協会雑誌』の編集に携わっていた。霽月は、漱石が清水翁にお礼として送ったのは春台か金陵だと言っているが、これは漱石の言うとおり、野田笛浦の書だったのだと思う。笛浦は、江戸時代後期の儒学者で、今でも古書店のカタログなどにその軸物が時々みえるから、書もよくしたのであろう。

その「1」を見ると、題辞にはたしかに「蘭台氏息年十三幼時種植梅花始開……」というような文字が並んでいて、「梅を植うる詩か何か」とあるのに符合する。ただ肝心の詩の本体はなかなか読むことができない。霽月も別の文章で「二僧（良寛と明月）の書は何れも難読だ」といっているくらいだから、ここでは宿題ということにしておきたい。

明月に関しては、このほかにも霽月から「無絃琴」と書かれた額を送ってもらい、自らの書斎に掛けたとか、見せてもらった森円月所蔵の双幅のほうが「無絃琴」よりもいいとか、書いている手紙がある（大正三年七月三十日付、村上霽月宛書簡）。しかし今見ている「もくろく」には、その額の写真は出ていない。なお、霽月の「漱石君を偲ふ」によれば、その後霽月が上京したときに、「円月君の所蔵の明月も色々見たが、書は清水翁より譲られた半切のが一番甘《うま》いと思ふ」と話していたということである。

良寛探求

3　良寛、七絶（目録四四）

次は良寛で、これにも「漱石箱」とある。霽月は、難読は難読でも良寛のは「到底読み得べくもない」と断じているほどだから、私がここで写真を頼りに読もうとするのは、無謀であるにちがい

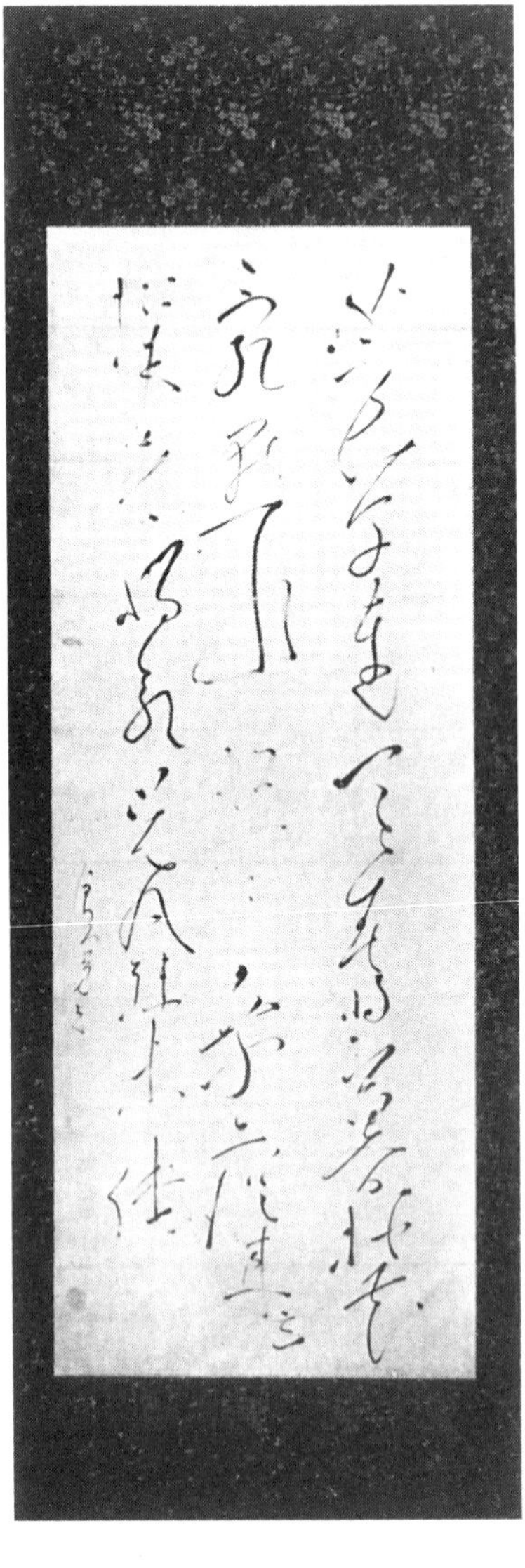

3　良寛、七絶

ない。仕方がないから、手近の『良寛詩集』（岩波文庫）を開いてみたら、「春暮二首」というのの一首に近いことがわかった。それを参考にすると次のように読めそうである。

芳草連天春将暮　桃花宛然水悠々　我亦従来忘機者　悩乱光風殊未休

岩波文庫は、一句目の「連天」が「萋々」、二句目の「宛然」が「乱点」、四句目の「光風」が「風光」となっている。

漱石が良寛の書を求めるようになるのは、明月の書を得たのと同じ時期のことである。すなわち、先の森円月宛の大正三年一月三十日付書簡に先立つこと二週間ほど前の一月十七日、かつての教え子である山崎良平が、「良寛詩集」を送ってきてくれたことへの礼状に、そのことがみえる。細井昌文氏によれば、この「良寛詩集」は小林二郎という人の編集にかかる『僧良寛詩集』で、その増補四版（明治四十四年刊）だということである。その推定の根拠は、その増補版に、送り主である山崎の評論「大愚良寛」が追加されていることにあるらしい。

さてその礼状には、「上人の書は御地にても珍らしかるべく時々市場に出ても小生等には如何《いかん》とも致しがたかるべきかとも存候へども若し相当の大きさの軸物でも有之《これあり》自分に適〔当〕な代価なら買ひ求め度と存候間御心掛願度候」とみえる。しかし、明月の書を得る際の媒介者村上霽月のつとめを良寛においてはたしたのは、この糸魚川在住のかつての教え子でなく、新潟県高田の医師森成麟造であった。森成は、明治十七年（一八八四）に高田に生まれ、四十年に仙台医専を卒業している。卒業後は、長与専斎の長男称吉が内幸町に開いた胃腸病院の医師となり、明治四十三年に漱石が修善寺で大吐血・人事不省に陥ったとき、病院から派遣され、菊屋旅館に滞在してつきっきりで漱石の治療・看護に当たった。小康を得た漱石は、銀製の煙草入れに自筆の「修善寺にて篤き看護をうけたる森成国手に謝す」という前書きと、俳句「朝寒も夜寒も人の情けかな」を彫らせて、贈っている。翌年四月、森成は高田に帰り、森成胃腸病院を開業した。

その森成宛の書簡に、良寛の名がはじめて出るのは、同じ大正三年の十一月四日付のものにおいてである。この頃になると、漱石の書を欲しがる人が増えて、それが溜まってくると、日を決めて一気に借金を返済するような按配で筆を揮うということがあったらしい。そのために俳句を作って手帳に書き留めたり、漢詩の一節を書き抜いたりしているし、紙切れに希望者の名前と書き送った内容をメモしたりしたものも残されている。実際、大正三年と推定され、「断片六〇」として全集に収められているそのメモには、村上霽月や森円月、さらに清水などの名前が見える。森成麟造も書を希望していたようで、その手紙にはつぎのようにある。

森成さんいつか私に書をかいてくれといひましたね　私は正直だからそれを今日書きました
あなた許りのでありません方々のを一度にかためて書いたのです　一日の三分の一程費やしました　あなたのは御気に入るかどうか知りませんが私の記念だと思つて取つて置いて下さい
良寛はしきり〔に〕欲いのです　とても手には入りませんか　以上

この書き方からみると、これ以前にも良寛の書について高田在住の森成に問い合わせていたのかもしれないが、そのような書簡は残されていない。

そうしてさらに一年が経過した、大正四年（一九一五）十一月七日付の同じ森成宛の書簡に、「時々先年御依頼した良寛の事を思ひ出します　良寛などは手に入らないものとあきらめてはゐますが時々欲しくなります　もし縁があつたら忘れないで探して下さい」と書いている。この一年の間には、森成から粽《ちまき》を送ってもらったことに対しての礼状（六月十七日付）が一通あるだけ（礼状とはいいながら「あれは堅くてまづいですね私一つたべて驚ろいてやめてしまひましたよ」という、漱石らしくはあっても悲惨なものではある）で、今度のは松茸の礼のついでに、良寛のことを書き添えているのである。

おそらくそれまでは、森成もそれほど熱心に良寛探索をしてはいなかった、と思う。しかしここまで言われると、本気にならざるを得なかったのではないだろうか。事実、これから森成の本格的な良寛探索がはじまるのである。そうしてその成果は、意外に早くもたらされた。すなわち、それから四カ月余り経った大正五年三月十六日付の森成宛書簡に、次のようにみえる。

拝復　良寛上人の筆蹟はかねてよりの希望にて年来御依頼致し置候処　今回非常の御奮発にて懸賞の結果漸く御入手被下〔くだされ〕候由　近来になき好報感謝の言葉もなく只管〔ひたすら〕恐縮致候

森成は「懸賞」までかけて探索し、とうとう入手に至ったのである。まだこのときは、報知だけで、実際に漱石のところに書そのものが届いたわけではない。同じ書簡は、次のようにつづく。

良寛は世間にても珍重致し候が　小生のはたゞ書家ならといふ意味にてはなく　寧《むし》ろ良寛ならではといふ執心故　菘翁だの山陽だのを珍重する意味で良寛を壁間に挂《か》けて置くものを見ると　有《も》つまじき人が良寛を有つてゐるやうな気がして少々不愉快になる位に候

菘翁すなわち貫名《ぬきな》海屋《かいおく》も、頼山陽も、江戸期の唐様能書家の十指に入る大家ではあるが、二人とも、漱石には評判がよくない。菘翁の書は、『坊っちゃん』のなかで、当の「坊っちゃん」から、「どうも下手なものだ」「あんまり下味《まづ》いから……」「海屋だか何だか、おれは今だに下手だと思つてゐる」と手厳しくこき下ろされているし、山陽の方は、『草枕』で観海寺の和尚の口を借りて、山陽の父春水、および叔父の杏平と三人を比較して、「山陽が一番まづい様だ。どうも才子肌で俗気があつて、一向面白うない」とこちらも形なしである。いずれにしても、良寛の対比としてこの二人の名が出てきたのは、漱石の正直な好悪の表白だったのだろう。

書簡はさらに、

さて良寛の珍跡なるは申す迄もなく従つて之を得るにも随分骨の折れる位は承知致候　所で

どうしてもたゞで頂戴致すべき次第のものに無之故《これなきゆえ》　相応の代価を乍失礼《しつれいながら》御取り下さるやう願ひ上候　御依頼の当初より其覚悟に有之《これあり》候旨は其節《そのせつ》既に御話し致し候とも記憶致し居り候へば　誤解も有之間敷《これあるまじく》とは存じ候へども　念の為故わざと申添候　たゞし貧生嚢中幾何《いくばく》の余裕あるかは疑問に候へば　其辺は身分相応の所にとゞめ置き度　是も御含《おふくみ》迄に申上候

其外に拙筆御所望とあれば何なりと御意に従ひ塗抹可仕《つかまつるべく》　良寛を得る喜びに比ぶれば悪筆で恥をさらす位はいくらでも辛防可仕候

先は右不取敢《とりあえず》御返事迄　余は四月上旬御来京の節拝眉の上にて万々可申述《もうしのぶべく》候　以上

とつづいていささか躁状態の気味であるが、それだけ喜びが大きかったのであろう。森成が四月上旬に上京して、良寛の書を直接手渡したいと言ってきたらしいことがわかる。そうして几帳面な漱石らしく、追って書きに、「猶良寛幅代価御面会の節差上度考《さしあげたきかんがえ》故あらかじめ其都合に致し置度と存候間　前以て一寸金額丈《だけ》御報知被下《くださら》ば幸甚に候」と書いている。

四月上旬に森成から直接手渡されたものが、すなわち「3」であるのだろう。その根拠は、書簡ではなく、全集の「断片七一B」にみえる記載にある。この断片は、大正五年（一九一六）当時使っていた手帳に四十頁に渡って筆記されているもので、中には三月十八日の新聞記事に関する記述があり、また手帳のその続きが四月二十一日の日付からはじまる「日記」になっていることから、同年春の記録と見てまちがいない。その断片の中に、次のような記述がある。これはおそらく、森成が上京したときの話のメモ書きであろう。

○良寛の書七絶聯落、越後柏崎の在にある旧家より出《いで》しもの。

良寛は気に入ったものには沙門良寛とかき猶好《よ》きものには越州沙門良寛とかきし由。田崎良寛といふは良寛在世の頃よりの偽書家にて良寛通りの書をかきし故《ゆえ》 人其《その》姓田崎の下に良寛の二字を加へ偽筆に会へば是は田崎良寛かと訊くといふ。良寛屛風ならば立派なものに書きしかど、托鉢の序など書いてもらふ時はあり合せの紙など継ぎて気の変らぬうちに書いて貰ひし由。夫故美濃紙を横に継ぎたる如何《いかが》はしき紙に書きたる方が却つて本物の場合多しといふ。彼は酒を少ししか飲まぬ癖に酒をくれると書を書きし由。魚をくれても書きし由。

田崎は間違。島崎良寛。島崎といふ所にゐたる故にしかいふとなり

「3」はたしかに七言絶句だし、「聯落」というのは、もともと「春暮二首」のうちの一つだからであろう。岩波文庫の『良寛詩集』から、そのもう一つの方を写せば、それは次のような詩であった。

大江茫々春将暮　楊花飄々点衲衣　一声漁歌杳靄裏　無限愁腸為誰移

このメモ書きを読んで、写真をみると、良寛の署名は単なる「良寛書」である。どうもこの幅は、良寛の気に入ったものでも、猶よいものでもなかったようだ。(岩波文庫の注をみると、この詩の

第一句を「芳草連天春已尽」とつくり、第二句の「楊花」を「桃花」とするものもあるとのことである。先にみた漢詩との類似が認められることになる。）

「もくろく」には、「漱石箱」と明示されている良寛の書がもう一つある。

4　良寛、和歌（目録五二）

「3」を漱石にもたらした森成は、良寛の和歌の幅についても情報をもたらしていた。それは、大正五年四月十二日付の漱石の森成宛書簡から窺うことができる。

拝啓　御上京の節は何の風情もなく失礼致候　良寛和歌につき結果如何と案じ煩ひ居候処木浦氏手離しても差支なき旨の御報何よりの好都合に候　十五円だらうと百円だらうと乃至《ないし》千円万円だらうと　もと〳〵買手の購買力と買ひたさの程度一つにて極り候もの　其他に高いの安いのといふ標準は有り得べからざる品物に候へば　幸《さいわい》　身分相応の代価にて譲り受ける事相叶《あいかな》ひ候へば有難き仕合せに候　猶此点につき大兄の一方ならぬ御尽力と木浦氏の所蔵割愛の御好意とを深く感謝致し候

代金十五円は荊妻に命じ為替と致し此中に封入差出申候につき御落手被下度候《くだされたく》　早速経師屋を呼び両幅とも仕立直し忙中の閑日月を得て良寛の面影に親しみ可申《もうすべく》候　先は御礼旁《かたがた》右迄

匆々

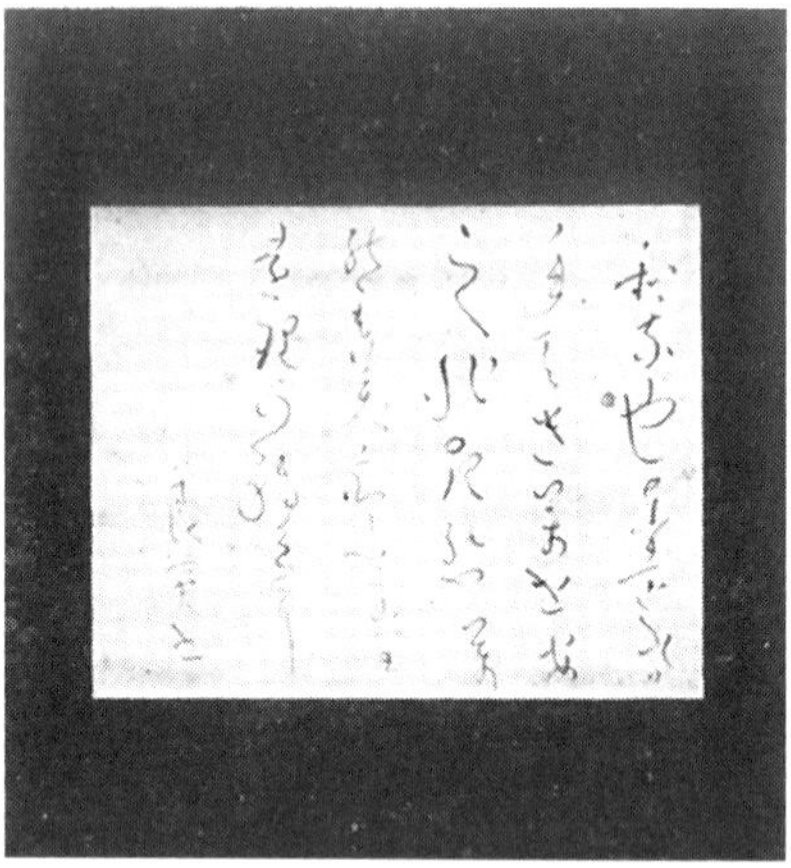

4　良寛、和歌

この書簡を読むと、四月上旬に漱石を訪ねた森成は、「3」と一緒に和歌の幅も持参していたことが想像できる。ただ、それは借りもので、漱石にあずけて帰ったようだ。おそらく漱石はそれも欲しいと、森成にねだったにちがいない。高田に帰った森成は、所蔵者である木浦という人に交渉した結果、十五円で譲ってもよいということになったのだろう。木浦は、名を正といい、半年後の十月に漱石を訪ねて、中村不折への紹介状を書いてもらっている。それには、「木浦君は好事家にてことに越後の事とて良寛の愛好者にて今度も面白き切張帖持参被致《いたされ》候」とある。

書簡に「両幅とも仕立直し」とあるので、表装し箱も新しく誂え、箱書きもしたのだろう。さて肝心の和歌は、これも自力ではとても読むことが叶わないので、吉野秀雄校注の『良寛歌集』を繰ってみると、つぎのように読むことができる。

> わがやどをたづねてきませあしひきのやまのもみじをたをりがてらに

これも残念ながら、署名は「沙門良寛」でも「越州沙門良寛」でもない。

「漱石箱」の注記はないが、この「もくろく」には良寛の書がもう一つ載っている。漱石が、さらにもう一つ所持していたという記録は見当たらないので、これは後藤墨泉関係かもしれない。前述のように、漱石は頼山陽の書を好んでいなかったようだから、その書を所持していたとは考えにくい。一方「もくろく」には山陽の書も見えるから、これはおそらく墨泉のものだったのだろう。そうとすれば、墨泉が良寛も所持していたとしても不思議はないわけである。参考のためにその詩を、『良寛詩集』によって読んでみると、次のような五言律詩である。

生涯懶立身　騰々任天真　嚢中三升米　炉辺一束薪
誰問迷悟跡　何知名利塵　夜雨草庵裡　双脚等閒伸

何の気なしに写してみて、はじめの「生涯、身を立つるに懶《ものう》く」という一句にはっとさせられた。漱石が二十二歳のとき、夏休みに房総を旅して、帰京後漢文による紀行文「木屑録《ぼくせつろく》」を著して正岡子規に示すということがあった。文中にも漢詩がいくつか嵌め込まれているけれども、その最後に「自嘲書木屑録後」（自嘲、木屑録の後に書す）という七言律詩を書き付けている。その詩は、紀行とは別に漱石のそのときの、あるいはそれまでの人生を振り返っての感慨を、述べたものであるように読める。

そのはじめの二句は次のようである（訓読は一海知義氏による）。

白眼甘期与世疎　白眼　甘んじて期す　世と疎なるを
狂愚亦懶買嘉誉　狂愚　亦た懶し　嘉誉を買うに

世の中を冷たい眼で眺めているのだから、世の中から疎んじられてもそれは覚悟の上だ。自分はもともと常識外れの愚かな性質で、しかも世間から誉められようなどという気は、めんどうでとても起こらない、というのであろう。

良寛の五言律詩が、どのくらいの年齢のときに作られたものかはわからないが、その詩に、二十二歳の漱石の感慨につながるところがあるのはたしかである。漱石のこの句を、若者の客気の裏返しとも、あるいはモラトリアムの、つまりは青年の社会に対する逃げ、ないし拒否の心情の表白とも、漢詩という表現にありがちな修辞とも受け取ることは可能であろう。しかし、自身にはまったく死の予感がきざしていなかったのに、実際には二十日の後に死ななければならなかった大正五年十一月十九日に、生涯に作った漢詩の終わりから二番目に当たる詩を作ったときに、第一句を「大愚難到志難成」（大愚到り難く、志成り難し）と起こさざるを得なかったことを思うと、二十二歳の「狂愚」から五十歳の「大愚」まで、「愚」というものが、漱石の精神を生涯にわたって貫いていたことがわかるように思う。漱石にとって「愚」なるものは、生得のものでありながら、いやそうであればそれだけ、とうとう徹底することのできなかった、ありうべき境地でもあったのだろう。良寛の律詩にはこの「愚」の文字こそ見えないが、良寛その人は、「大愚」という法号を戴いていたのではなかったか。

漱石の良寛への言及は、はじめに紹介した教え子の山崎良平宛の書簡にはじまるようにみえる。

俳句に「良寛にまりをつかせん日永哉」と詠んだのも、大正三年（一九一四）である。これは春の句だから、山崎宛の書簡が一月であることを思えば、やはりその書簡以降のこととみてよいだろう。――もっとも、明治四十四年（一九一一）の五月十七日の日記に、良寛の名前はみえる。これは熊本の五高時代の同僚で国漢科の担任であった黒本植が、修学旅行の引率で上京したのを、在京の教え子が漱石宅へ連れてきたときの話に出てくるのである。話そのものは他愛のないもので、良寛が飴が好きだというので飴をやって、舐めようとするその手を取って何か書を書かせようとしたら、「その手は食はん」と書いたというのである。

先に紹介した山崎宛の書簡は、その後半部であるが、その前半には次のように認《したた》められていた。

拝啓　良寛詩集一部御送被下《くだされ》正に落手仕《つかまつり》候　御厚意深く奉謝《しやしたてまつり》候　上人の詩はまことに高きものにて古来の詩人中其匹《たぐい》少なきものと被存《ぞんぜられ》候へども　平仄などは丸で頓着なきやにも被存候が如何《いかが》にや　然し斯道にくらき小生故　しかと致した事は解らず候へば　日本人として小生は只今其字句〔の〕妙を諷誦して満足可致《いたすべく》候

詩集を送られた漱石は、ひとわたり眼を通したと思われる。そうしてみたら、その詩は「まことに高きもの」であって、その字句は諷誦して満足すべき「妙」をたたえていたというのである。漱石は形の上では、良寛の書そのものを求めていたのであるが、その底において、精神的に同質の何かを深く共有していたにちがいない。

結城素明との交流

こんどは、遺愛の品というより、漱石自身が画賛という形で制作に関与しているものをみてみよう。

5　素明、山水、漱石賛、同箱（目録七八）

素明は、日本画家の結城素明（一八七五―一九五七）、アララギの歌人との交友でも知られる。同じ素明の画に漱石が賛をしたものがもう一つある。

6　素明、人物、漱石賛、同箱（目録八〇）

「6」の方の賛の文章は、新しい『漱石全集』の第十八巻「漢詩文」に収められている。それを読むと、この軸の成立の由来がはっきりするから、まずそれを引用しよう（訓読は一海知義氏）。

丙辰六月、結城素明、贈余其所画人物図。余命匠装潢、且惜其布置未完、下端多余白、乃録高青邱詩代賛、併記其所以上下一時塡充去。

（丙辰六月、結城素明、余に其の画《えが》きし所の人物図を贈る。余、匠に命じて装潢《そうこう》せしめ、且つ其の布置未だ完からず、下端に余白多きを惜しみ、乃ち高青邱の詩を録して賛に代え、併せて其の上下一時に塡充し去りし所以《ゆえん》を記す。）

ようするに、結城素明から人物画を贈られたので、表装したけれども余白が多くて全体がしっくりしないので、その余白に高青邱の詩を書き写して、さらにその由来も書いて、空白を埋めてみた、というのである。「高青邱の詩」というのは、次の通りである。

自掃瓊瑶試暁烹
石炉松火両同清
旋渦尚作飛花舞
沸響還疑灑竹鳴
不信秦山経歳積
俄驚蜀浪向春生
一甌細啜真天味
却笑中泠妄得名

自ら瓊瑶《けいよう》を掃って暁烹《ぎょうほう》を試む
石炉松火、両《ふた》つながら同じく清し
旋渦、尚お作す飛花の舞
沸響、還《ま》た疑う竹に灑《そそ》いで鳴るかと
信ぜず、秦山、歳を経て積るを
俄に驚く、蜀浪《しょくろう》、春に向って生ずるを
一甌《おう》、細かに啜れば真に天味
却って笑う、中泠《ちゅうれい》の妄りに名を得たるを

5 素明、山水、漱石賛

6 素明、人物、漱石賛

賛には詩題が記されていないが、東北大学の漱石文庫にもある『高青邱詩醇』の「巻之四」に見えるところによれば、「煮雪斎為貢文学賦禁言茶」（煮雪斎、貢文学の為に賦す、茶を言うを禁ず）という詩である。訓み下しも、同書によってつけてみた（最後の句中の「笑」を漱石は「咲」（意味は同じ）と書いている）。訓み下してみても、なかなか要領を得ることができないから、『国訳漢文大成』の高青邱の巻に依拠しつつ、その意味らしいところを探ってみると、以下のようであるらしい。

まず題意であるが、煮雪は、文学博士貢某《こうぼう》の斎名で、この詩は、その人の為に、特に賦して寄越したものである、ということだそうである。書斎が「煮雪」いう名前なので、誰でも茶のことを言いたくなるところを、あえて茶という文字を使わないで詩を作った、という。さて詩の中味であるが、私は次のように理解した。

「朝早く、瓊瑶《けいよう》（美しい玉）とみまがう雪をあつめて、石鍋で煮立たせていると、石鍋の風情も、松が燃える火花も、実に清々しい。鍋の中は渦が生じて、花が舞い散っているようであるし、石鍋がことこと煮えたぎる音は、まるで筧を流れる水音のようである。（雪は融けやすいものなのだから）太白山の雪が一年中融けないというのは信じられない。また、（いったん融ければ）雪解けの水が蜀の川を奔流するのは驚くばかりだ。さて甌《かめ》いっぱいに煮立った水をひと口すってみると、まさに天然の味わいがあり、中冷泉が天下の名水と謳われるのを、笑い飛ばしたいくらいだ」。

素明の画には、中国風の人物二人の間に甕のようなものが描かれているが、漱石はその中に、「天味」の水を想像していたのだろうか。

結城素明の名が全集ではじめて出てくるのは、明治四十四年（一九一一）六月八日の日記においてである。その日記には、つぎのように記されている。

○結城素明と森円月と来て、絵と書を交換す。素明の話に、大阪に森一鳳といふ絵家がゐて、あるとき雨が降つてゐる藻刈舟を画いたら、人が続々頼みに来る。仕舞には藻刈舟に飽きて外のものを画いたら気に入らなかつた。是は藻を刈る一鳳（儲かる一方）と云ふ謎なのであるさうである。近頃美術院派の画家に梅村（倍損）と云ふのがあつて、ちつとも流行《はや》らなかつた。其弟には桜村（大損）と云ふのがゐて猶流行らなかつた。とう〱名前を易《か》へて仕舞つたさうである。

こういう話を、漱石はいったいどのような顔をして聞いていたのだろう。もうあまり見なくなった千円札のあの顔を思い浮かべると、不思議なおかしさがこみ上げてくる。それはともかく、この書き方は、素明がはじめて訪問したのかこれ以前にも来訪があったのか、判断に苦しむ。ただ、この訪問にはある伏線があったのではないかと、私は想像する。

漱石は、学生として、また松山や熊本の中学や高等学校の教師として文章を発表するときは、おおむね本名を使った。教師時代でも、『ホトトギス』などの雑誌に発表するときは、「漱石」を名のり（例外は、第三章で触れた「不言之言」で、そこでは「糸瓜先生」の署名である）、とくに作家としての自覚が生じてからは漱石で通していた。だから、公には「漱石」以外の筆名を使っていない、と思われていた。しかし実際には、『東京朝日新聞』の「文芸欄」を主宰していた当時、「愚石」という署名で発表していた文章が存在した。

それは「太平洋画会」と題する展覧会の批評で、自筆の原稿が天理大学の図書館に現存する。早くから、森銑三・反町茂雄などという人により、漱石の原稿であると同定されていた。ただ原稿用紙は、いわゆる漱石山房のそれでなく、市販の朱刷りの原稿用紙、半面の升目が二十字十行の用箋である。そのせいかどうか、小宮豊隆は、実際に「文芸欄」の実務を担当していた立場から、それが漱石の文章であることを決して認めようとはしなかった。それゆえ、岩波書店の『漱石全集』に収録されることはなかった。

筆跡からだけでなく、内容の上からも漱石の文章であるとする研究も、熊坂敦子氏によってなされた。私は、この問題に決着をつけるべく、編集部の同僚と天理大学にその原稿を見に行った。たくさんの漱石自筆の原稿を見てきた私たちにとって、それは疑う余地のまったくない、漱石の文字そのものであった。「太平洋画会」は、明治四十四年五月二十一日と二十二日に掲載された。同じ時期に「文芸欄」に発表された「坪内博士と「ハムレツト」」(同年六月五日、六日)は、同じ用箋を使い「漱石」と署名された自筆の原稿が、岩波書店に所蔵されているのだから、原稿用紙からだけでは、漱石の原稿でないと言うことはできない。こうして、「太平洋画会」の文章は、はじめて全集に収録されることとなった。

しかし問題はこれだけで済むものではなかった。「文芸欄」に掲載された「愚石」署名の絵画評は、他にも二つあったのである。一つは「生きた絵と死んだ絵」（同年五月三日、四日）で、もう一つは「「不折俳画」と「畿内見物」」（同年八月二十四日、二十五日）である。こちらは原稿の所在が不明で、いわば物証はないのだが、熊坂氏はこれらも含めて、すべて漱石の文章であると主張していた。私の個人的な感触では、むろん三つながら漱石のものと思ったけれど、物証のない悲しさから、他の二つは、全集としては参考資料として収録するに留めざるを得なかった。

余談になるが、なぜ「漱石」の名前で発表しなかったのか、について私の推測を述べておこう。一つは「文芸欄」への露出過多を厭った、ということが考えられる。前年の修善寺の大患からようやく回復し、自らが主宰する「文芸欄」に盛んに執筆していた。三月から、第一章で紹介した関西での講演に出掛ける直前の七月までの間に、漱石署名の小品および批評は十二本（連載もあるので掲載日合計二十六日）ある。もう一つの理由は、美術批評をすることへの引け目である。作家、文学者としての漱石の批評・感想ではなく、美術鑑賞家としてのそれであるという、遠慮があったかもしれない。（さらに細かなことだが、「「不折俳画」と「畿内見物」」が掲載された八月二十四日、二十五日は、第一章でも触れたように、漱石が大阪の湯川病院に入院していた時期である。これはおそらく、講演旅行に出発する前に、埋め草として新聞社に預けておいたものだろうと思う。）

さて、「生きた絵と死んだ絵」であるが、このタイトルはいかにもぶっきらぼうでストレートだと思うけれど、どこかとぼけたようなおかしみの感じられる、漱石らしいタイトルの付け方だと、私にはみえる。この二回連載の評論の、二回目が「生きた方」（当然ながら一回目は「死んだ方」である）というので、これは素明も関係が深い无声会《むせいかい》の展覧会の評になっている。はじめに会全体の印象として、「結城素明平福百穂などは振《ふる》ってゐた」といい、素明の絵については具体的には次のように評している。

　素明の絵は色彩も好ければ運筆も達者である。画題も絵巻物風に採りたるものには好いものがあるが、大津絵の様なものは恐らく得意の題材ではあるまい。又筆を軟らかく描いたものよりも硬い筆を自由に使つて描いた画に特色がある様に見えた。

絶賛されているわけではないが、素明にとっては意にかなった批評だったにちがいない。「愚石」とは誰であるかが、当然のことながら気にかかったはずである。想像するしかないが、筆者が漱石であることを知るに至り、一月余り経ってから、森円月と一緒に訪問することになったのではないだろうか。

以来二人には交流があって、素明の画に漱石が賛をしているのが、『図説漱石大観』（昭和五十六年、角川書店）に三点（一点は双幅）を数えることができる（ここで紹介している「5」「6」は出ていない。このほかに、木の枝に雀が二羽寄り添っている素明の画に、漱石が自作の漢詩を添えたものもある）。交流といっても、直接二人が会うというより、森円月が二人を媒介していたように感じられる。

賛の由来書き漢文の冒頭の「丙辰六月」は、大正五年（一九一六）六月のことである。六月といえば、六月二十日付の森円月宛書簡には、次のように認《したた》められている。

拝復　御来示の趣有がたく承はり候　明晩御光来の程待上候　明後日なら午後に願度と存候と申すは小生午前中は執筆と相きめ下らぬものを毎日精出して書き居候故大抵のものは断はり居候　わざわざの御光臨に文句をつけ甚だ恐縮の至なれど右の次第故悪《あし》からず　先は御挨拶迄匆々頓首

ここには、肝心の用向きの内容が記されておらず、素明の名も書画のことも出てこない。しかし私には、ここに予告された森円月の来訪が、「丙辰六月、結城素明、余に其の画きし所の人物図を贈る」に関係しているのではないかと思われるのである。実際、約二カ月の後には、同じ円月に宛てて、次のように報じている（八月十一日付）。

拝啓　昨日小閑を偸《ぬす》みかねて御依頼の素明画伯の絵に賛を致し候　不出来ながら御勘弁願上候　御急ぎにても有之間敷《これあるまじく》とは存じ候へども一寸御通知致置候間　木曜の午後何時にても御入来被下《くだされ》候へば御渡し可申《もうすべく》候　頓首

この書簡の書かれた「八月十一日」という日付を見過ごすことはできない。漱石がその最晩年に、日課のようにして漢詩の制作に打ち込んだことは、よく知られている。先に紹介した「大愚到り難く……」と詠み出だされた漢詩も、その一つである。その一連の漢詩制作の、一番目の作は、大正五年の「八月十四日夜」という日付をもっている。十一日は、その直前に当ることになる。

東北大学の漱石文庫には、漱石が使った手帳が十五冊残されている。『漱石全集』のなかに「日記・断片」として収められている大部分は、これらの手帳に筆記されたものである。手帳は、日付の印刷されている日記帳、罫線だけが印刷されているいわゆる手帳、スケッチブックなどさまざまな形態があるが、その十五冊をおおまかな使用年代にしたがって、番号付けすることができる。その最後に位置する「手帳十五」には、先ほどの日課とされた漢詩がかなり几帳面に筆記されている。そのありさまは前著『漱石という生き方』に紹介したからここでは繰り返さないが、漢詩は推敲の跡のある下書きと、それの清書とが、手帳の前と後ろから順に、真中に向かうように筆記されている。ちょうどその第一作の漢詩の下書きが始まる直前の頁に、先ほどの高青邱の詩とその由来書きがペンで、文字を確認するような下書きらしい筆跡でしるされている（先に、高青邱の詩中の「笑」の字を漱石は「咲」に作っていると書いたが、このノートの下書では、笑を消して咲としていることが認められる）。

これは自然に考えれば、漢詩を作る日課の始まる直前に、高青邱の詩とその由来書きを筆記したということになるだろう。そうだとすれば、十一日の手紙で「賛を致し」たというのが、高青邱の詩とその由来書きそのものであることにならないだろうか。そうしてまたこのことは、逆に考えれば、賛のために『高青邱詩醇』を開いて漢詩のあれこれを探したことが、漢詩づくりの日課を生み出すきっかけとなった可能性を、示唆しはしないだろうか。

漢詩の制作

漱石の漢詩の制作の時期は、しばしば五つの期に分けて考えられる。すなわち「学生時代」「松山・熊本時代」「修善寺の大患期」「画賛の時代」「明暗執筆期」である。吉川幸次郎のように最初の二期をまとめ、さらに第三・四期も一緒にして、全体を三期に分ける人もいる。このうち作詩の数がもっとも多い『明暗』執筆期が、ある明確な意図を持って持続的に打ち込んだ時期であることははっきりしている。ただ難解なものも多く、その全貌が充分に解明されているとはいいがたい。同じような意味で心血をそそいだのは、数はそれほど多くないが、修善寺の大患期のものだろう。『草枕』に、熊本時代の旧作の漢詩を挿入したのを除けば、『思ひ出す事など』のなかに公表することを、なかば前提として作っていたというのも、注意されてよいと思う。

この大患期の第一作を作ったのは、明治四十三年（一九一〇）七月三十一日である。この年は、三月一日から『門』の新聞連載がはじまり、六月十二日に完結している。起筆と脱稿の正確な日付けはわからない。執筆の後半になると、胃の具合があまりよくなかったらしい。五月十一日付の皆川正禧宛書簡には、皆川が『門』を読んでくれていることに礼をのべつつ、「近頃身体の具合あしく書くのが退儀にて困り候」とあり、また五月二十一日には橋口貢宛に、「小生胃病烈しく外出を見合せ世の中を頓《とん》と承知不仕《つかまつらず》候」と書いている。先ほど手帳のことを述べたけれども、全集の整理で七番目ときめられた手帳の、前年の小説『それから』に関するメモを含む「断片」の続きに日記をつけ始めるのは、六月六日のことであり、その日の記事に、内幸町の胃腸病院を受診したことがみえる。これが、『門』脱稿の直後のことなのであろう。

受診の結果、胃潰瘍の疑いありということで、六月十八日に入院する。加療の成果が上がって、七月三十一日に退院する。その日の日記は次のようである。

> 七月三十一日〔日〕
> 例起。曇。日比谷公園散歩。
> ○八時橋本左五来。九時の汽車で三島へ行つて大坂へ寄るとの事也。
> ○一昨日森円月の置いて行つた扇に何か書いてくれと頼まれてゐるので詩でも書かうと思つて、考へた。沈吟して五言一首を得た。
> 　来宿山中寺、更加老衲衣、寂然禅夢底、窓外白雲帰。
> 十年来詩を作つた事は殆んどない。自分でも奇な感じがした。扇へ書いた。

○今日退院。

「橋本左五」は橋本左五郎、大学予備門入学を期して漱石と同じ下宿で勉強した仲間だが、橋本は受験に失敗した。前年の明治四十二年の満韓旅行のときに漱石は、東北帝国大学農科大学の教授として満洲の農業視察に来ていた橋本と偶然邂逅し、一緒に旅をした。漢詩の訓読は「来たり宿る山中の寺、更に加う老衲の衣、寂然たる禅夢の底、窓外白雲帰る」(一海知義氏による)。

この一週間の後、八月六日に漱石は、転地療養のために伊豆の「山中」の修善寺に向け出発し、禅寺ならぬ旅館に滞在することになる。そうして予期に反して、大吐血、人事不省という運命に際会する。意識回復後も絶食、ひたすらな仰臥を強いられた。そこでは夏であるにもかかわらず、薄掛け一枚を加える必要があったかもしれないし、寂しい夢の底に沈む日々であったにちがいない。そうしてまた、その病床で作った少なからざる漢詩の一つにおいて、仰臥する眼に終日動かない白雲がみえていることを謳ったのであった。こうしてみると、この五言絶句は、近い将来の予告であったような気がしてならない。

それはともかくとして、ここに一つの偶然を感じるのは私一人ではないだろう。すなわち、大患期と『明暗』執筆期というふたつのまとまりのある漢詩の作成のきっかけに、いずれも森円月が関与しているということである。無論、そのこと自体は特に注意するべきことでもないのだが、『明暗』期漢詩制作のきっかけに、大患期の記憶が遠く作用していたかもしれないと、私は想像しているのである。

「6」が長くなってしまったので、「5」に移らなければならない。ただ、ここまでの話で、ちょっとしたひっかかりがある。明治・大正期にかぎらず、一般にいわゆる文人たちの書画をめぐるマナーが、私にはわからない。というのは、由来書きは、素明が漱石に画を贈ったように読める。それを表装したところ空白が多いので賛をして埋めたのだと書いてある。ところが森円月への手紙では、円月が勝手に素明の画を持ち込んで、漱石に賛をさせたようで、賛ができたから取りに来いという手紙まである。「賛」というものがいわば創作なのであって、あからさまな頼みごとをありのままに書いたのではぶち壊し、ということなのだろうか。取りに来いという手紙の後、円月は取りに現われないまま、四カ月の後、漱石は帰らぬ人となってしまい、円月は入手し損ねた、という理解でよいのだろうか。ちなみに、先の『図説漱石大観』の「解説」では、素明画への漱石の賛のある一点について、「森円月旧蔵という」と記している。

さて、「5」である。そこに記されている漢詩は、つぎのように読むことができる。

達人軽禄位　　達人、禄位を軽んず
居処傍林泉　　居処、林泉に傍《そ》う
洗硯魚呑墨　　硯を洗って　魚　墨を呑み
烹茶鶴避煙　　茶を烹《に》て　鶴　煙を避く

閑惟歌聖代　閑にして惟《ただ》聖代を歌う
老不恨流年　老て流年を恨まず
静想閑来者　静に想う閑来の者の
還応我最偏　還《ま》た応《まさ》に我最も偏なるべし

そして題辞のほうは、

魏仲先名野陝府人也真宗祀汾陰遣使召之題此詩壁間遁去使還以詩奏上曰野不来矣
（魏仲先、名は野、陝府の人なり。真宗、汾陰に祀る。使を遣わして之を召す。此の詩を壁間に題して遁れ去る。使、還て詩を以て奏す。上《しょう》の曰く、野は来たらずと。）

と読むことができる。魏野（仲先は字）が、北宋第三代の天子である真宗の召を辞したときに、この詩を作って自らは遁走して出仕しなかった、というのであろう。しかしこれはどうも、後代のつくり話らしい。

詩そのものは、まぎれもなく魏野の「書友人屋壁（友人の屋壁に書す）」と題された作で、世俗を離れて暮らす友人への共感、ないし同感をうたったものである。しかし一方で、魏野は、真宗のあつい恩典を受けつつも、出世することも栄誉も求めず、その召を断ったということがあり、そのような伝記的事実関係とこの詩とが結びつけられて伝わってきた、ということらしい（前野直彬編『宋詩鑑賞辞典』（東京堂出版）など）。

閑適への思い

それでは、漱石はどこからこの詩と題辞とを引いてきたのだろうか。あるいは、題辞は漱石の作った文章なのだろうか。『宋詩鑑賞辞典』によれば、この召を断って逃げたときの詩であるという伝承は、『古今詩話』という宋代の書物に見え、『瀛奎律髄《えいけいりつずい》』に引かれることによって広まった、とある。『瀛奎律髄』は、たしかに「漱石山房蔵書目録」にみえる。蔵書の本は、寛文十一年に京都の書肆村上勘兵衛の平楽寺から出版されたもので、巻二十から巻四十九までの六冊だということである。『瀛奎律髄』というのは、元の方回（号は虚谷）が、唐・宋の五言・七言の律詩や絶句を四十九の「類」に分けて選び収めたアンソロジーである。つまり蔵書は、巻一から巻十九までを欠いていることになる。

その巻二十三は「閑適類」としてまとめられ、そのなかにこの詩が出ている。そこでは「書友人屋壁」と題があって、上掲の詩が載っており、その後に比較的長い八行ほどの題辞が置かれている。読んでみると、はたして漱石が記したのは、そのはじめの二行であった（ただし、「陝府人也」の「也」はみえない）。漱石は、素明の絵のなかの茅屋を魏野もしくはその友人、すなわち隠者の家とみたてて、この賛をしたのであろう。

しかしその揮毫の時期を推測できるような材料は、日記や書簡からは見つけることができない。だから、ここからは私の想像になるのだが、これは少なくとも6と同じような最晩年ではないと思う。素明の絵そのものは、素明が円月に伴われて、はじめて漱石を訪ねたときに「絵と書を交換」したという、その絵なのではないだろうか。そうしてそれに実際に賛をしたのは、さらに数年の後のことなのでは……。こんな不確かなことをあれこれ考えても、なにかがわかったり、新しい事実に逢着したりするわけではないから、無意味な道楽のようなものだけれど、想像するのは楽しいことだ。

この『瀛奎律髄』の「閑適類」において、魏野の次に配列されているのは、林和靖である。林和靖については、漱石が明治三十二年（一八九九）の俳句で、「梅に対す和靖の髭の白きかな」と詠んでいる。和靖は諡《おくりな》で、名は逋《ぽ》というらしい。先ほどの『宋詩鑑賞辞典』には、次のように紹介されている。

うまれつき病弱で、妻をめとらず、庭に梅をうえ鶴を飼って楽しんだので、人びとが「梅妻鶴子（梅の妻に鶴の子）」といったのは有名である。また、しばしば西湖に小舟を浮かべて近くの寺に遊んだが、童子の放つ鶴が飛ぶのを見て客の来たことを知り、廬に帰ったなどエピソードは多い。（中略）

だが林逋は詩名をもってすら評判になることを嫌い、詩をつくるはしから棄てたので、その詩は百に一しかのこっていない。それでも、その詩の後世に伝わらぬのを怖れてひそかに記録しておくものがいたおかげで、詩三百三首、詩残四句、詞三首がいま伝えられた。

これは『宋史』にもとづく記事のようだ。こういう人であるから、漱石の「鶴獲《え》たり月夜に梅を植ん哉」（明治二十九年）や、「寒徹骨梅を娶ると夢みけり」（明治三十二年）なども、林和靖への共鳴の句であるとの指摘がなされている（山本幸夫氏・坪内稔典氏）。漱石の熊本時代は、もっとも句作に熱心であった時期だから当たり前かもしれないが、これらの句がいずれも熊本時代であるのも興味深い。

蔵書の『瀛奎律髄』には、漱石の蔵書であることを示す「漾虚碧堂蔵書」の印がしっかり捺されているが、それまでの所蔵者の印もあって、そこに「筑前」の文字がかすかにみえる。そのことから私は、漱石は熊本時代にこの本を購入したのではないかと考えた。東北大学の漱石文庫には、漱石自筆の「漾虚碧堂蔵書目録」という和綴じの冊子があって、墨書された和書の書名が一六四点並んでいる。筆記されている書名から考え合わせると、これは熊本時代に入手した図書のリストであることがわかる。そうしてそのなかに『瀛奎律髄』もみえている（「目録」では、書名の後に「十」とあり、これはおそらく冊数だろう。購入したときは全部揃っていたにちがいない）。

漱石は熊本時代に、『瀛奎律髄』の「閑適類」によって、林和靖に出会ったのではないだろうか。

しかしその後は、ロンドン留学があり、大学と高等学校で英文学を教えるという時代があり、新聞社の社員となって小説を書き続ける生活がそれに引き続いた。それは「閑適」からは遠くはなれた生活であったといえるだろう。

そのような生活の果てに、明治四十三年の修善寺の大患があった。この大患のときに、漢詩を集中して作ったことはすでに述べた。その詩作は、修善寺滞在中に始まるが、十月初旬にようやく東京に戻り、胃腸病院に再入院した十一日にも七言律詩を得ている。東京に戻ると、病臥していたときの感慨を綴った『思ひ出す事など』をさっそく書きはじめる。病後に無理をするなというので、東京朝日新聞の主筆池辺三山に止められるのだが、やむにやまれぬ思いで、断続的ながら連載を始めるのである。その「四」には、再入院の日に得たその五十六個の漢字からなる七言律の漢詩を、三山に贈ったことを述べ、さらに次のように記している。

　詮ずる所、人間は閑適の境界に立たなくては不幸だと思ふので、其閑適を少時《しばらく》なりとも貪り得る今の身の嬉しさが、此五十六字に形を変じたのである。

病に倒れなければ、閑適は得られないのであった。そもそも「閑適」とは、『広辞苑』は「しずかに心を安んずること」とするけれども、これではちょっと不足していると思う。中国の『漢語大詞典』をみると、「清閑安逸、優游自在」とある。その違いは言葉でうまく説明できそうにないけれども、漢字八文字のほうが、求めて得にくい境界であることがよく伝わってくるような気がする。

大正三年（一九一四）三月の『大阪朝日新聞』に、「文士の生活」という漱石の談話が載っている。自分の生活のあれこれを率直に語ったものだが、談話を聞いた記者がまとめた文章でなく、漱石が談話という枠組みで実際に書いたのではないか、と疑わせるような文章である。そのなかに次の一節がある。

明窓浄机。これが私の趣味であらう。閑適を愛するのである。
小さくなって懐手《ふところで》して暮したい。
明るいのが良い。暖かいのが良い。

閑適への思いは持続していると同時に、やはり得がたい境界なのであった。その境界に遊ぶ場として書画の世界が開けてきたのは、大正元年の十一月頃からである（大正元年当時使っていた手帳のメモ（「断片五八D」）に「十一月　山水の画と水仙豆菊の画二枚を作る」とあるのが、その最初の形跡とみられている）。そうして大正三年作とされる、次の漢詩が生れた（訓み下しは一海知義氏）。

起臥乾坤一草亭　　起臥す　乾坤一草亭
眼中只有四山青　　眼中　只だ有り　四山の青

閑来放鶴長松下　閑来　鶴を長松の下に放ち
又上虚堂読易経　又た虚堂に上って　易経を読む

山本幸夫氏（「漱石と諧謔の精神」、浅田隆編『漱石――作品の誕生』世界文化社、一九九五年、所収）がすでに指摘するように、ここには林和靖との親近が感じられる。漱石は、いかにも南画らしい山間の松林の中に二羽の鶴を憩わせる画を描き、この詩を賛として書き付けている。『瀛奎律髓』の「閑適類」には、林和靖の詩が五つ選ばれており、その一つに「小隠自題」という五言律詩がある。

竹樹遶吾廬　竹樹　吾が廬を遶《めぐ》る
清深趣有余　清深にして趣余り有り
鶴閑臨水久　鶴　閑にして水を臨むこと久しく
蜂懶得花疎　蜂　懶にして花を得ること疎なり
酒病妨開巻　酒病　開巻を妨げ
春陰入荷鋤　春陰　荷鋤《かじょ》に入る
嘗憐古図画　嘗て憐む古の図画
多半写樵漁　多く半《なかば》は樵漁を写す

この三句目の「鶴閑臨水久」が、遠く漱石の「閑来放鶴長松下」に響いているような気がするのは、私の付会だろうか。

私の想像は、自らの松に鶴の画に賛をしたのは、『瀛奎律髄』の「閑適類」への回帰の故であり、素明の画に魏野の詩を揮毫したのは、その余波ではないかというに過ぎない。

素人と玄人のあいだ

「もくろく」には、このほかにも紹介したいものがいろいろあるが、ここでは漱石の晩年の一面をさぐってみる、ということがあくまでも主意であるので、紹介と由来の話はこのへんでやめて、少しくその内面に立ち入ってみたい。私はこの文章で、はじめに明月と良寛の書への傾倒のありさまを紹介した。その傾斜してゆく心の傾きは、大正三年一月に発表した「素人と黒人」にみることができるかもしれない。その「四」には次のような文章がみえる。

良寛上人は嫌いなものゝうちに詩人の詩と書家の書を平生から数へてゐた。詩人の詩、書家の書といへば、本職といふ意味から見て、是程立派なものはない筈である。それを嫌ふ上人の見地は、黒人《くろうと》の臭を悪《にく》む純粋でナイーヴな素人《しろうと》の品格から出てゐる。心の純なるところ、気の精なるあたり、そこに摺れ枯らしにならない素人の尊さが潜んでゐる。腹の空しい癖に腕で掻き廻してゐる悪辣《あくらつ》がない。器用のやうで其実は大人らしい稚気に充ちた厭味がない。だから素人は拙を隠す技巧を有しない丈でも黒人より増しだと云はなければならない。自己には真面目に表現の要求があるといふ事が、芸術の本体を構成する第一の資格である。

「素人は拙を隠す技巧を有しない」とあるが、明治・大正の時代はともかく現代では、かえって玄人の厭味なところを模倣する悪達者な素人が幅を利かせているようにもみえ、そこは多少読み替える必要があるかもしれない。ただ、そういうことを頭の隅に意識するとしても、漱石の真意は伝わってくると思う。漱石は、良寛詩集をみて、平仄に頓着していないことに驚いていた。また、書についても「その手は食はん」と書くようなところは、まさに良寛の素人としての面目躍如といったところだろう。

漱石が、貫名海屋や頼山陽の書を好まなかったのは、かならずしも晩年のことではなく、早くからだったらしいことはすでにみたが、ここでも良寛の対比として、それらの書家を思い浮かべていたのではないだろうか。

漱石は、漢詩を興の向くままに作ったけれども、おそらく漢詩作りの玄人とは、自ら思っていなかったにちがいない。書画においてはなおさらである。しかし、文学者として、あるいは作家としては玄人であることを自覚し、専門家として現われざるを得なかっただろう。素人一般の特質を強調しすぎると、自らの立場をあやうくしかねないのではないか。そのような微妙な位置取りについて、考えてみたい。

自らを文学者であると規定し、文学者であることに漱石ほどこだわった作家はまれである。漱石が自らを文学者であると考えたとき、その対照として意識にのぼったのは、哲学者と科学者であった。哲学者や科学者が分析的であるのに対し、総合的かつ創造的な文学者であることに自負と誇りを抱いていた。漱石のその文学者として存在のあり方には、三つの相があったように思う。

一つは、『文学論』にみられる姿である。すなわち文学の内容を表現という角度から分析し、文章の効果を高める方法を、「感情転置法」「感情拡大法」「感情固執法」「誇大法」「省略撰択法」「聯想法」「抽象事物の擬人法」「投出語法」「投入語法」「調和法」「対置法」「緩勢法」「強勢法」「仮対法」「不対法」「写実法」「間隔論」などなどに分類し、英文学からの豊富な用例を駆使して解析する。そうしてさらに、内容を分析するだけに留まらず、文学の生態学ともいうべき流行と衰退の現象を心理学的・社会学的に究明し、その隆替の法則を産み出そうとする。一口で言えば、「文学とは何ぞや」の根源に迫ろうとする、理論家の姿である。

第二は、漱石自身の言葉で語ってもらおう。すなわち、朝日新聞入社直後の明治四十年（一九〇七）四月に東京美術学校で行なった講演（後に「文芸の哲学的基礎」と題して東京・大阪両『朝日新聞』に掲載）で、次のように述べている。

文芸家は閑が必要かも知れませんが、閑人ぢやありません。ひま人と云ふのは世の中に貢献する事の出来ない人を云ふのです。如何に生きて然るべきかの解釈を与へて、平民に生存の意義を教へる事の出来ない人を云ふのです。かう云ふ人は肩で呼吸《いき》をして働いて居たつて閑人です、文芸家はいくら椽側に昼寐《ひるね》をして居たつて閑人ぢやない。（中略）然し是丈大胆にひま人ぢやないと主張する為めには、主張する丈の確信がなければなりません。言葉を換へて云ふと如何にして活《い》きべきかの問題を解釈して、誰が何と云つても、自分の理想の方が、ずつと高いから、ちつとも動かない、驚かない、何だ人世の意義も理想もわからぬ癖に、生意気を云ふなと超然と構へる丈に腹が出来てゐなければなりません。是丈に出来て居なければ、いくら技巧があつても、書いたものに品位がない。

これはとりもなおさず、漱石自身が、人間の全存在を引き受ける者としての文学者であろうとする、宣言であるにほかならない。有名な、「僕は一面に於て俳諧的文学に出入すると同時に一面に於て死ぬか生きるか、命のやりとりをする様な維新の志士の如き烈しい精神で文学をやつて見たい」（明治三十九年十月二十六日付、鈴木三重吉宛書簡）ということばや、その思いがもっとも直截に反映していると見られる、四十年の正月に発表した「白井道也は文学者である」で始まる『野分』をみると、この時期の漱石が自らの使命として文学者であることを選び取っていることが迫ってくる。当然のことながらその思いは、このときだけのものではあるまい。形を変えながらも生涯にわたって、『道草』の健三のような「異様の熱塊」を抱えていたのは、たしかである。
そうして三つ目は、文章をあやつる姿である。私は先に、『漾虚集』について触れた第二章のなかで、漱石は字遣いに無頓着といわれがちだが、『吾輩は猫である』において「集注」という字面にこだわっていることや、教え子への書簡で「僕は贅沢であの字はいや此句はいやと思ふものだから容易に出来ん苦しい」と『幻影の盾』執筆の苦心の一端をもらしていることを紹介した。しかし、もっと具体的にはっきりと文章をあやつることへのこだわり、ないし自負を表明しているのは、「元日」という短いエッセイにおいてである。

漱石が入社した当時の朝日新聞は、少なくとも売れ行きは大阪の方が、圧倒的に部数が多かった。漱石は、朝日新聞社に入社したので、文章はその両方に載った。わずかに例外があって、どちらかにしか載らなかった随筆（小品）もある。入社のときの心づもりとして、漱石は執筆する分量について、「小説抔にても回数を受合ふ訳に行かず。時には長くなり又短かくなり。又は一週に何度もかき又は一月に一二度しか書かぬ事あるべし」といい、一年の分量として、前年（明治三十九年）に自身がなした仕事が目安になるだろうと言っている（入社の仲介の役目をはたした、教え子でもある白仁三郎（坂元雪鳥）宛、明治四十年三月十一日付書簡）。『吾輩は猫である』の「七」「八」と『趣味の遺伝』は、三十九年一月に雑誌『ホトトギス』と『帝国文学』に発表したものだが、これは実際に執筆したのは、前年とみるべきだろう。そうすると、三十九年に実際に執筆したのは、『吾輩は猫である』の「九」（三月）、「十」（四月）、「十一」（八月）、『坊っちゃん』（三月）、『草枕』（九月）、

『二百十日』（十月）、それから四十年一月に発表された『野分』も、仕事としてはこの年に含まれるだろう。今これらを、全集の頁数で数えてみると、八百頁あまりになる。この字数を四百字詰の原稿用紙に換算すると、千二百九十枚ほど、つまり毎月百枚とちょっとという計算になる。相当な分量というべきだろう。

この約束の小説については、同じ書簡で、「或は長きものを一回にて御免蒙るか又は坊ちゃんの様なものを二三篇かくか其辺は小生の随意とせられたし」と書いている。漱石は、修善寺の大患の年、つまり『門』を脱稿して『彼岸過迄』にとりかかるまでの一年半の空白を例外として、枚数は及ばないが、毎年ほぼこの約束を守っている。この、主たる執筆以外の寄稿には、大阪からの依頼によると思われるものが、少なくない。

明治四十二年（一九〇九）一月十日付の、先ほども名前の出た坂元雪鳥宛書簡には次のようなくだりがみえる。

雪が降るので火鉢を擁して此手紙をかく。夫から又原稿をかく。何でも夢十夜の様なものとの註文だから毎日一つ宛かいて大阪へ送る積りである。僕が原稿の催促を受けて書き出すと相撲が始つて記事が不足しない様になる。社の方では気が利かないと思つてゐるだらう。

このときに大阪に送った一連の原稿は、『永日小品』として掲載された。新しい『漱石全集』では、もう何度も言ったように、原稿に忠実な本文ということを標榜し実現しようとした。その肝心な原稿がないときは、最初に活字となった雑誌や新聞を頼りにした。『朝日新聞』には、東京と大阪と二つあって、原稿はどちらに送られたのか、最初に東京に届けられたとして、東京から大阪へは原稿そのものが移動したのか、いったん校正刷に組んだもの、つまり活字に移しかえられてから送られたのかは、大きな問題であった。つまり、原稿から直接活字に写されたのはどちらか、という問題である。

これらの問題は、丁寧に詳細に調べてゆけば、かなりはっきりした結論が得られるような気がする。私の印象としては、はじめのころは原稿そのものが移動し、後半からはゲラ（校正刷り）が送付されたように思う。この『永日小品』のように、大阪からの依頼で原稿も大阪に送られたことがはっきりしていれば、問題はないが、『硝子戸の中』のように、大阪からの依頼でも、東京にも掲載してほしいという希望が漱石自身にあったため、原稿は東京に送るということもあるので、結論を得るには、やはり両方の本文をよく比べてみる必要がある。

さて、この『永日小品』であるが、大阪では連載の回数を表示して、それが「二十五」まで続いた。東京は、最初は連載の回数は出さず、途中から示すようにしたが、「十九」で中断してしまう。しかも東京は、回数を間違えたり勝手に二回に分けたりで、中断という処置からも明らかなように、扱いが杜撰かつきわめて冷淡である。これは前年の正月からの小説『坑夫』についてもいえることである。

『永日小品』は、まとまったものとして単行本『四篇』に収められるが、そこには同じ時期に新聞に掲載されながら「永日小品」を名乗らなかったエッセイが、三本含まれている。すなわち「元日」「紀元節」「クレイグ先生（上・中・下）」である。「クレイグ先生」は、『永日小品』の二十五回が終わった翌日の大阪朝日新聞に掲載されたのだから（東京には掲載されず）、連載の一環としての扱いでもよかったように思うのだが、仔細はわからない。（もっとも、四十二年三月五日の日記に、「「クレイグ先生」以外に永日小品の最後の一篇を書いてくれと素川より申し来る。「変化」の一篇を送る」とある。素川（鳥居赫雄）は、大阪朝日で東京の池辺三山とともに漱石の入社を推し進めた人物である。この「変化」はたしかに最終回の「二十五」（三月九日）であったところをみると、漱石は「クレイグ先生」で連載を締めくくろうとしたのを、素川の判断で外したようにも考えられる。）

「紀元節」は、二月十一日の大阪朝日の紀元節特集頁に掲載されたもので（東京は掲載せず）、分量も短い。「元日」は、文字通り元日の東京・大阪両朝日新聞に掲載された。「永日小品」と銘打った連載が始まるのが一月十四日だから、先ほどの坂元宛の書簡と併せて考えれば、あきらかに系統が異なる。むしろこの「元日」に触発されて、鳥居素川が連載を頼んできたのかもしれない。

この「元日」は、表題の通り新年のための原稿である。新聞社は今も昔も、そうやって新年の雰囲気を高めたがるものなのだろう。漱石のような専属作家を抱えていれば、なおのことそうしたくなるにちがいない。そうしてその翌年の明治四十三年の正月にも、同じような依頼があった。漱石は、あきらかに困惑している。行き当たりばったりに書きはじめて、一年前の事をもちだす。

去年は「元日」と見出を置いて一寸考へた。何も浮んで来なかつたので、一昨年の元日の事を書いた。一昨年の元日に虚子が年始に来たから、東北と云ふ謡をうたつたところ、虚子が鼓を打ち出したので、余の謡が大崩になつたといふ一段を編輯へ廻した。実は本当の去年の元日なら、余の謡はもつと上手になつてる訳だから、其の上手になつた所を有《〔あり〕》の儘《〔まま〕》に告白したかつたのだが、如何せん、筆を執つてる時は、元日にまだ間があつたし、且《かつ》虚子が年始に見えるとも見えないとも極《〔き〕》まつてゐなかつた上に、謡をうたふ事も全然未定だつたので、営業上已むを得ず一年前の極めて告白し難い所を告白したのである。此の順で行くと此年《ことし》は又去年の元日を読者に御覧に入れなければならん訳であるが、さう〳〵過去のまづい所ばかり吹聴するのは、如何にも現在の己れに対して侮辱を加へるやうで済まない気がするから故意《わざ》と略した。それで猶の事塞《つか》へた。

この当の文章の表題が、また同じ「元日」というのだからおかしい。そうして次のようにつないでいる。

元日新聞へ載せるものには、どうも斯う云ふ困難が附帯して弱る。現に今原稿紙に向つてゐるのは、実を云ふと十二月二十三日である。家では餅もまだ搗かない。町内で松飾りを立てたものは一軒もない。机の前に坐りながら何を書かうかと考へると、書く事の困難以外に何だか自分一人御先走つてる様な気がする。それにも拘らず、書いてる事が何処となく屠蘇の香を帯びてゐるのは、正月を迎へる想像力が豊富なためではない。何でも接ぎ合はせて物にしなければならない義務を心得た文学者だからである。

たしかにこの十数行ほどを読んだだけで、伸びをしたような、そうして明るくて、ゆったりとした気分になるから不思議だ。ここに、理論家でもなく、人事世態百般を引き受けようというのでもない、もう一人の「何でも接ぎ合はせて物にしなければならない義務を心得た文学者」がいる。漱石はそのことをはっきりと自覚して、表明しているのである。

こうしてみてみると、漱石が三つの相をもつ文学者の「黒人」として、自らを規定していたことがわかると思う。ただし、これらはいずれも朝日新聞入社前、そして入社間もない頃の姿である。このことと、先に見た「素人と黒人」における、素人へのある種の憧憬のようなものは、どのような関係にあるのだろうか。

今紹介した二つ目の「元日」は、明治四十三年の一月一日に掲載されたのだが、この年は修善寺の大患の年であり、翌四十四年の正月は胃腸病院で過ごさねばならなかった。その二月の退院間近なときに、文部省からの博士号授与の問題が起こり、漱石はそれを辞退した。その辞退するゆえんを、文部省の当局者でありかつて大学予備門の同級生でもあった福原鐐二郎宛に、次のようにのべている（この書簡は二月二十一日付で出されたものだが、二十四日の新聞各紙に公表された）。

小生は今日迄たゞの夏目なにがしとして世を渡つて参りましたし、是から先も矢張りたゞの夏目なにがしで暮したい希望を持つて居ります。従つて私は博士の学位を頂きたくないのであります。

このことばは、文学者の「黒人」であることの放棄ではなく、官制の博士という制度ないし権威の拒絶である。漱石が文学者であることにこだわりをみせたことと、「たゞの夏目なにがし」として生きてきたと言うことには、大きな隔たりがあるように私には思える。しかしこの言葉に、文学者としてのあの自負やこだわりがみえないことも事実である。大患の予後ということを差し引いても、「文学者夏目漱石」よりも「たゞの夏目なにがし」であることへのこだわりの方が強いように感じられる。

さらに翌年の正月から、一年半ぶりに新聞の連載小説『彼岸過迄』が始まる。その連載の開始に先立って、漱石は「彼岸過迄に就て」という文章を発表している（明治四十五年一月一日）。その中で、「歳の改まる元旦から愈《いよ〳〵》書始める緒口《いとぐち》を開くやうに事が極つた時は、長い間抑へられたものが伸びる時の楽《たのしみ》よりは、脊中に脊負された義務を片附る時機が来たといふ意味で先《まづ》何よりも嬉しかつた。（中略）久し振だから成るべく面白いものを書かなければ済まないといふ気がいくらかある。（中略）で、何《ど》うかして旨いものが出来るやうにと念じてゐる」と述べている。ここでの「義務」は、形式的には入社時に自ら述べた朝日新聞社との契約上の義務を言っているのだろうが、当然ながら心中にあるのは、文学者としての義務であるにちがいない。なぜなら、その義務を果たす対象を、次のように規定することを忘れていないからである。

まずは、自分は「自然派の作家」でも「象徴派の作家」でもないし、今はやりの「ネオ浪漫派の作家」ではさらにない、「自分は自分であ」り、「たゞ自分らしいものが書きたい丈である」と述べ、次のように続けている。

東京大阪を通じて計算すると、吾朝日新聞の購読者は実に何十万といふ多数に上つてゐる。其の内で自分の作物を読んでくれる人は何人あるか知らないが、其の何人かの大部分は恐らく文壇の裏通りも露路も覗いた経験はあるまい。全くただの人間として大自然の空気を真率に呼吸しつゝ穏当に生息してゐる丈だらうと思ふ。自分は是等の教育ある且尋常なる士人の前にわが作物を公にし得る自分を幸福と信じてゐる。

文壇という「黒人」を相手とするのではなく、素人を相手にする、という宣言であるとともに、「文学者夏目漱石」と「たゞの夏目なにがし」とのあいだに、「義務」を媒介とした橋を架けようとしているのでもあろう。

「文学者夏目漱石」として

しかしこの架橋は、それほど簡単なことではない。たとえば、漱石が『心』を単行本として、大正三年（一九一四）九月に岩波書店から自費出版のようにして刊行したとき、装丁ばかりでなくその広告文までも自ら用意した。その広告文に、漱石は「自己の心を捕へんと欲する人々に、人間の心を捕へ得たる此作物を奨む」と認《したた》めた。随分な自負といわなければならない。ただそのような確信的な作品に対しても、新聞連載中に小学生から手紙をもらったときには、次のように返事をせざるを得なかった。

あの心といふ小説のなかにある先生といふ人はもう死んでしまひました、名前はありますがあなたが覚えても役に立たない人です、あなたは小学の六年でよくあんなものをよみますね。あれは小供がよんでためになるものぢやありませんからおよしなさい。あなたは私の住所をだれに聞きましたか。（大正三年四月二十四日付、松尾寛一宛）

小学生相手では、漱石でなくても、このようにしか返事は書けないかもしれない。しかし、この漱石は、いつもと同じように真面目である。おそらく子供だから大人だからという以前の、漱石の心の中にあるアンビヴァレントな心情の吐露ではなかっただろうか。創作をする以上は、多くの人に読んでもらいたいと思うのは、自然である。しかし、漱石にとっては、読んでほしいということ以上に、自分が表現するということそれ自体の欲求が強かった。その欲求の前には、読者とかあるいはその獲得とかいうような顧慮は、後景に退かざるを得なかった。誰にも読んでほしい反面、誰も読んでくれなくてもよい、という気持ちがあったのではないか。

『明暗』執筆期の漱石と森円月との交渉を紹介したときに引用した書簡に、「小生午前中は執筆と相きめ下らぬものを毎日精出して書き居候」とあった。「下らぬもの」というのは、謙遜の修辞でありつつ、本心でもあったのではないか。そもそも、『明暗』執筆に取り掛かる以前に、京都で知り合った芸妓の野村きみ宛にも、

御手紙をありがたう　私も久しく御無沙汰を致しました　御変もなくつて結構です　私は病気をしに生れて来たやうなものですから始終どこかわるいのです　然し今は起きてゐます　さうして近いうちにくだらないものを新聞に書かなければなりません

と認《したた》めざるを得なかった（大正五年五月二日付）。

森円月は、書画にはくわしかったかもしれないが、趣味の人であり文学そのものに深くかかわる

人ではなかっただろう。大正三年七月二十八日付の円月宛書簡に、「私の小説を暑いのに一度に読んで下さるあなたは私にとつてありがたい御得意です、御批評も承はりました、何だか一揚一抑一擒一縦といつた風の書き方で悪口だか讃辞だか分りませんね」とある（「一揚一抑一擒一縦」は誉めたかと思うと貶す、ということの繰り返し）。これは連載終了間近（八月十一日完結）の『心』の新聞切り抜きか何かを、円月がまとめて読んで感想を書き送ったことへの返事だろう。その評が、要領を得ていなかったにちがいない。野村きみは、漱石の知遇を得たといっても、文学の素人である。漱石にとっては、作品を作るということがすなわち現実の生活を生きることだけれども、彼ら読者にはそれ相当の実生活があるのであって、その生活の前には、小説を読むことは第二義的にならざるをえない、という認識が、そういわせたのではないか。

しかし、そのような「素人」のあり方は、「たゞの夏目なにがし」たらんとする漱石にとっては、否定し去ることのできない、立場である。だから、「くだらないもの」という言い方は、森円月や野村きみに調子を合わせているという面を含みつつ、必ずしも彼らを一段下に見て言っているのではないと思う。漱石自身の心の中に、くだらないとみる、素人の心は実際にあったのである。誰も読んでくれなくとも、表現するという欲求に従おうという「黒人」の心と、二つの心が漱石の内面を去来していた。

同じく『明暗』執筆中の大正五年八月五日付の和辻哲郎宛の書簡には、次のように書かれている。

身体の具合か小説を書くのも骨が折れません　却《かえ》つて愉快を感ずる事があります　長い夏の日を芸術的な労力で暮らすのはそれ自身に於て甚だ好い心持なのです

ここには「文学者夏目漱石」としての喜びが満ちている。

さらに、八月二十一日付の久米正雄・芥川龍之介宛書簡には、

僕は不相変《あいかわらず》「明暗」を午前中書いてゐます。心持は苦痛、快楽、器械的、此三つをかねてゐます。存外涼しいのが何より仕合せです。夫《それ》でも毎日百回近くもあんな事を書いてゐると大いに俗了された心持になりますので三四日前から午後の日課として漢詩を作ります。日に一つ位です。さうして七言律です。中々出来ません。厭になればすぐ已《や》めるのだからいくつ出来るか分りません。

とある。「苦痛、快楽、器械的」というのは、この場合は、すべて喜びのうちであり、「くだらない」につながるものではないだろう。むしろ注目すべきは、「俗了」のことばである。創作というせっかくの芸術的な営為なのに、そこで表現しようとしているのは、近代的な自我に目覚めた若夫婦が、相手の裏を読んだり出し抜こうとしたりする、いわば心の暗闘を解剖的に抉り出そうというのだから、実生活以上にやりきれない気分になるのもわかる。しかしこの「俗了」には、もうひと

つの側面があるにちがいない。主人公たちの心理を忖度《そんたく》し、それに適切な表現を与えようとすることと自体が、すなわちとりもなおさず「黒人」として腕を揮う「文学者夏目漱石」の営為そのものが、「俗」なのだ、ということでもあるのではないだろうか。

漢詩を作るのは、その内容がたとえば「閑適」であるからではなく、文学者としての現われ方が、素人としてのそれである、というところに意味があったのではないか。そこでは「文学者夏目漱石」ではなく、「たゞの夏目なにがし」を回復することができた。そのことを必要としていたということは、回復することが真に求められるほど、文学者として生きようとし、また実際に生きていたということではないか。「もくろく」をとおしてみた晩年の漱石は、明月、良寛、高青邱、魏野の閑適にあこがれ、その世界に住もうとした。しかしそのことは逆に、漱石が「文学者夏目漱石」として晩年も屹立しようとしていたことの、何よりのあかしであるように思われる。

あとがき

木を見て森を見ず、などという。漱石を森にたとえるなら、本書は、森とまわりの生態系とのかかわりを研究したり、近くに住む人々の生活に森がどのような役割や意味をもっているかを考えたり、あるいは森の成り立ちの歴史と将来を論じたりしたものではない。そうであるよりもむしろ、本書は、森に実際にわけいってみて、こんな木が生えている、と近くに寄ってその木肌に触ったり、谷合でみつけた湧き水を口に含んだり、梢で見かけた小鳥を双眼鏡で追いかけたりしたことの、いわば報告書である。

前著『漱石という生き方』（トランスビュー）のある書評氏は、私が素人であることの埒《らち》を守るようにたしなめられた。あいかわらず素人であり続ける私は、自分ではまだ気づかないうちにかぶれる怖れのある木肌に触れていたり、腹を下しかねない水を飲んだり、小鳥を追いかけながら道に迷いかけたりしているかもしれない。しかし、森を歩きまわり、森のなかのたくさんの「おや？」に出会うことは、とても楽しいことだった。この報告書が、その楽しみを読者の方と共有する媒介《なかだち》となってくれれば、――これが現在の私の願いである。

「報告書」にはもう一つの側面がある。私は、前著の「あとがき」で、漱石は関心の領域を広げてくれる窓の役割を果たしてくれたことを述べた。本書でとりあげた必ずしも大きくないテーマは、その広がった領域に関する報告書でもある。それぞれの文章は書き下ろしで、そのつながりに必然性はない。はじめ「漱石抜書」というタイトルで書き始めたことが、その何よりのあかしである。いずれも『漱石全集』の編集実務に従っているときに、心をよぎったり、頭をかすめたりした問題である。それ以上にいうべきことをもたないが、第一章の「漱石はなぜ新しいのか」と第五章「晩年のこと」については、多少のいわれがある。

「漱石はなぜ新しいのか」のほうは、二〇〇六年八月の『熱風』（スタジオジブリの宣伝誌）に書いた「漱石の「新しさ」について」を大きくふくらましたものである。大きくふくらませるについては、同じ年の秋に、奥本大三郎さんのファーブル昆虫館で漱石について話したときに考えたことが影響している。「晩年……」のほうは、大東急記念文庫の学術刊行物『かがみ』（二〇〇三年六月）に書いた「漱石晩年の一面」を書き改めたものである。こちらはさほど大きな変更は加えていないつもりだが、書き直せばあちらこちらが変わらざるを得なかった。

漱石の『文学論』は、序文こそしばしば言及され、漱石の志は紹介されるけれども、その中味については、文字通り敬して遠ざけられたまま今日に至っているようにみえる。漱石が『文学論』において何を問題にして、それをどう伝えようとしていたかは、大変興味深いところだし、行文そのものが読書の対象として面白い、と私は思っている。ただそれを誰にでもわかるように正面から解きほぐす実力が、私には具わっていない。そこで、余談をたよりに『文学論』のたとえ一端でもいいから伝えられないか、と考えていた。関心のもたれにくい『文学論』が、本書のあちこちに顔を出しているのはそのせいである。本書の執筆の順番と章の順序が変更になったために、説明が前後したり重複したりしているところがあるかもしれないが、ひとりでも多くの人が『文学論』を読んでみようという気を起してくだされば、というのが私のもう一つの願いである。

さて私は本書に、小宮豊隆さんや荒正人さんの仕事、それに江藤淳さんのことなど言わずもがなのような、批判めいたことを書いた。そこでも断ったように、批判のための批判とならないように心した積りである。それでも心の中には、やはりある種の後ろめたさが残るようであった。他人のミスや不充分をあげつらうのは、自分の至らなさを隠蔽し、自ら彼らをしのごうとする底意があるからではないのか、お前だって失敗はずいぶんあるじゃないか。本書の原稿を作っている途中から、そのような声がときどき聞こえるようになった。そうして心の平衡を保つには、自らの失敗に言及して筆を擱《お》く必要があると感じるようになった。しかし本文中では、なかなかその機会がなく、とうとうこの「あとがき」に到達してしまった。

漱石全集の仕事に従事しているときは、夜中にしばしば眼が覚めた。そうして一時間、長いときは二時間くらい眠れないこともあった。将来の展望を考えているときは、比較的平安だけれど、前日の仕事や過ぎてしまったことを考えるのはつらかった。あの判断は本当にあれでよかったのか、もしかしたら……と考え始めると、眠るどころではなく、冷たい汗があちこちから噴き出してきて、目がますます冴えてくるのだった。そのようにして考えた結果、誤りを未然に防ぐことができたときは、まだツキがあると胸をなでおろしたものだが、誤ってしまったことは何度も何度も思い返されて、苦しかった。

あれからもうずいぶん時間が経過した。本文でも触れたように、『文学論』によれば理性を媒介としない情緒の完全な復起はないとのことだから、今も同じ苦しみに見舞われるということはない。それに大抵の間違いは、全集自体の「正誤表」や月報の後記ですでに報告しているのだから、今さらしく白日の下にさらす必要はないのだけれども、それらの失敗のなかの二つについて告白し、心の平衡の回復をはかっておきたい。そんなことに読者を巻き込むのは、不要にして失礼、とのお叱りをうけるかもしれないけれど、縁あって読者となってくださった方々のご寛恕をたよりに書き留めておくことにする。

『野分』は、朝日新聞の専属の作家となる以前の最後の中篇小説である。主人公白井道也は文学者として規定されており、その生き方が当時の漱石の心情をよく代弁していることは、本文でも触れた。『野分』の自筆原稿は、目白にある細川家の永青文庫が所蔵し、熊本の文学館に寄託されていた。同僚と二人、カメラと接写器具を携えて熊本に出掛けたのは、春から初夏に代わろうとする暑い日のことであった。当時はまだ、デジカメが普及する以前だったのである。原稿は奇麗に保存されていて、撮影にも特に問題になるところはなかった。撮影した原稿のコピーを作っておいて、いつでも何度でも誰でも原稿に当たって確認することができるという環境を整えることが、私たちの作業を正確なものに導く鍵であった。

筆一本で立つ道也には、高柳青年という門下生がいる。文学で身を立てようとする貧しい書生である。結核を病んでいる彼には金持ちの友人がいて、その療養のための金を出してくれるのである。文学者として社会正義を訴えようとする道也にはさまざまな圧力がかかり、せっかく書いた原稿も売れず家計は窮迫する。借金取りに責められる姿を目の当たりにした高柳は、自らの療養費をなげうって、道也の原稿を買いとることを申し出る。その金で借金を弁済させようというのである。これには裏事情があって、その昔道也が新潟で学校の教師をしていたころ、石油のもたらす金力と人間の品性について批判的な演説をして学校を追われるということがあった。道也を学校から追い出すについては、生徒も動員され煽動に一役買わされていた。実は、高柳はその生徒の一人であったのである。

高柳は自らの行為を強く反省しているけれど、小説の結末に至るまで道也に過去の経緯を明かしていない。そうしていよいよ金を差し出す段にいたって、辞退しようとする道也をさえぎって過去を告白する。その部分の原稿は、次のようになっている。

「いゝえ、いゝんです。好いから取つて下さい。——いや間違つたんです。是非此原稿を譲つて下さい。——先生私はあなたの、弟子です。——越後の高岡で先生をいぢめて追ひ出した弟子の一人です。——だから譲つて下さい」

私はこの「越後の高岡」に本当に困惑した。高岡は、富山県の都市だから越中であり、越後ではない。越後なら、高田か長岡かでなければならない。なお困ったのは、この作品を掲載した『ホトトギス』では、「越中の高岡」と直されていたのに、『野分』を収める単行本の『草合』では、また原稿に戻って「越後の高岡」となっているのである。いったいどうして、誰が原稿に戻したのだろう。単行本になるときに原稿はほとんど顧みられないのだから、このことは大きな疑問であった。わざわざ間違った事実に変更する真意を了解することができずに、偶然の間違いと考えざるを得なかった。

本文でも何度か触れたように、新しい全集は原稿を最大限尊重して本文を作るという方針であった。だからここも迷わずに、「越後の高岡」でよいはずなのだけれど、固有名詞の間違いをそのままにしておくのはいかにも忍びない。もっとも、注解付の全集だから、事実関係は注解で注記すれば記述は誤っていても、読者に誤解を与えることを回避する術はあったのである。ただ、もっと複雑でややこしい問題なら注解は便利だが、こんな中学校の地理の教科書のような問題まで注解に負担をかけるのは、なかなか気が進まない。思い違いの誤記として処理したい気持ちに傾かざるを得なかった。

一方作品の中では、先にも「新潟の学校で」と書いたように、道也が教師としての最初に赴任したのは「越後のどこか」とされている。だからいくら事実関係は正しくとも、『ホトトギス』に従って「越中の高岡」に直すことはできない。そこで旧全集を見ると、はたして「越後の高田」となっていた。思いわずらった結果、ここは旧全集に従うという結論に達して、原稿を訂正することにした。こうして『野分』を収める全集の第三巻は、何事もなかったかのように刊行された。

それからどのくらい経ってからだろうか、読者の方から一通の手紙が届き、そこにはコピーが同封されていた。正確な文面は記憶にないが、今までの全集には載っていないようなので、新資料として漱石のはがきのコピーを同封するというものであった。見ると冒頭に「野分の御批評難有《ありがたく》存候」とあり、『野分』を読んだ読者からの質問に答えたものであることがわかった。さらに読み進んで、私は文字通り我とわが目を疑った。後頭部をバットかなにかで殴りつけられたような気がした。はがきには続けて、「越後の高岡とかき候を越中と致し候は誤に候」とあるのである。つまり読者は、『ホトトギス』で『野分』を読んだわけである。その先には、もっとびっくりした。「長岡をわざと高岡と致し候」と続いているのである。この「わざと」にはむしろ腹が立った。性の悪いいじいだ、と思った。してみると、単行本の『草合』で原稿どおりに戻させたのは、漱石その人であることを認めざるをえなかった。

「原稿に忠実」をうたいながら、さかしらで原稿を訂正したことへの手ひどいしっぺ返しであった。しかし冷静になって考えれば、漱石の「わざと」には背景があることに思い至った。漱石の学生時代からの友人が、長岡中学の校長を務めていたことがあるのである。その友人に累が及ぶのを避ける配慮からでた「わざと」であるにちがいない。その友人を坂牧善辰という。慶応四年一月の生まれというから、漱石よりひとつ年下である。新潟県古志郡の平沢家に生まれ、甚三郎と名づけられたが、十二歳のときに坂牧家に養子に出て、名前も善辰に改められた。大学の哲学科を出たのは、漱石よりやはり一年遅れの明治二十七年である。卒業後は、大学院（研究科）に進んだが病を得て退学、鎌倉円覚寺の釈宗演のところで禅を学んだ。鎌倉の両山普通教校で教鞭をとっていたが、三十年に長岡中学の英語・歴史の教師となる。三十四年に、同校の校長になった。三十九年九月には、鹿児島の中学の校長に転出したというから、『野分』執筆の直前まで、現職であったことになる。

私の失敗の話は、これでおしまいだが、もう少し補足しておこう。漱石の坂牧宛の手紙は、従来の全集では一通しか知られていなかった。新しい全集の刊行中に、ご遺族から、未収の書簡三通を教えていただいた（それらの書簡を収めるべき巻は刊行済みだったので、第二十七巻に、「補遺」として収録した。上述のくわしい閲歴も、そのときに教えていただいたものである）。その未収であったもののうちの一通は、明治二十九年一月十五日付で、漱石のいる松山の尋常中学に倫理と英語を教えに来ないかという勧誘の手紙である。漱石は一時期大学で熱心に弓を引いていたが、そのときの弓術部の仲間でもあったというから、勧誘したくなるような親しみを感じていたのであろう。

東大で長いこと哲学・美学・古典語学などを講じた外国人教師に、ラファエル・ケーベルがいる。漱石は、その最初の講義を受けた世代に属する。明治四十四年の夏に、同じくケーベルの教え子である安倍能成と共にケーベルを久しぶりに訪ねて歓談するということがあった。その訪問記は「ケーベル先生」と題されて、『朝日新聞』に発表された。訪ねたのは、七月十日のことで、その日の日記には話した内容が、いくつか箇条書きされている。その一条に、「○昔しケーベル先生の処へ行つて置いてもらへと牧巻から云はれた話」とある。この「牧巻」は、「坂牧」の誤記であろう（漱石は書簡では「坂巻」ともかいている）。このことは「ケーベル先生」には書かれなかったが、二人の関係を窺うには貴重なメモである。

そうして、旧全集のときから収録されていた明治三十九年八月十五日付の書簡を見ると、そこには、「今般は転任御希望のよしにて履歴書御送貴意正に了承仕り候」という文言が見える。坂牧が、長岡中学校長を辞したいといってきたらしい。その理由が何であり、漱石がその希望にどうこたえたのか、あるいはこたえようとしたのかはわからない。先ほども述べたように、実際に坂牧はその九月に鹿児島に転出したのであった。こうしてみると、これらのことは『野分』を発表する三、四カ月ほど前のことであったのであるから、かなりホットな、それだけに累を及ぼさないようにとの配慮の必要な題材であったことは間違いないだろう。私たちの間違いも、その波に呑まれたのだと考えると、なんとはない臨場感を感じてしまうのだけれども……。

自分で言い出したことだから、二つ目の失敗も披露しなくてはならない。今度は、俳句である。漱石は、明治四十年の春に大学を辞めて、朝日新聞社に入社した。当時の朝日新聞は大阪が本拠であるから、入社に際して大阪に挨拶に出掛けることになった。もっともこの西下にはもうひとつの目的があって、それは前年の夏に、発足したばかりの京都帝大の文科大学学長の狩野亨吉から、英文学の担当教授に招聘されたのを断ったいきさつがあり、それへの配慮も兼ねていたと考えられる。この旅行の簡単な日記が手帳に記されており、そこにはしばしば、俳句が書きとめられている。「春寒く社頭に鶴ヲ夢ミケリ」「布晒す磧《かわら》わたるや春の風」「旅に寒し春を時雨れの京にして」「永き日や動き已《や》みたる整時板」「加茂にわたす橋の多さよ春の風」といった按配である。

この日記が始まるのは、三月二十八日のことであるが、手帳のその前の頁は、白紙である。そのさらに前は、三頁にわたって日付のないいわゆる「断片」が書き記されている。日付がないからメモの時期は特定できないが、日記の時期とかけ離れているとは想像しにくい。内容は、題名がなく発表されることもなかった新体詩が一つあるほかは、文字通りの断片で、「○赤ん坊をだく。首が下る」とあるかと思うと「○夫婦喧嘩」とだけあるのもある。「○吾ハ詩人ナリ。食逃」とあるその次には、「○里の灯を力によれば燈籠かな」とある。これは俳句ではないだろうか。

旧全集を見ると、日記に書き付けられた右の俳句などは、漱石の作としてすべて俳句を収めた巻に収録されている。ところがこの句は、収録されていない。なぜなのだろう、という疑問がわいた。俳句を専門とする大学の先生にきくと、たしかに俳句であるという。手近の俳句集や芭蕉、蕪村らの全句集にあたってもこの句は出てこない。さもしい根性と笑われるかもしれないが、全集を編集していると新資料を収録したくなる。とくにすでに立派な全集があるので、それをなぞっているだけではどこか心が充たされず、屋上に屋を重ねたくなるのは人情かもしれない。全集未収の句が埋もれていた、という誘惑は増すばかりであった。

ずいぶん迷ったけれども、漱石の句でないという証拠も挙がらないので、俳句の巻に入れることにした。これが間違いであった。俳句の巻が出て、二カ月ばかり経ったときであったろうか、雨が降っていたのかどうか記憶にないけれども、その昼休みは全集編集部の室で過ごしていた。同僚は出払っており、ひとりで椅子に凭れていた。何の気なしに、後ろにある本棚からふと手に取った本が、小宮豊隆著『漱石　寅彦　三重吉』であった。その本が何故そこにあったのかは、わからない。この本は、その昔自分がまだ大学生の頃、角川文庫で読んだ記憶があった。手にした本は、戦前に岩波から出た単行本である。なんとなく懐かしく、扉を開き、目次に眼をやったら「霊夢」という見出しがあった。その題に魅かれて本文を開いてみた。（正直に告白すると、これを綴っている今の私の精神はかなり緊張していて、息苦しくさえある。）

その冒頭の文章は、「決定版『漱石全集』第十五巻「日記及断片」二四七頁に「里の灯を力によれば燈籠かな」といふ句が書いてある」である。これを眼にしたときの胸の高鳴りは、読者にも想像してもらえると思う。すでにして、頭は真白であった。読んでゆくと、小宮さん自身、漱石の句と思っており、俳句を一括して収める第十四巻『詩歌俳句及初期の文章』に入れるべく作業を進めていたという。このときの岩波の担当者は、本文でも紹介した長田幹雄さんである。小宮さんは、いよいよ印刷にかかる間際、と書いているが、これは原稿を印刷所に渡して校正刷をとる、という段階のことだと思う。その間際に、この句が新資料として加わることを確認したとある。文章の段落が変ったあとは、次のようである。

ところがその後暫くたつてから、長田君から手紙が届いて、実はゆうべ「里の灯」の句は、古人の句であるといふ夢を見たので、早速朝になつていろいろ調べて見た所、この句が『太祇全集』の中に太祇の句として出てゐる事を発見した、こちらの方は早速取り消す手筈をしたから、あなたの方の控へからも抹殺してくれと、言つて来た。

私は、長田さんにはかなわないと思った。なにかなわないかといえば、漱石全集への思いにおいて、である。印刷になる前に夢に出てくれるのと、印刷になってから偶然手に取った本で知るのとでは、まるで勝負にならない。私はせめて、他人の指摘を受ける以前に誤りを知ることができた、というところにわずかな慰めを見出すしかなかった。慰めはそれでいいけれども、公表するまでは、夜中の冷や汗の種に何度なったことだろう。

誤りは、告白しても心の晴れるものでないことを、今実感している。でも、ここではこれ以上は引きずるまい。全集編集の喜びは、もちろんある。はじめの失敗のところで紹介した、全集未収書簡の情報はその最たるものであるし、注解などに関する注意や編集部への励ましなど、読者の方たちとのふれあいは、実利の面だけでなく精神的な拠りどころ、慰めであった。それらのお手紙は、すべてとはいえないけれど、不完全ながらファイルされて、いまでも全集の資料室に眠っているはずである。

はじめに本書の成り立ちのことを記したときに、大東急記念文庫の『かがみ』に書かせていただいたものが最終章の元になっていることを断った。それは、同文庫の学芸部長をされていた岡崎久司さんの勧めによるものだった。古代から江戸時代までの学芸をもっぱらの対象にしている『かがみ』に、漱石のことを書かせていただくのは異例であるし、私のような素人の文章はなじまないことを承知の上で、書かせてくださったのである。それは岡崎さんが、新しい漱石全集の編集・校訂方針を是とされていたからであった。実際、氏は私のもっともありがたい貴重な理解者であった。協力者であった。その援助をくだくだしく述べないけれども、たとえば『野分』の原稿を所蔵する永青文庫と、われわれとの橋渡しをしてくださったのは、氏である。『それから』を所蔵する阪本龍門文庫は、同文庫の方針として所蔵物の写真撮影を許可しないという。その長であった川瀬一馬先生にはたらきかけ、最大限の便宜をもたらしてくれたのも氏である。——しかし、それ以上に私にありがたかったのは、氏の友情であった。問題山積、疲労困憊の極致にあって、慰められ励まされたことの意味を、ことばにすることはできない。あるいはここは、場違いであるかもしれないが、あらためて往年の、そして変わらぬ友誼に感謝したい。

本書は、前著と同じく中嶋廣さんの勧めによるものであって、氏なくしてはなりたたなかった本である。小松勉さん、伊達卓郎さん、渡辺菜穂子さんが、原稿段階で目を通してくださったのも同じである。小松さんは、校正も見てくださった。貴重なご指摘はもとより、ともすれば冗長に流れやすい私の文章の手綱を引き締めてくださった。私のあやしげな漢文訓読や、『オデュッセイア』理解に助言を与えてくださったのは、岩波書店の先輩に当たる田中博明さんである。これらの人びとに深甚の謝意を表したい。

最後になったけれども、装丁を引き受けてくださったのは、宮崎県木城の「えほんの郷」の村長であり、版画家として活躍しておられる黒木郁朝さんである。敬慕する氏のお力を得て本書を飾ることができたのは、とてもうれしいことであった。

二〇〇八年一月

人 名 索 引

ア 行

カ 行

サ 行

タ 行

ナ 行

ハ 行

マ 行

ヤ 行

ラ 行

ワ 行

秋山 豊（あきやま ゆたか）

1944年生まれ。1968年東京工業大学卒業。同大学付属工業材料研究所助手を経て、1972年岩波書店に入社。主に理系の単行本・講座・辞典の編集に従事。のち全集編集部に移り、1993年に刊行が開始された『漱石全集』の編集に携わる。2004年同社を停年退職、現在に至る。前著『漱石という生き方』（トランスビュー、2006年）は清新な漱石論として大きな反響を呼んだ。

漱石の森を歩く

二〇〇八年三月五日　初版第一刷発行

著　者　秋山　豊
発行者　中嶋　廣
発行所　株式会社トランスビュー
東京都中央区日本橋浜町二-一〇-一
郵便番号一〇三-〇〇〇七
電話〇三（三六六四）七三三四
URL http://www.transview.co.jp
振替〇〇一五〇-三-四一一二七

印刷・製本　中央精版印刷

ISBN978-4-901510-57-8 C1095